백·행을·쓰고·싶다

박솔뫼 장편소설
백 행을 쓰고 싶다

제1판 제1쇄 2013년 4월 19일
제1판 제2쇄 2021년 12월 10일

지은이 박솔뫼
펴낸이 이광호
펴낸곳 ㈜**문학과지성사**
등록번호 제1993-000098호
주소 04034 서울 마포구 잔다리로7길 18(서교동 377-20)
전화 02) 338-7224
팩스 02) 323-4180(편집) / 02) 338-7221(영업)
전자우편 moonji@moonji.com
홈페이지 www.moonji.com

ⓒ 박솔뫼, 2013. Printed in Seoul, Korea
ISBN 978-89-320-2405-9 03810

이 책의 판권은 지은이와 ㈜문학과지성사에 있습니다.
양측의 서면 동의 없는 무단 전재 및 복제를 금합니다.

백
·
행
을

박 · 술 · 외 · 장 편 · 소 설

쓰
고
·
심
다
·
·
·
·
·
·

문학과지성사
2013

차례

·

1장 7

2장 69

3장 139

해설 삶의 분량에 대하여 _조효원 244

추 위 에 대 한 망 각 을 거 부 하 고 싶 다
언 지 보 다 작 은 범 울 음 마 시 고 싶 다
시 는 사 전 없 이 쓰 고 싶 다 십 년 뒤 를
상 상 하 고 싶 다 화 장 실 에 가 고 싶 다
소 년 잡 지 는 책 방 에 서 서 읽 고 싶 다
대 답 을 듣 고 싶 다 조 금 만 울 고 싶 다
발 바 닥 을 긁 어 주 고 싶 다 십 년 뒤 를

1장

상 상 하 고 싶 다 통 글 에 서 빠 져 나 가
고 싶 다 어 제 와 오 늘 을 더 해 서 둘 로
나 누 고 싶 다 감 추 고 싶 다 이 젠 숨 숨
다 시 태 어 나 고 싶 다 무 의 미 한 암 호
를 읊 쓰 고 싶 다 수 평 선 에 서 얻 어 죽
고 싶 다 헤 어 지 고 싶 다 이 번 엔 누 구
차 레 인 지 알 고 싶 다 새 끼 손 가 락 을
를 어 다 보 고 싶 다 굴 치 를 뒤 집 어 보
고 싶 다 싶 다 전 을 울
느 껴 보 깨 뜨 리 고
싶 다 어 보 고 싶
다 전 에 서 레 몬 마 시 고
싶 다 기 에 는 입 우 굴 남 기
고 싶 다 이 전 남 의 끼 라
바 난 발 고 다 이 싶

1

 백 행을 쓰고 싶다. 백 행은 이미 사라졌지만 그래도 쓰고 싶다. 내가 하고 싶은 일이 다름 아닌 백 행을 쓰는 일이라는 것을 알게 된 이후 모든 것은 분명해졌다. 나는 처음부터 백 행을 쓰는 일만을 원했던 것이라 믿게 되었다. 그런데 백 행은 무엇일까. 백 행은 사라진 어떤 것. '어느 순간 홀연히'는 아니고 차차 모두가 잊게 된 어떤 것이다. 이제 챙기기가 귀찮아 얼른 내다 버리고 싶어지는 규칙 같은 것이 아니라, 백 행의 존재를 아는 사람조차 사라진 그런 일이다. 세상 어딘가에서 백 행을 쓰는 사람이 있을까? 있다면 어떻게 쓰고 있을까. 어느 하루 마음먹고 첫 행을 시작하는 것일까. 방문을 걸어 잠그고 커튼을 친 채로 홀로 책상에 앉아 온 신경을 집중한 채로 써

나가고 있을까. 아니면 중요한 순간에 불현듯 한 행씩을 적어나가고 있을까. 한 번에 백 행을 모두 채워나가는 사람도 있을 것이다. 만약 누군가 아직도 백 행을 쓰고 있다면.

백 행을 처음 쓴 사람은 아키 아키라라는 일본의 한 고교생이었다. 아키라가 쓴 「백 행을 쓰고 싶다」는 『하이틴 시집 걸작선』이라는 제목의 시집에 실리게 되었고 이후 급속도로 퍼졌다. 모두들 백 행을 썼다. 나도, 너도. 연애편지를 쓰는 사람들이라면 백 행을 썼다. 시를 쓰는 사람들이라면 모두들 썼다. 메모나 낙서를 하는 사람들이라도 백 행은 썼다. 백 행은 연애편지와 시, 낙서를 합한 어떤 것이었으니까. 그때는 모두들 백 행을 쓰고 있었다. 모두들 백 행을 쓰고 있었으나 누구도 백 행을 완성시키지 못했다. 물론 누군가 아키라처럼 백 행을 완성시켰던 사람들이 있다고는 한다. 또 몇몇은 친구들 앞에서 낭독을 했다고도 해. 정말로 그랬을 것이다. 몇몇은. 하지만 그 수는 많지 않고 아직까지 온전히 남아 있는 것은 아키라의 백 행뿐이다.

백 행에 특별한 룰이 있는 것은 아니다. 하고 싶은 것들을 한 행씩, 백 행이 될 때까지 불러나가는 것이다. 다만 모두들 암묵적으로 두 가지를 넣었다.

백 행을 쓰고 싶다.

이제 그만하고 싶다.

누군가는 아직 그 둘을 넣지 못했고 누구는 이미 넣었고 또 다른 누군가는 둘 중 하나만을 넣었다. 모두들 어느 순간에 와서는 펜을 쥔 채로 고민을 했다. 언제 '백 행을 쓰고 싶다'를 넣어야 할까. 누군가의 백 행은 '백 행을 쓰고 싶다'로 시작했다. 그는 정말로 백 행을 쓰고 싶었으니까. 어떤 사람은 스물한번째에다 '이제 그만두고 싶다'를 넣었다. 정말 관두고 싶어서. 내가 백 행을 쓰게 된다면 나 역시 그 둘을 넣을 것이다. 나는 모두들 한 번쯤 시작하게 되는 그런 백 행을 쓰고 싶으니까. 마음속으로 가만히 그려보았다. 내가 만들 백 행의 모습을. 정말로 황당해서 황망하고 모든 사람들에게 충격을 주는 동시에 아름답고 균형이 있어야 했다. 그럼에도 모두가 이건 백 행이구나, 라고 납득할 수 있어야 했다. 나는 열한번째 행에 '백 행을 쓰고 싶다'를 넣을 것이다. 우선 하고 싶은 것들이 열 가지는 있을 테니까. 그것들을 하나씩 읊을 것이다. 열 가지쯤 불러본 다음에 말할 것이다. 백 행을 쓰고 싶다.

2

꿈을 꿨다. 꿈에서 규대가 나왔다. 규대는 빌라와 양옥 이층집이 골목을 따라 이어져 있는 동네에서 살고 있었다. 규대가 살고 있는 집은 붉은 벽돌로 지어진 폭이 좁은 빌라였다. 빌라 안에서 규대는 밥을 먹고 잠을 자고 물을 마셨다. 집 안에는 규대의 말을 경청하는 대여섯 명의 사람들이 규대 주위로 동그랗게 앉아 있었다. 규대는 사람들이 자기 이야기를 들어줘서인지 몹시 들떠 보였다. 나는 사람들 뒤에 놓여 있는 크림색 소파에 앉았다. 규대는 여러 번 연습한 듯이 팔짱을 낀 채로 한 손만 들어 올려 인사를 했다.

"왔어?"

나는 규대의 손짓을 바라보다 한참 후에야 입을 떼어 물었다.

"너, 죽지 않았니?"

"안 죽었어."

규대는 아까보다 더 신이 나 보였다.

"안 죽었어?"

"안 죽었어."

"정말 안 죽었어?"

"정말 안 죽었어."

규대는 더욱 신나 보였고 게다가 의기양양해 보였다.

"따라와봐."

규대는 부엌 옆에 있는 방으로 나를 데리고 갔다. 규대를 추종하는 사람들은 이제 벌어질 일들이 신나 죽겠다는 듯이 웃고 있었다.

"뭐야?"

"나 안 죽었어."

"너 칼에 찔려 죽지 않았니?"

"아니네요."

"너 총에 맞아 죽지 않았니?"

"아니랍니다."

"물뿌리개에 가스를 넣어 니 입에 뿌리는 걸 봤지. 너는 온몸이 터져버렸어."

"아냐. 모두모두 다 아냐."

"모두모두 다 아니면 나도 다 아냐. 나도 다 아니고 우리는 다 아냐."

나는 규대의 머리를 주먹으로 때리면서 말했다. 규대는 주먹을 피하면서 점점 방구석으로 뒷걸음질 쳐 갔다. 규대는 방의 꼭짓점 부분에 앉더니 손짓을 했다. 나는 규대의 머리를 잡고 규대의 입을 내 귀에 붙였다. 규대의 입은 귓속으로 쏙 하고 들어갔다.

"나 안 죽었어. 모두에게 내가 죽는 모습을 보여준 다음에 여기로 숨은 거야. 그리고 내가 꼭 보고 싶은 사람들만 차례로 부른 거지. 너는 첫번째 사람이야. 내가 가장 보고 싶은 사람."

규대의 입은 점점 나의 귓속으로 빨려 들어갔다. 나는 간지러워, 규대의 머리를 확 빼버렸다.

"그럼 저 사람들은 뭐야?"

"저 사람들은 증인이야."

"뭘 증명하는데?"

"나의 존재와, 비밀을."

규대는 방의 꼭짓점에 엉덩이를 붙이고 내 눈을 똑바로 바라보았다. 나는 이미 죽은 규대가 살아 있다는 것이 믿기지 않았다. 꿈에서도 믿을 수가 없었다. 당혹스러웠달까. 억울하기도 했는데, 그간 나는 너무 슬펐던 것이다.

"나는 여기서 오래오래 사는 거야. 행복하게 사는 대신에 여기서만 살아야 해. 여기서는 살아 있고 살아 있을 때는 살아 있는 거지. 그렇게 정해져 있어. 그게 나의 비밀."

그리고 꿈에서 깨어났다. 규대가 정말 어떤 빌라 안에서 살고 있을까. 규대의 증인들은 규대를 둘러싸고 규대를 향해 집중한다. 규대가 살아 있더라도 그런 곳이라면 나는 함께 살아갈 수 없다. 규대가 살아 있을 때 우리는 늘 둘만의 세계에서 둘만의 이야기를 속삭였다. 우리만 이해할 수 있는 언어로, 부족하다면 눈빛과 손짓으로. 꿈속의 규대는 낯선 사람들과 살고 있었다. 어울리지 않는 말투로 간지럽게 이야기를 했다. 다른 사람 같았다. 내가 아는 규대가 맞나 싶었다. 하지만 규대를 보고 싶다. 꿈에서라도 규대를 만나고 싶다. 나는 다른 이야기를 들어야 했다. 뭔가, 우리는 더 할 말이 있지 않을까.

3

 규대와 내가 만난 곳은 기도의 학교였다. 교회랄 수도 있겠지만 모두들 기도의 학교라고 불렀다. 더욱이 나는 정말로 그곳에서 기도를 배웠으니 다른 이름으로 부를 이유도 없었다. 규대는 기도를 했고 나도 기도를 했다. 믿는 사람들은 모두들 기도를 했다. 믿는다고 믿고 있는 사람들도 기도를 했다. 무엇보다, 믿고 싶은 사람들이 기도를 했다. 우리는 배웠다. 믿음의 중심에는 기도가 있다. 기도는 신에 대한 고백이며 신과 하는 대화이다. 그러니 기도를 하는 수밖에. 회색 시멘트로 지은 집들이 이어져 있는 골목 안에 기도의 학교가 있었다. 골목 앞 슈퍼를 지나 쓰레기를 버리는 전봇대를 지나 똑같이 생긴 집들을 지나 지나고 또 지나 그대로 지나칠 것 같은 회색 건물이었다. 간판도 없고 십자가도 없었다. 기도의 학교는 그 건물 5층에 있었다. 다른 교회에서 흔히 볼 수 있는 긴 나무 의자도 없었다. 대신 학교 안에는 낚시 의자가 수십 개씩 쌓여 있었다. 먼저 오는 순서대로 의자를 가지고 와 앉는 식이었다. 그런 기도의 학교 아래층에는 예배당이 있었고 매일 밤 10시에 그곳에서 예배가 있었다. 일터에서 돌아온 신자들이 지친 몸을 이끌고 예배당을 채웠다. 졸음에 겨운 아이들을 둘러업고 한밤중에 오래된 건물로 모이는 것이다. 예배 인도자는 대개 기도에 대해 이야기했다. 과장 없이 간단한 예배였다. 예배당 안에는 십자가도 없었다. 예배는 찬송과 시작기도, 본설교와 마침기도뿐이었다. 율동도 성가대원도 기타와 드럼도 없었다. 신자들은 예배가 끝나면 기도의 학교에 갔다. 낚시 의자를 들고 차례로 열을 만들어 앉았다. 그리고 기도를 했다. 기도의 학교가 끝나고 집에 돌아오면 밤이었다. 잠이 들기 전에는 하루를 정리하는 기도를 했다. 매일 기도를 했다. 매일 신 앞에 고백을 했다. 간단한 일상과 죄에 대한 고백, 그리고 신에 대한 사랑을 이야기했다. 놀랍게도 간절한 기도였다.

나는 일주일에 한 번 갈까 말까 한 예배를 (이 때문에 나는 죄에 대한 고백을 할 수밖에 없었다) 규대는 매일 빠지지 않고 나갔다. 규대는 예배 시작 전, 아무도 없는 기도의 학교로 가 기도를 하는 일에도 열심이었다. 기도의 학교는 경건하지도 거룩하지도 않고, 엄숙하지도 고귀하지도 않았다. 규대의 기도는 고귀하거나 아름다워 보이는 대신에 생활적일 수 있었다. 중학교에 올라가기 전 겨울방학, 부모는 이혼을 했고 나는 엄마와 함께 살게 되었다. 이혼 후 엄마는 예배에 나가지 않았고 나도 굳이 기도의 학교에 가겠다고 주장하지 않았다. 예배에 빠지는 일들이 계속되면 죄에 대한 고백도 계속될 수밖에 없다. 괴로운 기도가 회를 거듭하다 보니 어느 순간 기도를 전혀 하지 않게 되었다. 그러자 죄책감 같은 것은 아예 존재하지 않았던 것처럼 없어졌다. 나는 기도하지 않는 사람이 되었다. 괴로운 마음도 감사한 마음도 버렸다. 어쩌면 감사한 마음과 괴로운 마음에 버림받은 것일지도 모르겠다. 모든 것에 감사하고 용서를 구하는 일에 적합하지 않은 사람이었을지도 모르겠다. 어느 순간 그런 사람이 되어버렸지만 교복을 입고 창밖을 바라보면 문득 생각났다. 기도하던 마음이 말이다. 그 마음은 멀리서 불어오는 바람처럼 아련했다. 원래 그 자리에 있던 것처럼 희미하게 남아 바람에 흔들렸다. 창밖에서 불어오는 바람에. 더 이상 괴롭지도 불안하지도 않았지만 희미한 그리움이 생겨났다. 기도하던 마음도 불안한 마음도. 모두 지난 일이었으니 그리워할 수 있었다.

기도의 학교에 다니는 사람들은 정직하게 살려 했다. 아들을 낳게 해달라고 기도하지 않았고 남편이 과장이 되게 해달라고 기도하지 않았다. 기도의 학교에 낚시 의자가 놓여 있는 것은 다른 이유 때문이 아니었다. 그마저도 매달 위태롭게 유지되었다. 기도의 학교에 다니는 사람들은 대개 도시빈민들이었다. 사람들은 부자가 되게 해달라고 기도하지 않아서 늘 그 자리였고 몇몇은 더 나빠지기도 했다. 하지만 어디라도 다를 것은 없을 것이다. 어디에서건 누군가는 나빠지고 있을 것이다. 하지만 더 이상 기도의 학교에 나오지 않는 사람들 중에 형편이 나아진 사람들이 있는 걸 보면 어쩌면 정말로 바라는 대로 이루게 되는 것일지도 모른다는 생각을 했다. 바라는 대로. 내 뜻대로 마옵시고 주님의 뜻대로. 다른 것은 바라지 않으니 바라는 것만 이루게 해주소서. 바라는 것이 이루어지니 기도란 정직한 것일지도 모른다고 그때 나는 생각했다.

하지만 정말 나아진 사람이 있었던 걸까. 지금에 와서는 누군가 그렇게 생활이 편해졌다는 이야기가 믿을 수 없어진다. 더 나아지고 더 좋아진 사람이 있을 수 있을까. 나는 그것이 그려지지 않는다.

기도의 학교를 생각하다 보면 어딘가에서 규대의 모습이 걸렸다. 규대가 걸린 곳은 정직함일 수도 있고 우스움일 수도 있고 비좁음, 눈에 띄지 않음일 수도 있다. 어딘가에서 걸린 규대의 모습은 기도하는 마음처럼 희미하게 남는다. 도화지, 연필로 그은 선, 여름날의 풀냄새처럼 희미하게.

4

매일 이사 가고 싶다. 매일매일 이사를 해서 매일같이 습관적으로 중국 음식을 배달해 먹고 싶다. 짐을 싸고 많은 것들을 버리고 그러고 나서 마지막으로 차에 실을 수 없는 것들을 마지못해 버리고 싶다. 부모는 이혼을 했다. 지금은 아니고 한

10여 년 전에. 말했듯이 그 후 엄마와 함께 살았다. 중간에 2년 정도 아빠와 살기도 했지만 기억나는 게 별로 없다. 고등학교에 다니던 때였고 집에서 지내는 시간이 별로 없었으니까. 아침 일찍 집을 나와 하루 종일 학교에 있었다. 교실은, 이른 아침엔 약간 어두웠고 6교시까지는 환했다가 수업이 끝나고 청소를 하고 나면 해가 져 어둑했다. 밤이 깊어지면 집으로 들어와 씻고 책상 앞에 앉았다. 그제야 아빠는 퇴근을 했다. 우리는 서로에게 인사를 했다. 다녀오셨어요? 응, 그래. 일찍 자라. 이미 일찍 잠든다고 할 수 없는 시간이었다. 인사를 하고 나서도 줄곧 책상에 앉아, 기억나지 않는 많은 것들을 하며 새벽이 되어서야 잠이 들었다. 엄마는 그때 고향으로 내려가 가게를 차릴 준비를 하고 있었다. 2년이 지나고, 고3이 되었을 때 다시 엄마와 함께 살게 되었다. 아빠와 처음 같이 살게 되었을 때는 큰 집에서 방 한 칸을 빌려서 사는 느낌이었다. 세 들어 사는 느낌 같은 것. 그렇게 2년 내내 가깝지도, 특별히 거북하지도 않은 사이로 지내다 엄마와 다시 같이 살게 되었다. 우리는 사이가 나쁜 집주인과 세입자 같았다. 크게 싸우고, 작게 다투다가, 보통의 사이로 지내다, 아주 가끔 사이가 좋았다가 다시 크게 싸웠다. 엄마는 대학가 근처에서 식당을 했다. 스파게티나 오므라이스 같은 것을 파는 가게였다. 주말에는 가끔 식당에 나가 엄마를 도왔다. 다 씻은 숟가락을 뜨거운 물에 담갔다가 빼서 마른 행주로 닦았다. 컵을 씻어서 쌓아두고 배달

온 얼음을 얼음 칸에 쏟아 부었다. 공부는 잘하지도 못하지도 않았다. 식당에 가지 않을 때면 버스를 타고 시내에 나갔다. 백화점을 빙글빙글 돌아다니며 사지 못할 것들을 구경했다. 그러다 지치면 교회에 갔다. 가기만 했다. 학교에도 다니기만 했고 엄마와도 같이 살기만 했고 교회도 가끔씩 가기만 했다. 매일을 그렇게 살았으면서도 집으로 돌아오는 길에는 새삼스럽게 하루 종일 인생을 낭비한 것 같은 느낌이 들었다. 달리 할 수 있는 것이 없다는 것을 알면서도 온몸에 후회가 들러붙어 쓸쓸해졌다.

매일 집에 함께 가던 애가 있었다. 여름이 되었을 때에야, 아버지가 목사라는 이야기를 했다. 같이 가겠느냐고 물었다. 어쩌면 내가 가겠다고 했던 것도 같다. 여름방학이 시작되기 전 어느 날 함께 교회에 갔다. 에어컨도, 선풍기도 없는 교회였다. 지하라 그런지 여름인데도 서늘했다. 사람들은 방석을 깔고 앉아 찬송가를 불렀다. 친구의 아버지는 흰색 티셔츠에 카키색 면바지를 입고 앞으로 나와 설교를 했다. 단상도 피아노도 없는 곳이었다. 그날 밤, 교회에 다니는 어른들이 준비한 연극을 보았다. 한국에 처음 기독교가 들어왔을 때를 배경으로 한 연극이었다. 왕조는 망해가고 사람들은 멍한 눈으로 모여 앉아 담배를 피웠다. 무기력한 풍경이었다. 그러던 중 선교사를 통해 기독교가 전파되고, 눈을 빛내던 몇몇은 몰래 한집에 모여 성경을 배웠다. 사람들은 믿음을 갖게 됨과 동시에 박해를 받는다. 그러나 믿는 사람들은 갖은 고문과 협박에도 굽히지 않고 주 예수를 불렀다. 일본 순사들은 사람들이 고통을 받다가 천천히 죽도록 하기 위해, 큰 쇠바퀴를 발부터 머리까지 굴렸다. 마지막 장면은 고문을 받던 사람들이 다 함께 손을 잡고 찬송가를 부르며 죽어가는 것이었다. 연극이 끝나고 어른들은 북한의 기아에 대해 이야기했다. 그들은 매해 성경 글귀를 적고 풍선에 넣어 북한을 향해 날린다고 하였다. 연극 때문이었는지 북한의 굶는 아이 때문이었는지 나는 크게 마음이 움직여 교회에 몇 번 더 나갔다. 그 애는 매주 일요일이 되면 아침 일찍 교회에 나가, 바닥을 닦았다. 바닥을 닦고 나면 방석을 준비했다. 교회에 갈 때면 친구를 도와 방석을 깔았다. 예배가 끝나고 집으로 돌아오면 엄마는 내 옷에서 곰팡이냄새가 난다고 했다. 옷을 갈아입고 침대에 누우면 갈아입은 옷에서부터, 혹은 머리카락에서부터 곰팡이냄새가 올라왔다. 교회의 냄새라고 생각했다. 그러니까, '아, 교회의 냄새구나'라고 생각하며 잠이 들었다.

이곳은 바닷가 큰 도시로 도시의 어디에서나 짠냄새가 떠돌았다. 짠냄새, 바다냄새, 바닷가냄새, 해초와 모래가 섞인 냄새였다. 학생들은 옷가게에 가듯, 카페에 가듯 바다에 갔다. 시험이 끝나거나 방학이 시작되기 전날이면 나는 대형 쇼핑몰에 갔다. 쇼핑몰은 인공 섬에 있었다. 원래는 아주 좁은 길을 통해 육지와 붙어 있던 곳이었으나 시에서 나온 사람들이 섬을 폭파시켜 크고 평평한 인공 섬을 조성하였다. 폭파시키고 나서 흩어진 흙과 자갈로 새로 섬을 쌓았다. 원래 그곳에 살던 사람들은 끝까지 인공 섬 조성을 반대했다. 대부분 같은 성을 가진 사람들이었다. 아버지의 아버지의 아버지 대부터 섬에 살던 사람들이었다. 이 도시는 오래전부터 큰 배가 오고 가는 외국인들이 많은 곳이었지만 그 섬만은 같은 성을 쓰는 사람들이 외부와 별다른 교류 없이 살고 있었다. 섬 가운데에 신을 모시는 사당이 있고 사당을 중심으로 집들이 모여 있는 구조였다. 섬에 살던 사람들은 이주 결정이 난 뒤 매일 사당 앞에 모여 회의를 했다. 그리고 공사 시작일이 되자, 서로 손을 잡고 사당을 중심으로 띠를 만들었다. 사람들이 만든 띠는 하루가 지나도 여전히 둥근 모양 그대로였다. 이틀 뒤 포클레인은 사람 띠를 무시하고 공사를 시작했다. 집들이 부서지고 사당도 부서졌다. 그리고 트럭에서 용역들이 몰려와 마을 사람들을 끌고 갔다. 트럭에 실어 날랐다. 짐짝처럼 실려간 사람들은 모두 어디로 갔을까. 다음 날 섬은 폭파되고 흔적조차 남지 않았다. 엄마는 그 사람들이 이름을 대지 않아도 되는 곳에서 일을 할 거라고 했다. 이 도시에서 그 성은 그 사람들만 썼으니까. 어딘가에는 이름을 대지 않고도 할 수 있는 일이 분명히 있었다. 누구도 이름을 불러주지 않는 일이 어딘가에는 있었다. 누구도 이름을 불러주지 않은 채로 10년도 넘게 일을 하던 사람들은 도시와 인공 섬을 연결하는 다리 위에서 아는 얼굴들을 만날 수 있었다. 섬에서 쫓겨난 사람들은 서로의 이름을 불러주며 인사를 했다. 잘 지내느냐고 묻고 잘 지낸다고 대답했다. 손을 잡고 반가워했다. 그러다 누군가 먼저 이만 가보겠다고 다리를 내려간다. 그리고 남은 사람은 신발을 벗고 다리 위로 올라가 바다로 떨어졌다. 다음 날 신문에 이름 없는 사람의 이름이 실린다. 얼굴 없는 사람의 얼굴이 실린다. 없는 존재로 살던 사람이 실리지만 알아채는 사람은 언젠가 다리로 올라가게 될 사람들뿐이었다. 어렸을 적 신문에서는 섬 출신 사람들의 투신자살 소식이 가끔 실렸다. 사당을 중심으로 모여 살던 사람들은 이 도시 어디에서 눈을 뜨고 눈을 감았을까. 벌써 10년도 더 된 이야기이다. 가끔 기억해내려 한다. 그 사람들의 성이 무엇이었지? 먼 곳에서 기억이 날 듯 말 듯한 글자들이 모였다 사라진다. 죽음 후에야 이름을 찾는 사람들, 사는 동안 줄곧 없는 취급을 당하는 사람들. 그렇게 만든 인공 섬에는 대형 쇼핑몰과 작은 놀이공원, 몇 개의 카페가 들어섰다. 쇼핑몰 앞에는 바닷물을 채워 만든 연못 길이 있었다. 사람들은 그 주변에 앉아 쇼핑몰에서 사 온 음식들을 먹었다. 연못 길 앞에 서서 정면을 바라보면 바다가 펼쳐져 있었다. 그곳에서 펼쳐진 바다와 섬에 대어놓은 배들을 보았다. 이상하게도, 연못 길에서는 바다냄새가 나지 않았다. 1년에도 몇 번씩이나 그곳에 가서 바다냄새가 나지 않는구나, 바다냄새가 나지 않네 하고 혼잣말을 했다. 도시에서 유일하게 짠냄새가 나지 않는 곳에 서서 바다를 보며 시간을 보냈다. 바다는 언제나 깊고 무섭고 크고 이국적이었다. 어느 바다건 바다는 모조리 이국적이었다. 모든 이국적인 것들은 사람을 초조하게 한다. 어디에서나, 어딘가가 있구나 하는 것을 알려주기 때문이었다. 하지만 나는 언제까지나 이곳에 서 있을 것 같다. 언제까지나, 시간의 끝을 늘리고 늘려서, 언제까지나의 언제까지나 이곳에 서 있을 것 같았다.

섬의 사람들은 쫓겨났고 섬에서 쫓겨나 도시로 던져졌다. 사람들을 쫓아내고서 만든 섬 위에 서서 떠나고 싶다고 생각했다. 누구도 쫓아내지 않는 곳이 있어? 있다면 이사 가고 싶습니다. 매일매일 이사 가고 싶다. 짐을 싸서 방 안을 텅 비게 하고 싶어. 매일매일 비눗갑과 안 읽는 책과 몇 년 전에 산 여름 옷을 버리고 싶다. 여행 같은 것과 다르지. 이사를 가고 싶다. 짐을 싸고, 되도록 모든 것들을 버리고 싶다. 누구도 쫓아내지 않는 곳으로 떠나고 싶다. 그리고 돌아오지 않는다. 다시는.

5

여전히 고등학교 때의 이야기이다. 쇼핑몰 뒤에는 마린보이스 센터라는 이름의 해양 박물관이 있었다. Marine Boys Center가 아니라 Marine Boy's Center였다. 정문에는 마린보이스 센터라고 씌어 있었으나 건물 안에는 마린보이스 뮤지엄이라고 씌어 있었다. 좌우 열다섯 걸음 정도 되는 크기의 작은 공간이었다. 닻이나 배에서 쓰던 칼들이 전시되어 있는 박물관으로, 당연히 늘 텅 비어 있는 곳이었다. 그즈음, 교실에서는 토요일 오후 마린보이스 센터 화장실에 앉아 있으면 근처 고등학교 남자애들이 들어온다는 이야기로 한창 시끄러웠다. 그날 오후 똑같은 이야기를 엄마가 일하는 식당에서도 들었다. 다른 학교 교복을 입은 여자애들이었다. 나 빼고 다들 알고 있는 거였나. 이 도시의 교복 입은 남자애들은 모두들 해양 박물관 화장실에 앉아 있는 여자애들과 섹스를 하는 것일까? 여자애들은 정말 화장실 변기에 앉아 누가 올지는 모르지만 어쨌거나 누군가를 기다린다는 건가. 주말은 늘 한가했다. 학교에 그저 가기만 하는 학생들은 주말이 되면 책상에 앉아 있기만 했다. 나 역시 그랬다. 무언갈 하루 종일 흉내 내는 것은 피곤했다. 학교에 가기만 하고 책상에 앉아 있기만 하고 책을 들고 있기만 하고 눈으로 읽기만 하고 책장을 넘기기만 하는 일들. 평일에도 주말에도, 아침에도 저녁에도 마땅히 그래야 할 것 같은 일들을 흉내 냈다. 그렇게 마땅히 해야 되지 않을까 싶은 일들을 흉내 내다 보면 토요일이 왔다.

기분이 좋은 날이었다. 인공 섬에 가야겠다고 마음을 먹자 기분이 좋아진 것이 아니라, 기분이 좋았기 때문에 인공 섬에 간 거였다. 아침에 눈을 뜨자마자 기분이 설렜고 마음이 환했고 처음부터 끝까지, 100퍼센트 신나는 기분이었다. 신나는 기분을 유지한 채로 아침을 먹고 집을 나와 버스를 탔다. 강한 햇살이 버스 창문을 통해 들어왔다. 버스는 섬과 도시를 연결하는 다리를 지나고 있었다. 바다는 햇살에 반짝였다. 눈을 감아도 선명한 반짝임이 그대로 남아 있었다. 눈을 감았다 떴다 하며 천천히 걸었다. 도착하자마자 쇼핑몰에서 핫도그를 사 먹었다. 핫도그를 다 먹고, 차가운 레모네이드를 마시며 해양 박물관으로 향했다. 해양 박물관은 쇼핑몰 쪽과는 다르게 한산하기만 했다. 게다가 여고생이나 교복 같은 건 보이지도 않았다. 태연하게 노크를 했다. 응답이 없다. 문을 열고 들어가, 변기 뚜껑을 내리고 앉았다. 조용했다. 화장실에 앉아서 레모네이드를 마셨다. 금세 다 마셨다. 나는 아무하고나 자버리고 싶었다. 그때까지 누구와 자본 적은 없었지만 왠지 그럴 수 있을 것 같아 그래버리고 싶었다. 레모네이드를 다 마시고 나서도 아무도 들어오지 않았다. 할 일이 없었다. 누군가를 기다린다고 말할 수는 없지만, 기다리지 않는다고 말할 수도 없으니 기다리는 수밖에. 멀리서 제목을 알 수 없는 인기 가요가 들려왔다. 놀이공원에서 나는 소리일 것이다. 어디선가 들어본 댄스팝을 다섯 곡쯤 들었다. 아무도 오지 않았다. 어쨌거나 기분은 여전히 좋았다. 이제 슬슬 움직여볼까 하는 마음이 들었다. 가방을 챙겨서 화장실을 나왔다. 쇼핑몰을 향해 천천히 걸었다. 언제나처럼 연못 길 앞에 서서 바다를 보았다. 바닷바람이 멀리서부터 불어오고 있었다. 언제나 바다는 그저 펼쳐져 있었다. 하늘처럼. 어떤 의지도, 의도도 없이 펼쳐져 있기만 했다. 펼쳐져 있는 바다를 A가 반으로 가른다. 바다 중간에 A가 서 있다.

"너 화장실에서 기다렸지?"

"뭘?"

"진짜로 기다리는 애들도 있더라. 너 같은 애들."

A는 눈까지 웃고 있었다. 빙글거리는 웃음이었다. 나는 좀 재밌다는 생각이 들었다.

"근데 왜 안 들어왔어?"

"얼마나 기다리는지 보려고."

A는 내 옆에 와서 섰다. 나와 A는 말없이 바다를 바라본다. 파도가 출렁였다가 가라앉는다. 배들은 들어오기도, 나가기도 한다.

"저거 타러 가자."

A는 내 손목을 잡은 채로 대관람차를 가리켰다. 나와 A는 놀이공원을 향해 뛰었다. A는 멈추지 않고 계속 뛰었다. 숨이 찼다. 그 와중에 기억나는 장면이 있다. 노란 모자를 쓴 아이 하나가 혼자 뒤뚱거리며 걸어가고 아이의 엄마는 반대편으로 걸어가는 장면이었다. 아이의 엄마는 애가 떼를 쓰니까 달래주

지 않으려고 모르는 체하며 걸어갔다. 그날 똑같은 장면을 두 번이나 보았다. 토요일 오후, 아이들은 떼를 쓰고 엄마들은 모르는 체했다. 대관람차 앞에 도착하자 다리가 후들거렸다. A와 나는 각자 입장료를 내고 차례를 기다렸다.

"넌 모르는 남자가 따라오라 그러면 그냥 따라오냐?"

"어."

"미쳤구나."

A는 픽 하고 웃었다. A는 계속 빙글거렸고 나는 그 모습을 보며 싱글거렸다. A는 어느 순간 바다를 반으로 갈랐고 어느 순간 성큼, 하고 그곳에 있었다. 대관람차는 천천히 높은 곳을 향해 올라갔다. 한낮의 여름이 두꺼운 플라스틱 창으로 쏟아졌다. 어지러웠다. A는 의자에서 내려와 바닥에 앉았다. 나는 A의 머리에 손을 올려놓았다.

"안 무섭니?"

A는 대답 대신 말없이 내 팔을 잡아당겼다. 나의 몸은 천천히 A 쪽으로 기울어졌다. 대관람차는 하늘 높은 곳으로 천천히 올라갔다. 나의 몸은 천천히 A에게로, 바닥으로 내려갔다. 나와 A는 좁은 대관람차 안에 포개진 채로 하늘을 보았다. 가장 높은 곳에 올라갔을 때는 아주 잠깐 죽지 않았으면 좋겠다고 생각했다. 나와 A의 다리는 뒤엉켜 있었고 나는 A에게 고개를 기댔다. 햇볕으로 눈이 따가웠다. 여전히 어지러웠는데 그 어지러운 기분이 좋았다. 전보다 거세진 바람이 조금씩 대관람차

안으로 들어오고 있었다. 대관람차는 바람에 살짝살짝 흔들렸다. 대관람차는 천천히 지상으로 내려왔고 나는 서서히 일어났다. 높아졌다. 더더욱 어지러웠다. A는 잠깐 휘청하더니 의자에 앉아 다시 빙글거렸다. 나와 A는 서로를 마주 보았다. 나의 눈으로 A의 얼굴이 들어온다, A의 눈과 웃음, 표정이 아주 천천히 들어와 정지한다. A는 대관람차 안을 채운다. 그 위로 여름이 쏟아져 내렸다. 놀이공원 직원은 차례에 맞춰 대관람차의 문을 열었다. A는 관람차에서 내리며 내 손을 잡았다. 나와 A는 천천히 걸었다. 그때 버스 안에서 보았던 반짝이던 바다가 생각났다. 사람들의 머리카락이나 매표소의 지붕, 날씬한 어깨에 매달린 핸드백 같은 것들이 반짝이고 있었다. 나와 A는 손을 잡은 채로 돌아가는 회전목마를 바라보았다. 느리게 흘러갔다. 모든 것들이. 엄마들은 손을 흔들었다. 아이들은 웃음을 터뜨렸다.

"내일은 뭐해?"

"집에 있을 거야."

"다음 주에도 화장실에서 기다릴 거야?"

"어. 백 번 천 번 기다릴 거야."

나는 웃으며 가방을 뒤져 펜을 꺼내 A에게 전화번호를 적어주었다.

"하루 종일 집에 있을 거야. 하루 종일 진짜 계속계속."

"계속계속?"

"응. 계—속."

A는 쪽지를 주머니에 넣었다. 나와 A는 바다를 뒤에 두고 버스 정류장을 향해 걸었다. 뒤에서 크고 느린 바닷바람이 불어왔다. 나와 A는 손을 놓지 않았다. 아이들과 엄마들과 풍선들과 느리게 돌아가는 모든 것들이 나와 A의 앞을 지나갔다. 버스는 천천히 정류장으로 들어왔다. 우리는 서로를 보며 천천히 손을 흔들었다. 흔들림 없이 눈을 마주한 채로.

6

정작 내가 같이 잔 남자는 엄마 식당에서 일하다 관둔 아르바이트생이었다. 대학생이었고, 화학공학이었는지 전기전자였는지 여튼 그런 쪽을 공부하는 사람이었다. 대학생은 아르바이트를 관둔 날 식당 앞에서 나를 기다리고 있었다. 말했다. 시간 있어? 나는 고개를 끄덕였고 대학생은 잘 아는 곳이 있다며 앞장섰다. 하얀 커튼과 소파로 채워진 카페였다. 여대생으로 가득한 카페 안에서 레몬차를 마시면서 네가 자꾸 생각난다는 식의 말들을 들었다. 나는 그때도 A에 대해 생각했다. A는 연락이 없었고 나는 그 후로도 몇 번씩이나 마린보이스 센터의 화장실에 갔었다. 바다를 본다. 하염없이 바라본다. 주변을 끊임없이 의식하면서 A를 기다린다. A는 없다. 원래 없었던 것처럼, 그러니 당연히 찾을 수 없는 것처럼 어디에도 없었다. 나와 대학생은 여름방학이 끝날 때까지 만났다. 대학생은 나를 집까지 바래다주고 함께 바닷가에 가주고 여대생들이 좋아하는 곳에 데려가주었다. 그리고 나와 대학생은 금세 키스를 하고 금세 자버렸다. 한 달쯤 지났을까. 대학생은 너는 나를 좋아하지 않는 것 같아라고 말했다. 네가 자꾸 생각난다는 것이나 너는 나를 좋아하지 않는 것 같다는 것이나 똑같은 무게였다. 대학생 같은 말이었다. 어쨌거나 금세 끝이 났다. 그런 일이 있었다. 긴 선 위에 찍힌 몇 개의 점. 대학생을 만났었지. 그런 일이 있었지. 그런 식으로 나는 실제로 있었던 일들을 아무렇지도 않게 취급했다. 오늘 아침을 먹었고 점심엔 점심을 먹었다. 어젯밤에는 늦게 잠이 들었고 오늘 학교에서는 잠시 졸았다. 그리고 대학생을 만났었고 좋지도 나쁘지도 않은 섹스를 했었다. 모두 다 있었던 일들이다. 모두 다 내가 했던 것들이다. 모두 다 우습게 여겨 망쳐버린 것들이다. 몰두했던 것은 한 적 없는 것들뿐. 다시는 보지 못한 얼굴이었다. 어느 순간 A는 바다 가운데에 있었다. 나와 A는 좁은 대관람차 안에 구겨져 하늘을 보았었다. 그 밖에 많은 것들이 있는데 모두 존재한 적이 없는 것들뿐이었다. A와 다시 대관람차를 탔다. 함께 바다를 보았다. 눈을 마주치고 이야기를 했지. 늘 텅 빈 집에 갔다. 잤다. 버스를 타고 섬에 갔다. 아직도 나에게 남아 있는 것은 존재한 적 없는 것들뿐이었다.

7

 꿈에서의 일도 그래. 규대는 죽지 않았는데 죽었다고 둘러대며 살고 있다. 규대는 살아 있는데 다른 사람들은 모두 규대가 죽었다고 슬퍼한다. 이미 많은 시간이 지나버려서 A는 희미하고 마린보이스 센터는 폐쇄되었다. 하지만 규대를 생각하면, 생각하고 또 생각하는 일이 반복되다 보면 A가 생각났다. A와 규대는 어떤 점에서는 같다. 많이 생각했기 때문이다. A에 대해서, A라는 사람에 대해서. A와 함께했던 날에 대해서 너무 많이 생각했다. 계속 생각하다 보면 있었던 일과 있지 않았던 일들이 서서히 더해진다. 모든 일들이 A라는 주제 안에서 연약하게, 그렇지만 자연스럽게 섞인다. A에 대해 많이 생각했었다. 규대에 대해서는 그보다 더 많이, 더 진지하게 생각했다. 생각하고 또 했다. 규대와는 많은 일들이 있었다. 정말로 만지고, 먹고, 화내고, 울고, '했다'라고 할 수 있는 것들이 있었다. 그러니까 언제 끝날지 알 수 없어. 규대는 죽었다. 알고 있다. 하지만 죽지 않았다고 말할 수도 있어. 아주 잠깐, 어젯밤 꿈에서는 죽지 않았다. 죽기 전에도 죽지 않았다. 그때에는 분명히 살아 있었다. 그때에는 규대가 살아 있었고 나도 살아 있었고 그 밖에 많은 사람들이 살아 있었다. 죽지 않았다.

기도를 했다. 하나님께, 예수님께, 성모마리아님께. 간절해지면, 어느 순간 기도를 할 수밖에 없었다. 기도를 하지 않을 수 없어지는 것이다. 누구를 향하지 않은 간절한 마음은 누구를 향하지 않은 채로 계속해서 간절해질 수도 있는 것이지만 어느 순간에 이르면 구체적인 대상을 부르게 되었다. 사랑의 하나님 듣고 계시나요? 오늘도 여전히 죄를 지었습니다. 늘 죄를 짓고 용서를 구합니다. 수많은 죄가 있고 앞으로는 그보다 더 많은 죄가 있을 것입니다. 그렇지만 바라는 게 있어요. 정말로 지금은 살고 싶지 않아서 다른 시간으로 가고 싶어. 규대가 살아 있는 곳으로 가고 싶습니다. 부른다. 신이라는 존재들을. 이런 마음들은 바람에 뿌리고, 침 뱉으며 발로 밟아도 사라지지 않는다. 기도의 학교에서는 이런 기도를 뭐라고 할까. 기도가 아니라고 할까. 자매님, 그것은 기도가 아닙니다. 어쩌면 제대로 된 기도라고 할지도 모른다. 하지만 그게 맞는지 맞지 않는지는 하나님 예수님 성모마리아님밖에 모른다. 그러니까 확실한 기도를 하고 싶다면, 나에게 하는 수밖에 없다. 나에게 적합해서, 내가 보기에 좋은 기도를 해서 죄짓지 않고 용서를 구하지 않는다. 아무래도 그 방법밖에는 없다.

8

 기도의 학교 사람을 만난 적이 있다. 친구네 교회에서였다. 친구는 여름 내내 교회에 나가 바닥을 닦고 큰 포대에 든 수프를 끓이고 아이들을 돌봤다. 주말에는 휴지 한 통만 한 두께의 소면을 시금치인지 뭔지 알 수 없는 야채와 함께 끓였다. 상에는 국수가 든 대접과 양념장, 김치가 있었고 사람들은 천 원을 내고 상에 앉아 국수를 먹었다. 식사 전에는 기도를 하는데 친구의 아버지나 어머니, 어떨 때는 추천을 받은 사람이 했다. 감사하다는 내용이었겠지. 믿음을 지킨 순교자들에 대한 연극을 본 다음 주, 나는 친구를 따라 교회에 갔다. 친구를 도와 국수를 끓이고 대접에 담았다. 친구의 아버지는 식사 시간이 되자 나를 가리키며 딸 친구라고 소개했다. 모두들 웃으며 반가워해주었다. 친구의 아버지는 옆에 앉은 남자에게 오늘 식사 기도를 인도하시라고 했다. 검은 얼굴의 마른 남자는 입고 있던 회색 셔츠의 소매를 걷으며 기도를 시작했다. 사랑이 많으신 우리 주 예수여. 오늘 새로운 식구를 맞이하게 됨을 감사드립니다. 나는 살며시 눈을 떠, 남자를 봤다. 남자는 지난주에 핍박과 고문 속에서도 믿음을 잃지 않았던 신실한 신자1을 연기했던 사람이었다. 낯이 익은데,라고 생각하자마자 떠올랐다. 기도의 학교 사람이었다. 남자는 나를 알아보지 못했다. 새로운 식구가 예수 그리스도의 사랑을 깨달을 수 있도록 도와주시옵고 믿음의 불빛 환히 밝혀주시옵소서. 사람들은 입술을 움직여 '아멘'이라고 속삭였다. 기도가 끝나고 모두들 젓가락을 바삐 움직여 국수를 먹었다. 친구의 어머니는 한 주 동안 건강하게 잘 지냈느냐는 질문을 하셨고 그 옆에 앉은 누군가는 예쁘게 생겼다는 칭찬을 해주셨고 기도의 학교에 다녔던 남자는 다음 주에도 볼 수 있으면 좋겠다고 했고 그러자 누군가가 당연한 일이라고 웃으며 말했다. 환영하고 있었다. 웃으며 어서 오라고, 잘 왔다고 했다. 세상의 빛은 모조리 이곳으로 향한 듯, 모두들 환하게 웃고 있었다. 국수는 맛있었다. 친구는 조용히 국수를 사람들에게 넘기고 있었다. 어제 친구는, 교회에 데리고 가는 건 니가 처음이야, 라고 했었다. 나는 환영받고 있다. 이곳에서. 순간이었다. 반짝하는 순간, 눈을 깜박이는 순간, 컵이 손을 빠져나가고 칼이 도마 위로 떨어지는 순간, 내리찍는 순간, 손 안의 모든 것이 사라지고 바람이 마음을 흔드는 순간……처럼, 환영받고 있다는 걸 온몸으로 깨닫는 순간이었다. 그 순간을 깨닫자마자 힘껏 도망치고 싶어졌다. 기다리는 것은 찾아오지 않았다. 그렇다면 누가 나를 환영하는 것일까. 환영받는 곳에서는 뒤도 돌아보지 않고 뛰어나갈 것이다. 국수는 마치 물처럼 어려움 없이 목구멍을 넘어갔다. 남자는 말했다. 앞으로의 진로는 어떻게 정하셨습니까. 글쎄, 아직요. 사회를 환히 밝히는 훌륭한 사람이 되실 겁니다. 이렇게 말을 하는 사람이었다. 그리고 매일같이 무릎을 꿇고 낮은 자세에서 기도를 할 것이다. 나는 기도의 학교를 다녔어요, 라는 말이 목구멍까지 차올랐다. 나는 기도의 학교를 다녔지만 이제 기도를 하지 않아요. 어떻게 하는지 다 잊어버렸거든요. 사회를 환히 밝히고 싶지도 않고 다음 주에 나오지도 않을 거예요. 나는 단지 기다리는 것이 나를 찾아왔으면 좋겠어요. 남자는 친구를 가리키며 교회에 믿음의 불을 밝히는 사람이라고 했다. 친구는 어색한 표정이었고 대답이 없었다. 기다리는 것이 찾아오지 않을 때 어떻게 합니까. 어떤 사람들은 얼른 찾아오게 해달라고 기도를 했고 어떤 사람들은, 그게 신의 뜻이 아니라면 받아들이겠다고 했다. 남자는 어떤 사람이었을까. 나는 잊지 않는다. 혼잣말을 반복했다. 무엇을 기다리는지 잊지 않기 위해서였다. 기다리는 것이 오지 않았기 때문에, 나를 기다렸다고 하는 쪽으로 가지 않을 것이라고 말했다. 절대로 가지 않을 것이었다.

9

그렇지만 가끔은 기도를 한다. 기도를 해. 시간이 지났기 때문에 가능해진 걸까? 그해 여름으로부터 몇 년의 시간이 지났고 지금은 가끔씩 누군가의 이름을 부른다. 신이라는 사람들의, 신이라는 신들의 이름을 부른다. 하지만 무릎을 꿇고 울

때면 신은 말했다. 이것은 기도가 아니야. 머리를 맴도는 목소리. 어쩌면 그 목소리는 신이 아닐지도 모른다. 다만 어느 순간 그런 판단이 들었다. 이것은 기도가 아니지 않은가. 맞아. 기도가 아니야. 그럼 뭐지? 비명이었다. 신의 이름을 부르며 비명을 지르고 있었어. 나는 죄를 짓고 있지도 않고 죄를 지었다면 더욱더 많이 짓고 싶은 심정이며 무엇보다 용서를 구하지도 않아. 바라는 것도 없지. 그러니까 소리를 지르는데 거기에 신의 이름만 더하는 것이다. 소리를 지르는데 누구를 향해야 할지 모르는 거야. 엄마 잘못도 아니고 아빠 잘못도 아니고 나의 잘못이라기에는 억울하다. 견딜 수가 없는데 누구를 향해야 할지 모르니 신을 부른다. 소리 지른다. 비명이 나의 기도였다. 비명은 모두가 지르고 있는 것이다. 모두가 어느 순간에 이르러 기도를 하는 것처럼, 백 행을 쓰는 것처럼, 시간과 자신을 낭비하게 되거나 온갖 것에 침을 뱉게 되는 것처럼 말이다. 비명을 지르다 지쳐 정신을 차리면 지구는 안개와 습기로 가득 차 뿌옇다. 이 습기는 헐떡이는 사람들이 내뱉은 것이었다. 비명을 지를 수밖에 없는 시간들이 있잖아. 그럴 때 밖으로 나가 봐. 밖에 나가면 볼 수 있었다. 거리를 채우는 더 큰 비명을. 더 많은 사람이 있는 곳에는 더 많은 비명이 있다. 어느 날이었다. 극장에 갔다. 극장 안은 어두웠고 사람들은 영화에 몰입하고 있었다. 리어왕이었지. 리어왕은 금세 맹세를 하고 금세 분노를 했다. 어두운 극장 안에 수백 개의 눈동자가 깜빡였고 수백 명의 숨소리가 들렸다. 나는 비명을 지르지 않았는데 비명을 깨달았다. 비명의 존재를, 비명이 있다는 것을 알아버렸다. 찰나의 순간이었다. 그리고 끝이다. 나는 다시 영화를 보았다. 리어왕은 미쳐갔다. 비명은 그곳에 있었다. 내가 지르지 않아도 있었다. 극장에서 나와 거리를 걸었다. 바람은 쌀쌀했지만 겨울은 지나가고 있었다. 생각했어. 요즘은 사람들이 참 많이 죽지. 스스로 죽기도 하고 스스로가 남이 되어 죽이기도 하지. 거리에, 공원에, 서점과 백화점에, 지하철과 가로등에 비명이 물처럼 차오르고 있다. 이불 속까지 머리카락 속까지 차오르면 어떻게 해야 하는 것이지? 비명은 홍수가 다리를 잠기게 하듯이 거리와 사람들을 잠기게 할 것이다. 결국 모든 것은 물기 묻은 비명에 잠길 것이다. 규대는 죽고 나서 나에게 비명을 남겼고, 사람들의 비명은 이곳을 채운다. 차가운 바람과 멀리서 다가오는 봄과 웃음소리와 발걸음과 비웃음처럼 말이다.

10

여름방학을 보내고 나자 시간은 금세 흘렀다. 시험을 몇 번 보고 나니 끝이 나버렸다. 고등학교를 졸업했다. 다녔으니까. 어쨌거나 다녔으니 졸업을 했다. 시험이 끝나고 나자 시간이 많아졌다. 식당에 가서 하루 종일 엄마를 도왔다. 운전을 배웠고 일본어를 공부했다. 아무 생각도 들지 않는 시간들이었다. 3월이 되면 대학을 다니게 될 것이었다. 기대되는 것은 전혀 없었다. 대학입학시험을 보기 전에는 주말을 기대했고 A를 기다렸다. 시험이 끝나자 여태 품어왔던 기대와 기다림이 간단히 사라졌다. 나는 기를 쓰고 공부를 하는 학생이 아니었기에 A와 시험은 크게 상관이 없는 문제였다. A가 주말에 만나자고 하면 만났을 것이고 학교에 밤늦게까지 남아 있지 말라고 하면 그렇게 했을 것이다. 참고서를 살 돈을 꿔달랬어도 꿔줄 것이었고 없는 돈을 만들어달라 해도 구해줬을 것이다. 집에 들어가지 말라고 해도 잠깐 고민하다 들어가지 않았을 거야. 처음 보는 남자가 따라오라고 하면 따라가니? 응. 미쳤구나. 그래. 떠오르는 대화들. A에 대해 생각하고 또 생각하며 시간을 보냈다. 이 강렬함이 사그라지기 전에 꿈처럼 네가 나타나기를. 하나 시간이 지나 시험은 끝났고 A를 생각하던 것도 끝이 났다. 무턱대고 A를 기다리던 것도 끝이 났고 간절함이나 끝을 모르는 긴장감도 끝이 났다. 긴장과 불안과 고민 같은 것이 끝이 나자 인생은 순조로워졌다. 아무 생각도 들지 않기 때문에 많은 것들을 할 수 있었다. 외삼촌의 차를 빌려 운전을 연습했고 식당에서 종일 일하고 용돈도 받았다. 새로운 사람들과 새로운 거리로 가게 될 것이다. 정해진 일이었다. 그런데 가고 싶지가 않아. 내게 주어진 것은 여기서 계속해서 머무르며 바다를 보는 일 같았다. 야망 같은 것은 없고 따라서 변화 같은 것도 없었으면 좋겠다. 시험이 끝난 아이들은 섬으로 가, 아르바이트 자리를 구했다. 놀이공원에서 아이스크림을 팔거나 쇼핑몰에서 물건을 정리했다. 하루 종일 유원지에서 머물렀다. 나는 내 자리가 아닌 곳으로 가게 될 것이다. 모든 일들은 그렇게 정해진 대로 진행되었다. 어디엔가 구겨져 있는 불안 같은 것을 무시한 채로 말이다.

그해 3월은 친절한 봄이었다. 나는 수도에 있는 좋지도 나쁘지도 않은 학교에 다녔다. 벚나무가 많은 학교였다. 벚꽃은 남쪽에 많이 피는 꽃이었고 나는 교정을 채운 꽃들을 보며 바닷가 도시를 떠올렸다. 3월이었고 모두들 방긋거렸다. 방긋거리며 이름을 물었고 고향을 물었고 좋아하는 것들을 물었다. 그러고 나면 깔깔거리며 함께 밥을 먹으러 갔다. 고등학교 때와 다를 바 없는 인간관계가 형성이 되었고 그 모든 것들이 만들어지는 과정은 정말로 친절했다. 나는 수업을 마치면 혼자 집으로 돌아와 씻고 잠을 잤다. 왠지 어디에도 비집고 들어갈 수가 없어서 나는 방으로 돌아왔다. 좁은 방 사과 상자가 쌓여 있는 방 빨래가 마르고 있고 바닥에 신문지가 놓인 방에서 잠을 잤다. 하루에 열두 시간은 자는 것 같았다. 며칠 동안은 물과 빵 몇 조각만 먹었고 그 며칠이 지나면 학교 앞 제과점에서 5천 원에 파는 케이크를 퍼 먹었다. 케이크를 다 먹으면 아이스크림 한 통을 사 와서 그 자리에서 다 먹었다. 며칠을 그러고 나면 또다시 물과 빵 몇 조각으로 돌아왔다. 몇 번씩이나 배가 쑤시는 듯이 아파 방바닥을 뒹굴었다. 정해진 일과였다. 나는 스스로를 괴롭힘으로써 긴장과 불안에서 벗어날 수 있었다. 나를 제외한 아이들은 매일같이 술을 마셨고 주말에는 옷을 사러 도시의 이곳저곳을 헤집었다. 여름이 가까워오면 아이들은 함께 공부를 했고 학교 근처 유명한 식당으로 가서 스트레스를 풀듯 아귀아귀 먹었다. 거기에는 두드러진 친절과 다정함이 있었다. 그 모든 친절함은 벚꽃과 함께 활짝 피어났고 나는 그 기운 아래서 먹고 토하기를 반복했다. 술을 마시는 것도 아니었는데 말이다. 나는 고등학교 때처럼 학교에 가기만 했고 수업을 듣기만 했고 그러니 당연히 시험도 보기만 했다. 먹고 토하고 죽은 듯이 자고 어떻게 일어났는지 모르겠지만 어떻게든 일어나 학교에 갔다. 매일매일 무엇엔가에 쫓기듯 피곤했다. 집으로 돌아와 허겁지겁 케이크를 먹고 나면 기분이 나빠서 견딜 수가 없었다. 그때부터 토하기 시작했다. 토한다는 행동 자체는 머리를 말끔하게 했다. 토할 때는 아무 생각도 들지 않았다. 그게 좋았다. 그렇게 겨우겨우 하루를 내다 버리고 나서도 아직 많은 시간들이 남아 있었다. 무서웠다. 어느 날이었나. 고등학교 때 친구가 쇼핑을 하자며 팔짱을 끼고 앞장섰다. 주말의 지하철은 옆 사람의 숨소리가 그대로 느껴지는 곳이었다. 지하철 문이 열리고 친구의 손에 이끌려 어디론가 나갔다. 지하철에서 내뱉어지는 기분이었다. 어디론가, 점점 사람들이 많아지는 곳으로. 왜 이렇게 자꾸만 괴롭힘당하는 것 같습니까. 나에게 좋은 것이, 평화롭고 즐거운 것이 있다면, 있었다면, 그 모든 것들을 높은 곳에서 빼앗아가는 것 같았습니다. 치이는 사람들 속에서 좋은 것이 다 사라지고 나는 내가 누구인지도 모르는 채로 이리저리 끌려갔다. 친구가 괜찮으냐고 물었다. 괜찮다고 했어요. 괜찮지 않다고 대답할 만큼의 내가 남아 있지 않았기 때문이었다.

빼앗긴 좋은 것들은 회복이 되지 않았다. 찾으려 해도 찾아지지가 않았다. 그런 매일매일을 겨우 처치하자 방학이 왔고 나는 하숙집을 정리하고 집으로 갔다. 나를 걱정하던 사람들이 있었을지도 모르겠다. 너와 친해지고 싶었는데. 왜 우리랑은 같이 놀지 않니. 그런 말들을 들으면 화끈거렸다. 누군가에게 호감을 샀다는 것이 부끄러웠다. 집으로 돌아와서는 몇 개월 전처럼 식당에 가고 섬에 갔다. 가끔씩은 시내에 있는 성당에 들렀고 일본어를 다시 공부했다. 외삼촌의 차를 빌려 바닷가를 달리기도 했다. 제자리로 돌아온 느낌이었다. 학교로는 다시 돌아가지 않았다. 나는 내게 꼭 맞는 것처럼 준비된 하루하루를 천천히 넘겨나갔다. 그렇게 한 달을 보냈다. 버스를 타고 바닷가를 지나면 지난 서너 달의 일들이 떠오르기도 했다. 또렷했던 그때의 괴로움들은 차츰 실감나지 않았다. 좋았던 것들은 진작 빼앗겼지만 고통은 사라졌다. 다행이다. 빼앗긴 평화로움은 돌려받지 못했지만 괴로움과 불안함은 사라졌으니까.

그러니까 괜찮다는 생각이 들었다. 여름이 짙어졌다. 풀냄새는 짙어지고 태양은 뜨거워졌지. 나는 레모네이드를 마시며 섬에 갔다. A를 만났던 날이 떠올랐지만, 아, 이제 지난 일이었다.

도시의 끝에는 오래된 성당이 있다. 성당에서 10분쯤 걸어가면 섬으로 향하는 다리가 나왔다. 가끔 섬에 가기 전에 성당에 들렀지만 성당 안까지 들어가는 일은 없었다. 멀리서 성당을 보면서 걸어갔다가 성당이 가까워지면 아, 성당이다, 라고 생각할 뿐이었다. 매번 성당으로 향하는 계단을 올라 성당 바로 앞까지 갔다가 되돌아왔다. 성당 주변을 걷기만 하다 오는 것이다. 성당 안은 조용했다. 보통의 조용함보다 두 배쯤 강한 밀도로 조용했다. 그 안에서 사람들은 손을 모으고 기도를 했다. 7월의 첫째 날 평소와 다르게 성당 안으로 들어가보았다. 6월 30일도 이미 여름이었지만 7월 1일은 정말로 본격적인 여름 같았다. 여름의 햇살이 스테인드글라스를 통과하며 색색의 그림으로 나타났다. 허리를 세우고 앉아 눈을 감았다. 여름의 햇살은 얼굴을 간질였다. 눈을 감았지만 햇빛이 반짝이는 것을 느낄 수 있었다. 눈앞에서 어른거리는 태양을 감은 눈으로 지켜보다가 천천히 눈을 떴다. 눈이 부셨다. 고개를 돌려 스테인드글라스를 보았다. 푸른색 옷을 입은 노랑머리 여자는 커다랬다. 저 푸른색을 무어라고 하나. 나는 파란색들을 아는 대로 불러보다 말았다. 내 옆에 앉은 남자애는 눈을 감고 손을 모으고 기도를 하고 있었다. 남자애는 가끔씩 중얼거렸다. 중얼거릴 때는 입을 빨리 움직이다가 코를 한번 찡긋거렸다. 나는 남자애에게서 눈을 떼지 않았다. 남자애는 눈을 감고 기도하고 있었으므로 봐도 모를 것이었다. 한참을 기도하던 남자애는 어느 순간 기도를 멈추었다. 숨을 한 번 크게 쉬더니 모으고 있던 손을 비비자 나는 남자애가 기도를 끝냈구나 하고 알았다. 남자애는 눈을 뜨고 앞을 봤다. 사람들은 모두 같은 자장 안에서 기도를 하고 눈이 부셔하고 푸른색에 대해 생각해. 하지만 남자애와 나는 다른 자장 안이다. 너는 나와 함께 있어. 나는 남자애를 쳐다보았고 남자애는 가끔가다 힐끔거리며 나를 보았다. 나는 좀 이따 섬에 가서 바다를 볼 것이고 그다음에는 자전거를 타고 돌아다녀야겠다고 마음을 먹었다. 그제야 간신히 눈이 부시지 않았다.

"저기,"

"네?"

남자애는 긴장한 얼굴로 나를 보며 물었다.

"예전에,"

"네?"

"기도의 학교에 다니지 않으셨어요?"

글쎄, 뒷머리 어디쯤에서부터 놀라움이 퍼져나가고 그보다 조금 늦은 속도로 남자애의 얼굴을 알아차리게 되었다. 아는 얼굴이었다. 규대였다.

"아."
"맞지요?"
"네."
"아."
"규대지?"
"아, 네."
정말 규대였다.

11

한 형제가 있었다. 형의 이름은 원대였다. 하루 종일 음악을 듣는 사람이었다. 동생의 이름은 규대였다. 기도를 열심히 하는 사람이었다. 지금에 와서 돌이켜보니 뭔가 답답한 형제라는 생각도 든다. 둘은 모두 각자의 일에 열심이었지만 규대는 아무리 해도 원대를 따라잡을 수 없었다. 원대가 대단해서가 아니라, 원래 기도라는 것이 그렇게 많이 할 수는 없는 것이니까. 많이…… 할 수 없는 거지. 그런데 많이가 아니라 오래인가? 많은 기도와 오랜 기도는 각각 예배당과 혼자만의 방에서 하는 것이고 규대는 아마 언제든지 둘 중 어느 곳에 있을 거야. 그렇지만 음악을 들으며 딴생각을 하더라도 음악을 듣는다고 할 수는 있지만 기도를 하면서 딴생각을 한다면 그것은 기도라고 할 수 없잖아. 간단히 말해 그런 이유 때문이었다. 한 시간 동안 음악을 듣는 것은 쉽지만 기도를 하기는 어렵고 규대는 아무리 해도 원대가 음악을 듣는 만큼 기도를 할 수는 없었다.

형제의 부모는 항구에 자주 나갔다. 남한으로 입국하고자 하는 외국인들의 비자를 위조해주고 돈을 챙기는 일을 했다. 그 밖에도 조선족 여자들을 식당에 연결시켜주는 일과 국제결혼 알선 업무도 했다. 형제의 큰아버지가 국제결혼 알선 업무를 전문적으로 하였는데 그 일을 형제의 아버지가 돕다가 아예 부부가 이쪽 일에 뛰어들게 된 것이었다. 형제의 부모에 대해 말하자면 그들은 자식을 학대하지 않았고 방치하지 않았고 무턱대고 엄청난 기대를 하지도 않았다. 그 덕에 형제는 모든 인간이 가져야 할 각자의 테마를 가지고 그에 맞는 좌절과 고민을 안고 살아갈 수 있었다. 규대는 기도를 하고 원대는 음악을 듣고 기도를 하며 후회하는 건 규대이고 음악을 들을 때만 즐거운 건 원대이고.

원대의 문제는, 글쎄요. 원대에게 어떤 분명한 문제가 있는 것은 아니었다. 그런데 원대에게는 문제가 있어. 없다고 할 수가 없다. 그래도 생각해보면 그게 원대의 잘못은 아니라는 생각이 든다. 원대는 음악을 듣는 사람이고 그것은 아름다움을 알고 있다는 뜻이야. 음악을 듣는다. 음악을 오래 듣는다. 음악을 많이 듣는다. 더 많은 아름다움과 더 깊은 감정에 대해 알아간다. 원대는 이 과정을 반복해나갔다. 그는 이 과정에서 뒤처지지 않았고 점점 더 앞으로 나아가기만 했다. 그는 아름다움을 너무 잘 알았어. 아름다움을 잘 알았다는 것은 무엇이 쉽게 사라지는지를 알고 있다는 뜻이었다. 원대는 무엇이 어떻게 사라지는지를 알고 있고 누가 언제부터 무너지는지를 알고 있고 모두가 결국엔 사라진다는 것을 그럼에도 그럼에도가 있다는 것을 알고 있었다. 그건 규대가 알지 못하는 것이다. 원대는 규대보다 네 살이 더 많고 원대는 대학 입학시험을 여섯 번 보았고 원대는 일을 해본 적도 돈을 벌어본 적도 없다. 규대는 시험을 한 번 본 후 대학생이 되어버렸는데 그에 반해 원대는 영영 대학생이 될 수 없을 것 같아 보였다. 원대가 매해 입학시험을 보고 그러다가 공익근무요원으로 동사무소에서 일하게 되는 동안 규대는 고등학교를 졸업하고 대학생이 되었다. 원대가 시험을 여섯 번을 보거나 말거나 영영 대학생이 되지 못할 것 같은 데다 이미 인생을 반쯤 망쳐먹은 것 같아 보이더라도 규대는 원대를 좋아했다. 원대도 규대를 좋아했다. 하지만 이건 확신할 수 없다. 나는 원대를 잘 모르니까. 내가 원대에 대해 알 수 있던 것은 그가 음악을 듣던 사람이라는 것과 아름다움을 알았다는 것, 그러나 아름답지 않았다는 것. 그것뿐이었다. 그는 그저 커먼피플일 수 있었다. 0의 자리에서 살아갈 수 있었다는 뜻이다. 그런데 그가 아무리 0에 있다 해도 그의 아름다움에 대한 이해는 점점 10에서 20으로 커졌고 커졌다는 생각이 들자 100을 넘어섰다. 그래서 그가 아무리 0에 있다 해도 그는 이미 -50짜리 사람으로 보였다. 원대의 문제는 말하자면 그것이었다.

　규대는 기도하는 사람이었으므로 낮춰 사는 사람이었다. 매일매일 회개를 했다. 그리고 마음의 평안을 얻었다. 아마도. 사실 규대는 원대보다 나은 게 없었다. 늘 시험을 못 보았고 머리가 좋지도 않았고 공부를 열심히 하지도 않았다. 그는 단지 자신이 갈 수 있는 곳을 갔다. 그리고 그것에 감사했다. 둘의 차이는 그뿐이었다. 형제의 부모는 생각했다. 조선족 여자들은 끊임없이 남한에서 일을 하고자 했고 남한의 남자들은 이제 몽골 여자들을 찾았고 그 와중에 우크라이나 여자를 찾는 남자들은 점점 늘어났고 한편 경찰의 눈을 피하는 일은 더 어려워졌다. 그 모든 것을 고민하는 사이사이 형제에 대해 생각해야 했다. 부모는 원대에게 용돈을 주었고 학원비를 주었다. 앞으로도 계속 용돈을 줄 수 있을 것 같았지만 그게 좋은 일일까에 대한 확신이 없었다. 또한 규대가 대학을 졸업하고 돈을 벌 수 있을지도 상당히 미지수였다. 규대는 원서를 내기만 하면 들어갈 수 있는 학교를 다녔고 잘하는 것이라고는 없었다. 하지만 대학을 졸업하기까지는 아직 시간이 있었으니까 그건 그때 가서 생각해보기로 했다. 부모는 원대가 군대에서 제대하자 중국인 여자 하나를 넘겼다. 어린 여자였다. 부모는 어린 여자에게 용돈을 주며 원대와 놀라고 했다. 부모는 원대에게 1년 후에는 중국으로 유학을 보낼 거라고 했다. 한의학을 전공하게 해야지. 그 전까지 이 여자애랑 놀면서 중국어를 공부해봐. 같이 놀면 금방 늘 거다. 부모의 생각이었다. 원대의 부모는 원대가 러시아에서 초코파이를 팔겠다고 하면 우크라이나 여자를 원대 방에 던져주었을 것이다. 할 수 있는 일이었다. 그렇다면 해주는 것이다. 그 이후로 원대는 어린 중국 여자와 한방에서 살고 있다. 원대를 음악 듣는 사람 말고 다른 사람으로 설명해야 한다면 방에 있는 사람으로 설명해야 할 것이다. 원대는 방에 있는 사람이었고 방에서 음악을 듣는 사람이었고 눈을 감고 어젯밤 꿈을 다시 반복해대는 사람이었다. 원대는 자위를 자주 했다. 음악을 듣는 사이— 밥을 먹는 사이— 이제 공부를 해야겠다고 생각하는 사이— 인터넷 강의를 듣는 사이— 학원에 가는 사이 원대는 자위를 했다. 여자애의 이름은 원웡이었다. 하지만 원대는 늘 발음을 틀렸으므로 원웡이 아닐지도 모른다. 그와 근접한 어떤 발음, 여자애의 이름이었다. 원대는 이제 자위를 줄이고 섹스를 했다. 여자애를 눕혀놓고 했다. 할 수 있으니 했고 거기에는 별다른 의문이 끼어들지 않았다. 원대는 이제 섹스를 해본 남자가 되었다. 이전까지 원대는 섹스를 못해보았기 때문에 누가 섹스에 대해 물을까 봐 겁을 먹고 있었다. 하지만 원웡을 만난 이후로는 섹스에 대해 누가 물어도 대답할 수 있었다. 묻는 사람은 물론 아무도 없었지만 누가 물어볼까 봐 겁먹지 않을 수는 있었다. 부모는 원대가 중국어를 공부하게 되면 다행이지만 그렇지 않더라도 썩 억울하지는 않았다. 부모는 장남이 방에만 있는 것이 걱정되었던 것이다. 원대가 여자도 만져보고 그러다 보면 좀더 남자 같아지지 않을까 보통 남자 같아지지 않을까 정말로 길에서 볼 수 있는 아주 보통의 남자 같아지지 않을까 하는 기대를 했다. 원대의 부모는 남한의 남자들이 필리핀과 태국에서 하는 일들을 간소하게 집안에서 처리할 수 있게 도왔다. 그뿐이 아니었다. 원대의 부모는 바쁜 와중에 원윙을 산부인과에 데리고 가주기도 했다. 원대가 자기는 가기 싫다고 문을 발로 차고 소리를 질렀기 때문이었다. 원대는 그 후로도 여러 번 원윙과 섹스를 했다. 원윙을 눕혀놓고 가랑이를 벌리라고 했다. 허벅지를 들고 있어. 원윙이 알아듣지 못하자 직접 팔로 다리를 세웠다. 이렇게. 눈을 마주치면서 다리 모양을 만들어주었다. 원윙은 v자로 다리를 벌린 채로 누워 있었다.

원대를 구성하는 것은 너무 많은 음들이었다. 시와 노래. 기타를 든 사람들이었다. 가만히 숨을 쉴 때도 시와 노래들이 한 쪽 머리를 지나 다른 쪽 머리로 빠져나가는 것을 들을 수 있었다. 담배를 피우고 싶어, 얼굴에 들러붙은 수치를 감추기 위해. 코냑과 깨진 유리잔. 그 모든 시간 동안 나는 너의 재떨이였어. 오늘은 아냐. 네가 떠난 날 핑크 시가렛을 침대에서 발견했어.

너의 입술이 거기 있었을 거란 걸 내가 어떻게 잊을 수 있겠니. 너의 입술은 어디에나 있고 모든 것을 쓰다듬지. 나를 빼고는 말야. 속삭여줘, 쓰다듬어줘. 샴페인, 바람 속의 너의 머리카락. 속삭여줘, 쓰다듬어줘. 립스틱, 뺨을 때리던 손. 결국 너의 눈은 울고 있었어. 내가 차마 묻지 못했던 것들을 너는 다 말했지. 지금 나는 흰옷을 입고 있어. 그리고 넌 마지막까지 나를 괴롭혔지. 이게 끝이 아냐. 네가 떠난 날 핑크 시가렛을 침대에서 발견했어. 너의 입술이 거기 있었을 거란 걸 내가 어떻게 잊을 수 있겠니. 너의 입술은 어디에나 있고 모든 것을 쓰다듬지. 나를 빼고는 말야. 나의 유서를 보게 되겠지. 나의 흔적을 보게 되겠지. 네가 죽은 나를 보게 되기까지 다섯 시간이 남았어. 네가 죽은 나를 보게 되기까지 네 시간이 남았어. 네가 죽은 나를 보게 되기까지 세 시간이 남았어. 네가 죽은 나를 보게 되기까지 두 시간이 남았어. 아 이제 고작 한 시간이 남았어. 이제 고작.* 사람들은 매 순간 판단을 하게 되잖아. 아, 점심을 먹어야 한다. 무엇을 먹어야 할까. 김치찌개를 먹어야지. 원대의 머릿속에는 그런 목소리가 너무 적었다. 늘 음악이 흘렀다. 흘렀다고 할 수도 없게 언제나 시와 노래가 꽉 차 있었다. 풀 볼륨으로 노래가 흐르고 있었다. 원대는 아름다운 사람들은 아름답게 섹스를 한다는 것을 알고 있었다. 기타

---

* Mr. Bungle의 노래 「Pink Cigarette」의 가사를 한글로 옮김.

한 대를 든 사람들은 원래 알고 지내던 비슷하게 생긴 여자친구와 자연스럽게 섹스를 한다. 전자 기타를 들고 거칠게 노래하는 사람들은 자신보다 더 다루기 힘든 여자와 소리를 지르면서 해. 원대는 부모가 사준 여자를 눕혀놓고 했다. 원윙은 늘 숱이 많은 까만 머리를 늘어뜨린 채로 체크무늬 바지에 민트색 티셔츠를 입고 있었다. 올해가 지나면 중국으로 가게 되는 건가. 원대는 방에 앉아서 생각했다. 가게 되는 건가 보다. 그렇게 잠잠하게 시간을 보낼 때도 있었다. 잠잠한 시간. 그럴 때면 집 앞 다이소에서 테이프처럼 붙일 수 있는 벽지를 사다 방을 꾸미기도 했다. 잘린 채로 파는 커튼 천을 사서 창에 압정으로 고정시켰다. 벽지는 올리브색 벽돌 모양이었는데 가스레인지 옆 벽의 기름때를 가리기 위해 붙였다. 커튼 천은 흰색 아마천이었고 밑단에 하늘색으로 수가 놓여 있었다. 냉장고 위에는 체리블러섬 향초도 놓았다. 혼자서 그렇게 집을 바꾸고 나서 방구석에 앉아 눈을 반짝였다. 좋아졌다. 좋아셨다. 좋아졌다. 좋아졌다고 말해 좋아졌다고 말해. 좋아졌다 좋아졌다. 그렇게 눈을 반짝였다. 잠잠한 시간은 그렇게 보내기도 했다. 하지만 종종 참을 수가 없었다. 너무 멀어. 아름다운 사람들이 사는 곳과는 너무 먼 곳에서 원대는 여자에게 돈을 주고 바닥에 엎드리라고 시범을 보였다. 원윙은 꽤 어리지. 스무 살은 되었을까. 어쩌면 원윙이 자기보다 열 살은 더 어릴지도 모른다고 생각했다. 원윙은 살결이 어린애들처럼 부드러웠다. 원대는 원윙의 엉덩이를 잡고 움직였다. 원대는 원윙을 보면 섹스를 하고 싶었다. 매번 하고 싶어서 매번 했다. 할 수 있으니까 했다. 원윙은 아름다운 여자도 아니었고 길가에서 마주치는 여대생도 회사원도 아니었고 엄마이모고모여동생도 아니었다. 부모가 사줬으니 할 수 있다. 할 수 있으니까 했다. 해도 되니까 했다. 그렇지만 얼마나 더러운가 생각하지 않았다. 이미 더러울 대로 더러웠다. 그렇지만 더러운 모습을 자세하게 그려낼 수는 없었다. 아름다운 것들은 더럽고 더러운 자신의 머릿속에서 구체적인 모습으로 살아간다. 그 사이가 너무 멀기 때문에 이것은 이만큼 더럽다고 결론을 내릴 수 없었다. 발을 내디디면 끝이 보이지 않는 곳으로 떨어질 것이 분명했다. 원대는 그 붕 뜬 사이에서 매일같이 섹스를 하고 저주를 해댔다. 카메라로 얼굴을 뭉개버리고 싶다. 이것은 어느 날 원대가 했던 저주였다.

12

규대를 만났던 날의 이야기다. 우리는 성당에서 나와 고해실로 향했다. 고해실은 성당 밖에서 찾는 것이 더 쉬웠다. 지나가던 사람이 조금이라도 더 쉽게 들어갈 수 있도록 바깥을 향해 열려 있었다. 나는 고해실로 들어갔고 규대는 밖에서 기다렸다. 고해실로 들어가는 길은 바깥보다 서늘했다. 고해실로 향할수록 점점 더 서늘해졌다. 성당 안은 고요한 침묵이 천장까지 차 있었고 고해실은 무거운 비밀로 조용했다. 천천히 문을 열고 들어가 앉았다. 눈을 감고 한참 동안이나 침묵을 대면했다.

"고해할 것이 있습니까."

신부님의 질문은 단번에 이해되지 않았다. 무슨 말인지, 무엇을 묻는 건지 속으로 여러 번 되물어야 했다.

"없습니다."

눈을 감은 채로 대답했다. 다시 침묵과 어둠을 마주했다. 신부님의 질문은 신부님의 입에서 공기 중으로, 나의 귓속으로 흘러들었다가 귀에서 머리로 그리고 그곳에서 맴돌고 있다. 고해할 것이 있습니까. 나는 그 질문을 아주 오랜 시간에 걸쳐 이해하려고 했다. 고해할것이있습니까. 고해할것이있습니까. 한참을 맴돌던 질문은 '없습니다'라는 납을 받아내고서 짐짐해졌다. 나와 신부님은 고해실의 침묵과 서늘함을 사이에 두고 말없이 한참을 앉아 있었다. 신부님이 입을 천천히 떼는 소리가 들렸고 나는 고해실을 나왔다. 천천히 문을 열고 밖으로 나갔다. 눈이 부셨다. 규대는 바닥에 앉아 무릎 사이에 고개를 처박고 있었다. 물이 빠진 갈색 머리가 귀를 덮고 있었다. 한참 동안 규대의 뒷모습을 보았다. 등 뒤로 다가가서 귀에 대고 속삭였다.

"고해할 것이 있습니까?"

규대의 긴장한 목과 등이 느껴졌다.

"없는데."

"그렇구나."

"아니, 있습니다."

"정말?"

"네."

"해봐."

"저……"

규대는 여전히 고개를 숙인 채로 이야기를 이어갔다.

"저는……"

나는 규대의 목과 팔 사이로 손을 뻗어 규대의 입을 막았다.

"들었습니다."

다시 손을 뺐다. 규대는 눈을 끔뻑이며 물었다.

"근데 무엇을 고백했어요?"

나는 방글거리며 대답했다.

"내가 아무것도 아니라는 것을 알고 있다고. 그런데 알고 보면 나는 아무 문제가 없다고. 그러자 신부님이 진실은 당신이 알고 있는 것과 다르다고 내게 경고했어. 진실은 바닥 속에 있고 그곳은 깊고 어둡다고 말했다. 그러고서는 바닥을 더듬으시더니 숨겨진 미닫이 문을 열고 지하로 내려가버리셨다. 나는 혼자 남아 바닥을 느끼려고 했지만 아무것도 느껴지는 것이 없고 고해실은 서늘하기만 했다. 텅 빈 고해실을 향해 서늘해 서늘해요, 라고 한 것으로 나의 고해를 끝내고 나는 그곳을 빠져나왔다."

규대는 고개를 들어 나를 보았다. 실망스런 눈빛이었다. 나는 씩 웃었다.

"나도 내가 아무것도 아니라고 생각해요. 다른 사람이랑 비교해서가 아니라 그냥 그렇게 생각해."

"응, 그렇지?"

나는 규대 옆으로 가 앉았다. 바닥을 짚은 규대의 손등 위로 손을 포갰다. 우리의 손은 축축해졌다. 우리는 햇볕에 얼굴이 벌게질 때까지 앉아 있었다. 아무것도 아니라는 것을 증명할 것처럼 햇볕에 얻어맞고 있었다.

"그런데 여기는 왜 온 거야?"

"부모님 일 도와드리려고요."

"지금은 어디 사는데?"

"당분간은 여기서요. 부모님이 방을 구하셨거든요."

나는 포개진 손을 잡은 채로 일어섰다. 축축한 규대의 손이 미—ㄲ—러—지—듯 나의 손을 벗어나려는데, 규대는 재빨리 내 손을 낚아챘다. 우리는 천천히 성당을 나왔다. 오랜만에 많은 것들을 해낸 기분이었다. 기도라든가 기도 같은 것들을.

13

 집은 늘 텅 비어 있었다. 나와 규대는 집으로 향했다. 규대는 존댓말을 쓰다 반말을 쓰다 했지만 덜컹거리는 버스 안에서는 말없이 자기만 했다.
 "야, 일어나."
 규대는 기지개를 켰다. 잠에서 덜 깬 모습이었다. 그러고는 무작정 나를 따라 내렸다. 우리는 천천히 아파트 단지를 향해 걸었다. 집으로 향하는 길에는 저수지를 끼고 마라톤 트랙이 깔려 있었다. 트랙을 따라 걸었다. 달리기를 하는 사람들은 우리를 제치고 지나갔다. 빨리 걷는 사람들과 자전거를 탄 사람들도 우리를 지나 앞으로 앞으로 향해 갔다. 저수지가 점점 가까워졌다. 사람들은 저수지 근처에서 분주히 뭔가를 하고 있었다. 가까이서 본 저수지는 물이 거의 빠져 바닥이 드러나 있었다. 수면을 메우던 연잎들은 모두 한쪽으로 뉘여 있었다. 포클레인처럼 생긴 기계가 큰 호스로 저수지의 물을 빨아들이고 있었다. 얕은 물에서 물고기들은 어찌할 바를 몰라 하며 이리저리로 몸을 피하고 있었다. 장화를 신은 사람들은 물을 튀기며 고기들을 잡으러 뛰어다녔다. 물고기를 잡은 사람들은 고무장갑을 낀 채로 잡은 것들을 대야에 담았다. 그와 동시에 포클레인은 저수지 바닥을 긁고 있었다. 포클레인이 움직일 때마다

물은 점점 탁해졌다. 저수지는 점차 바닥을 드러냈고 물고기들이 피할 곳도 사라져갔다. 물고기들은 물을 튀기며 날기까지 하다가 곧 떨어져 잡혔다. 어떤 물고기들은 호스로 빨려 들어갔고 대부분의 물고기들은 사람들에게 잡혔다. 규대는 멈춰 선 채로 한참 동안 그 모습을 바라보았다. 타오르는 주황색 노을은 저수지를 다 덮고 차도의 끝까지 이어져 있다. 물고기들은 언제 다 없어질까. 물고기들은 호스로 빨려 들어가거나 바닥에서 튀어 오르다 사람들에게 잡히거나 포클레인에 찍히거나 해서 죽어버릴 것이다. 물고기들이 죽는 방법은 타오르는 주황색 노을처럼 끝까지 이어졌다. 저수지는 어항보다 크고 수족관보다도 크다. 하나 바다보다 작고 강보다도 작다. 어딘가에서는 수족관의 물을 다 빼버린 후 입을 뻐끔거리는 물고기들을 갈퀴로 찍을 것이다. 고무장갑을 낀 손이 느릿느릿 움직이는 거북이의 등껍질을 잡아서 대야에 던져 넣을 것이다. 거북이는 날 수도 없다. 그러다 귀찮아지면 뻐끔거리는 아가미 위로 진류를 흘릴 것이다. 물고기는 높이 솟구치다가 다시 바닥으로 떨어져 죽는다. 그리고 어느 바닷가에서는 몹시 큰 호스가 나타나 바닷물을 뽑기 시작할 것이다. 미역들은 바다에 누워 있을 것이고 산호초는 말라갈 것이다. 그 위로 물고기들이 튀어 오를 것이며 사람들은 장화를 신고 고무장갑을 끼고 물고기들을 잡으러 뛰어다닐 것이다. 이미 포클레인에 찍힌 상어와 고래 들이 피냄새를 풍기며 죽어가고 있을 것이고 바닷새들은 떼로 몰려와 눈앞의 물고기들을 찍어댈 것이다. 너무 많이 먹은 갈매기들은 끼룩거리다 생선 뼈 더미 아래로 떨어질 것이고 그 위를 벌레들이 덮을 것이다. 실제로 어느 바닷가에서는 말이다. 하늘의 붉은 기운이 점점 검은 구름에 가려질 때 나와 규대는 저수지를 떠났다.

14

 백 행을 처음 알게 된 것은 규대를 통해서였다. 규대는 어느 날 『하이틴 시집 걸작선』이라는 책을 들고 우리 집에 놀러왔다. 그게 아니면, 내가 규대에게 놀러 갔을 때 규대가 『하이틴 시집 걸작선』을 읽고 있었던가. 가물가물하다. 어쨌거나 나는 무슨 책이냐고 물었고 규대는 잘 모른다고 했다. 형 책이야. 뭐 이런 대답이었다. 우리는 서로의 팔을 허리에 감고 누군가가 누군가의 어깨에 고개를 묻고 그런 상태로 책장을 넘겼다.

 백 행을 쓰고 싶다*

아키 아키라

---

* 데라야마 슈지, 『책을 버리고 거리로 나가자』, 김성기 옮김, 이마고, 2005.

「비눗방울 홀리데이」(1960년대 텔레비전의 음악프로그램)를 보고 싶다
　전통찻집 기치에서 레몬차를 마시고 싶다
　향수를 느끼고 싶다
　'잃어버린 상실'의 의미를 알고 싶다
　화려하게 차려입은 신주쿠 아가씨의 얼굴을 뭉개고 싶다
　키스한 뒤에 '신나게 춤춰볼까'라며 속삭이고 싶다
　어른인 체하는 어린 창녀의 눈물을 닦아주고 싶다
　시골에서 만 엔짜리 지폐를 줍고 싶다
　어머니 앞치마로 코를 풀고 싶다
　추위에 대한 망각을 거부하고 싶다
　직각삼각형을 꿈꾸고 싶다
　독일이나 이탈리아에 대해 알고 싶다
　코카와 펩시를 섞어보고 싶다
　먼지보다 작은 별들을 마시고 싶다
　화장실에 가고 싶다
　섹스를 하고 싶다
　강가의 모래밭을 없애고 싶다
　이번엔 누구 차례인지 알고 싶다
　대답을 듣고 싶다
　잘리고 싶다
　시카롤(화장품 상품명)을 핥고 싶다

도쿄에 가고 싶다

나카에 도시오(시인)의 '어휘집'을 갖고 싶다

시는 사전 없이 쓰고 싶다

이세니에서 애견 키리를 불러내고 싶다

유키에게서 '처녀를 주고 싶다'는 이야기를 듣고 싶다

손거울을 깨뜨리고 싶다

기다리고 싶다

백 행을 쓰고 싶다

맞장구를 치고 싶다

검은 비로 만든 빙과를 팔고 싶다

어제와 오늘을 더해서 둘로 나누고 싶다

이젠 슬슬 다시 태어나고 싶다

북부지방의 바닷가에서 떨고 싶다

프로포즈 따위는 그만두고 싶다

우익에 서고 싶다

십 년 뒤를 상상하고 싶다

기노쿠니야(일본 최대의 서점)의 달력을 걸고 싶다

수평선에서 얼어 죽고 싶다

위험한 음식을 먹고 싶다

칼 타듯 아슬아슬한 21세기의 칼날을 믿고 싶다

센가(가수)의 침에 녹아들고 싶다

헤어지고 싶다

익사 직전에는 시니미즈(임종시 입술에 묻혀주는 물)를 마시고 싶다

유키와 자고 싶다

조금만 울고 싶다

발바닥을 긁고 싶다

생일 노래를 써주고 오십만 엔 받고 싶다

그 돈으로 파친코점을 열고 싶다

코카콜라는 구슬 열 개로 바꿔주고 싶다

아, 오줌 누고 싶다

새끼손가락을 들여다보고 싶다

전율을 느끼고 싶다

이제 그만하고 싶다

동굴에서 빠져나가고 싶다

빨리 스무 살이 되어 선거하고 싶다

정초의 꿈에는 멈춰진 시계를 보고 싶다

이백 년 후에 (데라야마 슈지는 죽을 테니까) 처녀시집을 내고 싶다

펜네임은 아키야쿠 도시히로로 하고 싶다

보사노바를 씹으면서 레몬을 듣고 싶다

이건 남의 글을 베낀 거라고 비난받고 싶다

슈크림으로 그림을 그리고 싶다

'아직 백지예요'라며 애태우고 싶다

몇 행까지 썼는지 세어보고 싶다

도넛형 애드벌룬에 색을 칠하고 싶다

손목시계는 SEIKO를 권하고 싶다

시부야 블루스를 작곡하고 싶다

일기에는 일기다운 글을 남기고 싶다

하지만 양식과 구성은 배우고 싶다

벡터Vector는 잊고 싶다

'파이팅 하라다'(하라다 마사히코라는 권투선수의 별명)를 낮잠 재우고 싶다

여성 산업스파이의 베일을 벗기고 싶다

죽는 그날까지 똥 싸고 싶다

유키와 절교하고 싶다

그다음에 전화하고 싶다

열여덟의 로맨스를 끝내고 싶다

얼굴을 씻고 싶다

사랑에 빠진 남성에게 역사는 달력보다 좁다고 속삭여주고 싶다

소년잡지는 책방에 서서 읽고 싶다

지하실을 코끼리 등에 얹고 싶다

그러나 문명에는 감사하고 싶다

아폴로가 돌아오지 못하는 걸 지켜보고 싶다

수의를 입고 싶다

'모든 이별'을 노래하고 싶다
감추고 싶다
글자를 뒤집어보고 싶다
감전사하고 싶다
신문을 읽고 싶다
이시다 미나부를 만나고 싶다
징집영장을 태워버리고 싶다
데라야마 슈지에게 가죽장갑을 선물하고 싶다
니타카 게이코(저자의 작품에 출연한 여배우)에게 조개의 노래를 바치고 싶다
엘리베이터를 타고 하늘까지 올라가고 싶다
그땐 유키를 데려가고 싶다
무의미한 암호를 쓰고 싶다
유령에게 '죽은 이는 말이 없다'는 이야기를 듣고 싶다
왠지 발끝이 으스스하다
— 투명한 문을 닫고 싶다

"너는 뭘 하고 싶니?"
"음, 없는데."
"하고 싶은 게 없다는 거야?"
"아니, 생각나는 게 없다는 거야."
그리고 규대는 잠시 고민을 했다. 그리고 물었다.

"너는 뭘 하고 싶은데?"

"나는 너에 대해서 더 알고 싶어."

"얼마나 더?"

"내가 뭐라고 뭐라고 너에 대해서 설명하지 않아도 니가 나를 꽉 채워서 너를 생각하면 니가 뚜렷하게 내 안에 나타났으면 좋겠어."

규대는 말없이 나를 보았다. 우리는 잠시 말없이 서로를 바라보았다. 한참 만에 규대가 말했다.

"나도 그래."

"너도?"

"응."

"나는 정말이야."

"음."

"음."

"응."

"응."

우리는 껴안은 채로 가만히 있었다. 이렇게 껴안고 오래 버티면 두 사람이 한몸이 되는 경우가 있었으면 좋겠다고 생각했다. 한몸이 되어서 너와 내가 없어졌으면 좋겠다. 그렇게 만들어진 한몸이 너인지 나인지는 알 수 없더라도 말이다.

15

"이건 좀 형이 좋아할 만한 것 같아."

규대는 『하이틴 시집 걸작선』을 뒤적이며 말했다.

"왜?"

"형은 예쁜 여자들을 보면 카메라로 얼굴을 뭉개버리고 싶댔거든."

"왜?"

"몰라. 예전에 한 번 그랬어."

"너도 그래?"

"아니."

원대는 카메라를 들고 사진을 찍는 여자들을 싫어했다. 자기 얼굴 찍는 여자들이 싫지만 그보다 더 싫은 여자들은 맑은 하늘을 찍거나 촛불을 찍거나 오래된 잡지와 들꽃 같은 것을 한 테이블에 놓고 찍는 여자들이다. 하늘 같은 것이 아름답냐, 네 얼굴이 아름답냐, 그런 식이었다. 규대는 싫은 것이 별로 없는데 원대는 싫은 것이 많다. 나는 원대를 잘 알지 못하지만 규대는 만나는 사람이 별로 없었고 그러니 형에 대해 자꾸 이야기했다.

"그 중국 여자애는 평소에 어떻게 지내는데?"

"글쎄."

"너도 그래서 그 여자애랑 잤어?"

"아니."

규대는 힘주어서 아니라고 말했다.

"아니야. 본 적도 별로 없어."

규대는 말이 없다. 나도 말이 없고. 규대는 내게 천천히 머리를 기댔다. 규대의 머리카락이 좋다. 규대의 입술이 내 목에 닿는 것이 좋다. 규대는 뭘까. 입술과 머리카락과 침이 섞인 숨소리와 기도와 더러운 손톱과 이상한 노래와 마른 가슴과 근육이 없는 팔로 이루어진 규대는 뭘까. 아는 것이 없고 싫은 것도 없어서 잘못도 없을 것 같은데 매일 기도를 하는 규대는 뭘까. 읽는 책은 정치인들의 자서전과 자동차 잡지뿐인 규대는. 어린 여자애를 취직시켜준다고 데리고 온 사람들의 자식이자 매일같이 가랑이 사이를 벌리게 하는 남자의 동생인 규대는 뭘까. 어느 순간 수원지가 충북 청원군인 생수병을 좋아하게 된 것 같다. 그 생수병의 서늘함과 쉽게 구겨지는 성질과 흔들면 물소리가 나는 상황 같은 것이 한순간에 뭐가 뭔지 알 수 없어졌다. 생수병은 뭘까, 규대는 뭘까. 확실하지는 않지만 나는 충북 청원군을 싫어했을 수도 있다. 적어도 쉽게 구겨지는 성질 같은 것은 싫어했을 것이다. 눈앞의 생수병을 봐. 그러면 울 것 같은 기분이 들지만 기뻐지지? 구겨지는 성질과 생수병을 볼 때 느껴지는 감정을 연결시킬 수가 없다는 거야. 자꾸만 규대를 보게 되는 이유가 그것이다. 규대의 입술이 좋고 규대가 사람이라는 것이 좋다. 만지면 딱딱하지 않아서 좋다. 살은 따뜻하고 입안은 미끄러워서 좋다. 실감할 수 있어서 좋다.

규대의 젖은 숨소리가 목덜미에서 느껴졌다. 등 뒤에 움직이고 있는 뭔가가 있어. 움직일 수 있고 조금 말랑말랑하고 가끔 담배냄새가 나고 키스할 때 침이 많이 나오고 부탁을 잘 들어주고 무거운 물건을 잘 드는 건 뭐야? 뭘까. 내 키를 넘기고, 마린보이스 센터도 훌쩍 넘기는, 섬을 집어삼킬 높이의 해일이다. 그런 해일이 뒤에 있어. 나는 바닥에 있는 규대의 손을 잡아끌었다. 힘을 주어 나를 껴안게 했다.

"좋아해."

규대의 입술 사이에서 더운 바람이 나왔다. 오아애의 입 모양으로 흘러나온 바람은 천천히 유유히 내 귓가로 들어갔다.

"어떻게? 얼마나?"

"책 한 권이 다 끝나고 나서 다음 책을 쓰는 만큼 사랑해."

"자세히 설명해봐."

"그러니까."

"어."

"이런 이야기야."

추 위 에 대 한 망 각 을 거 부 하 고 싶 다
언 지 보 다 작 온 법 를 음 아 시 고 싶 다
시 는 사 전 없 이 쓰 고 싶 다 십 년 뒤 블
상 상 하 고 싶 다 화 장 심 에 가 고 싶 다
소 년 잡 지 는 책 방 에 서 서 읽 고 싶 다
대 답 을 듣 고 싶 다 조 금 안 울 고 싶 다
발 바 닥 을 긁 어 주 고 싶 다 십 년 뒤 를

2장

상 상 하 고 싶 다 통 글 에 서 빠 져 나 가
고 싶 다 어 제 와 오 늘 을 더 해 서 를 로
나 누 고 싶 다 감 추 고 싶 다 이 젠 슬 슬
다 시 태 어 나 고 싶 다 무 의 미 한 암 호
를 을 쓰 고 싶 다 수 평 선 에 서 엄 어 죽
고 싶 다 헤 어 지 고 싶 다 이 번 엔 누 구
차 례 인 지 알 고 싶 다 새 끼 손 가 락 을
를 어 다 보 고 싶 다 글 자 를 뒤 집 어 보
고 싶 다   다 전 을 을
느 껴 보   깨 뜨 리 고
싶 다   어 보 고 싶
다 전 을   에 서   레 몬   을 아 시 고
싶 다   기 에 는 일   우 글   남 기
고 싶 다 이 전 법 의   끈   라 실
바 난 한 고 싶 다 이

찬바람이 불어 규오의 머리카락을 흔든다. 눈앞에 보이는 사람은 없고 앞으로도 없을 것이므로 규오는 트럭에서 내려와 담배를 피웠다. 바람은 한쪽 방향으로 불다가 순식간에 방향을 튼다. 규오가 내뿜은 담배연기는 규오의 얼굴을 향하여 되돌아왔다. 기침이 나올 듯했지만 참았다. 마른 장작의 날들이다. 멀리서 낙엽 타는 냄새가 불어왔다. 이 시간의 나무들은 울부짖는 표정이었다. 산속의 나무들은 더했다. 날이 어두워지면 모든 나무들은 검정색이 되었고 검정색의 손으로 얼굴을 감싸쥔 채로 소리를 질렀다. 뭉크의 「절규」 같은 표정이었다. 소리는 들리지 않지만 울부짖는 것은 보인다. 규오는 그 모든 것에 대항하고 싶은 마음이 들지 않았다. 그렇다고 무릎 꿇고 싶다는 것도 아니었고 단지 몸을 숨기고 싶을 뿐이었다. 규오는 어떻게 해야 하는지를 알고 있었다. 조용히 걸어가거나 낮은 자세로 앉으면 되는 것이었다. 담배를 한 대 더 피우고 담배꽁초를 담뱃갑에 넣었다. 쓰레기들을 정리하고 설거지할 것들을 따로 분류했다. 스펀지로 문지른 후 물이 담긴 대야에 헹궜다. 그릇들을 정리하고 남은 음식들을 확인했다. 규오는 앞좌석에 앉아 창문을 내리고 담배를 한 대 더 피웠다.

　대니얼은 두 명의 등산객을 상대하고 있었다. 등산객 둘은 벌써 세 시간째 술을 마시는 중이었다. 마셔대는 것이 아니라 천천히 이야기를 하며 마시고 있었다. 대니얼은 맥주를 팔다, 독주에 주스를 섞어 팔았다. 두 명의 등산객은 무슨 이야기인가를 진지하게 하고 있었고 대니얼은 고개를 끄덕여주고 있었다. 둘은 등산화에 모자까지 챙겨 쓴 모습으로 조심스럽게 이야기를 이어나갔다. 대니얼은 간간이 하품을 했다. 들으라는 듯이. 대니얼이 독주에 얼음을 타서 판 것을 마지막으로 그들도 계산을 하고 산을 내려갔다. 대니얼은 규오의 트럭을 두드렸다. 규오는 손을 들어 많이 팔았느냐고 물었다. 저 사람들 내려가다 취해서 굴러떨어질 것 같아. 대니얼은 아랫입술을 움직여 들쭉날쭉한 이들을 문질렀다. 쩝쩝거리는 소리가 났다. 정말? 정말. 무슨 이야기를 하고 있었는데? 아내가 아픈데 병원비가 없대. 다른 한 명은 이야기를 들어주고만 있었어. 빌려

준다는 말을 끝까지 안 하더라고. 음. 대니얼은 트럭에 기댄 채로 담배를 피웠다. 대니얼의 여윈 볼은 점점 더 들어가다가 연기를 뱉으며 원래대로 돌아왔다. 규오는 침낭을 꺼내 덮었다. 규오는 긴 머리카락을 풀어 어깨 앞으로 넘겼다. 대니얼은 창을 두드리며 잘 자라는 손짓을 하고 자신의 트럭으로 되돌아갔다. 대니얼은 남은 술병과 음식 들을 정리한 후 트럭을 몰고 산을 내려왔다. 대니얼은 근처의 숙소에서 잠을 잤다. 매달 얼마의 돈을 주고 빌리는 것이다. 대니얼은 방에 도착하자 트럭에서 가져온 스카치위스키 뚜껑을 열고 입에 대고 마셨다. 대니얼은 방에서만 술을 마신다. 산에서 술을 마시는 것은 무섭다. 부주의하면 나무뿌리에 걸려서 굴러떨어지게 될 것이었다. 술을 마신 채로 트럭을 모는 것도 무섭다. 대니얼은 얌전히 방으로 돌아와 술을 마셨다. 술을 마시고 스낵을 먹고 술병을 든 채로 화장실로 들어가 샤워를 하고 몸을 닦지도 않은 채로 침대로 떨어진다. 그럴 때면 피식피식 웃음이 났다. 기분이 무작정 좋아진다. 무작정 좋아지다가 눈물이 나고 그러나 결국에는 기분이 좋다. 아무 생각도 하지 않는 것은 좋다. 산에서 하루 종일 술을 팔다 보면 사람이 몹시 별것 아닌 것처럼 느껴지는데 그 기분을 유지하고 싶다. 그래서 술을 마신다. 웃다 보면 아무것도 아닌 것 같고 스스로를 별것 아닌, 이제 곧 없어질 것으로 여기게 된다. 대니얼은 제발 평생 그러고 싶었다. 그것은 나쁜 것이 아니었다. 매일매일 성실히 장사를 하겠다. 그렇지만 생각은 하고 싶지 않다. 스스로에 대한 마음을 비우고 술에 취해 잠이 들고 잠이 깨면 산에 올라가 술을 팔겠다는 것이다. 단지 술을 매일매일 마신다. 병을 벽에 던져서 깨는 것도 아니다. 조금 취하고 조금 난폭해지는 것뿐이다. 병을 깨더라도 깨진 유리 조각으로 손목과 벗은 배를 그어대지는 않을 것이다. 긋더라도 그뿐이다. 수건으로 상처를 닦고 술을 한 병 더 마시고 잠을 자겠지. 다음 날 눈을 뜨고 긴팔 옷을 꺼내 입고 장갑을 끼고 트럭을 몰게 될 것이다. 거울을 보지 않고 그 모든 것을 하게 될 것이다. 눈을 뜨면 빵을 사 먹거나 산으로 가서 규오에게 돈을 주고 음식을 사 먹는다. 그리고 트럭에 덮인 천막을 걷고 장사를 준비한다. 올라가는 등산객들 중 몇몇은 대니얼의 트럭으로 와 술을 마실 것이고 마시다 보면 등산 같은 것은 잊고 주저앉아버릴 것이다. 산장에서 오랫동안 머물며 하이킹을 하는 등산객들 중에는 일부러 대니얼의 트럭으로 와 마시는 사람들도 있었다. 대부분은 산에서 내려오는 사람들이 대니얼을 찾았다. 긴장이 풀린 얼굴로 술을 한잔씩 마신다. 대니얼은 술과 스낵을 팔았다. 몇몇 사람들은 규오에게서 음식을 사 와서 대니얼의 트럭에서 술을 마셨다. 혹은 그 반대로. 대니얼이 장사를 시작한 지 3년이 되던 해 규오는 트럭을 몰고 와 음식을 팔기 시작했다. 규오는 젊었다. 지금도 젊다. 대니얼은 규오가 산속에서도 길을 잘 찾고 음식을 잘하고 동물들이 습격하더라도 잘 대처할 것이라는 것을 알았다. 단번에 알 수 있었다. 하지만 규오는 사람을 죽였거나 가족이 없거나 가족을 죽였을 것이다. 규오는 그런 얼굴을 가진 사람이었다. 왜 한순간에 모든 것은 결정되는가. 대니얼은 규오에게 강하게 끌렸다. 규오는 대니얼이 술에 취하더라도 부축해줄 것이고 술에 취해서 깨진 병 조각으로 자해하더라도 얼른 힘을 써서 뺏어낼 것이다. 대니얼이 조금 더 나쁘고 그리하여 더 대단한 사람이었다면 어느 순간 어느 곳에서 대니얼은 규오에게 죽임을 당했을 수도 있겠지. 대니얼은 그렇지 못하고 여전히 살아 있고 규오는 언제라도 대니얼을 구할 수 있지만 그렇다고 사랑하는 것은 아니다. 대니얼은 온몸이 젖은 채로 침대 위에 누워 있다. 스카치위스키를 마시고 사과를 먹었다. 한 병을 다 비운 후 이불 속에 있던 옷을 꺼내 입었다. 잘 때 입는 옷이었다. 천천히 의자에 걸린 옷으로 다가가, 주머니 속 담배를 꺼내 와 피웠다. 대니얼은 끝이 있다면 이대로 계속되다가 끝이 났으면 좋겠다고 생각했다. 아무것도 없었으면 좋겠다. 이대로 끝이 나, 아무런 특별함도 없어서 끝의 의미도 없이 끝이 나는 것. 대니얼은 바닥에 있는 생수병을 들고 물을 마셨다. 잠옷도 입었고 물도 마셨다. 잠은 오지 않을 것이므로 한참 동안 눈앞을 바라본다. 그러다 천장을 바라본다. 피로가 몰려오면 잠이 들 것이다. 새로울 것도 지겨울 것도 없었다.

규오는 제재소에서 일하는 남자와 같은 마을에서 살던 여자애 사이에서 태어났다. 제재소에서 일하는 남자는 규오가 태어난 지 얼마 되지 않아 나뭇더미에 깔려 죽었다. 같은 마을의 여자애는 규오를 데리고 마을을 떠났다. 그리고 한참을 걷다가 더 이상 아는 사람의 아는 사람도 살지 않는 마을을 만나게 되자 규오를 버렸다. 여자는 마을 입구의 첫번째 집 앞에 규오를 두고 왔다. 여자는 뒤도 돌아보지 않고 멀리멀리 떠났다. 한참을 걷던 여자는 무슨 생각이었는지 다시 죽을 듯이 뛰어와 규오를 품에 안았다. 그 뒤 여자는 식당에서 일을 하며 규오를 키웠다. 규오는 여자가 집에 오기 전에 마당을 쓸었고 설거지를 끝냈고 그러고 나서 숙제도 했다. 규오는 여자를 기다리며 많은 것들을 혼자서 해나갔고 여자는 규오와 함께 살기 위해 뜨거운 물을 나르고 행주를 삶고 손가락이 간지러워서 피가 날 때까지 설거지를 했다. 참을 만했던 날들이었다. 규오와 여자는 자주 이사를 다녔다. 좁은 집에서 좁은 집으로 위험한 동네에서 위험한 동네로 싼 곳에서 싼 곳으로. 규오와 여자가 마지막으로 살던 곳은 저소득층을 위한 임대아파트였다. 살기 좋은 곳이었다. 집세가 쌌기 때문이다. 임대아파트가 들어선다고 주민들이 시위를 하거나 학군을 당연하다는 듯이 조정하던 때는 아니었다. 그랬더라도 둘은 무관심했을 것이다. 이미 할 수 있는 것 위로 선을 긋고 선 위를 생각하지 않는 것에 익숙했다. 규오는 학교가 끝나면 사람들이 많은 거리를 한 시간쯤 헤매다 돌아왔다. 교복을 입은 채로 사람들 사이로 섞여들면 눈에 띄지 않았다. 규오는 끝날 때까지 걸을 수 있을 것 같았다. 죽을 때까지 말이다. 기분이 좋았다. 걷고 있을 때는 마음이 가벼웠다. 집에 가면 할 일들이 있었고 규오는 할 일들이 조용히 숨죽인 채 쌓여 있는 집이 답답했다. 청소를 하고 밥을 챙겨먹고 설거지를 하고 숙제를 했다. 언제 끝날지 알 수 없었다. 조금씩 나아질 수는 있을 것이다. 아주 운이 나쁘지만 않다면. 규오는 멀리 앞을 내다보지 않았다. 다음 날의 외출과 오늘 밤의 라디오 프로그램을 기다린다. 피로한 눈으로. 규오는 중학생에서 고등학생이 되었고 1학년에서 2학년이 되었다. 키는 커지고 어깨는 넓어졌고 목소리는 굵어졌다. 여자는 그때의 규오보다 어린 나이에 아이를 낳았으나 누구도 여자를 원래의 나이로 보지 않았다. 여자는 가끔씩 늦게까지 고기와 술을 시키는 손님과 여관으로 갔다. 여자는 고기를 가위로 잘라준 팁보다 더 많은 돈을 받았다. 오래가지는 않았다. 여자는 그렇게라도 자신을 찾아주는 것이 좋았다. 하지만 누구도 자신과 결혼을 하려 들지 않을 것이라는 것을 알았다. 마흔도 되지 않은 나이였다. 규오는 무슨 생각을 하는지 알 수 없는 애였지만 조용했다. 여자는 더 나이가 많은 여자들이 이야기하듯이 자식을 보고 산다는 것이 무슨 뜻인지 알 수 없었다. 그게 무슨 의미인가. 나는 이미 이렇게 늙고 초라해졌는데. 여자는 가만히 어린 날들을 떠올린다. 이내 언제 한 번 빛났던 적이 없었음을 깨닫고 쓸쓸히 규오를 생각했다. 규오는 아파트의 다른 애들이 하듯이 모여서 본드를 불거나 가스를 하지도 않았다. 엄마를 패지도 않았다. 규오가 여자의 쓸쓸함을 채워줄 수는 없었으나 위안은 되었다. 규오는 자신의 키만 한 너비의 방에서 창밖을 바라보았다. 아주 작았지만 베란다라고 불릴 만한 것이 있었고 그곳의 창을 통해 오후의 햇살이 들어왔다. 규오는 앞으로의 인생에서 더 이상 특별한 일은 일어나지 않을 것임을 깨달았다. 규오는 겪어보지도 못한 많은 것들이 그리워졌지만 그 모든 것들은 겪을 수 없는 채로 저 너머에 서 있게 될 것이다. 멀리 있는 사람들이 그리웠다. 만나지 못할 멀리 있는 사람들과 만질 수 없는 많은 모습들이 베란다 너머에 있었다. 거리를 헤맬 때처럼 그리운 마음이 없어질 때까지 걸을 수 있을 것 같다. 그리운 마음을 안은 채로 걷고 또 걷는다. 어느 골목에선가 누군가가 뛰어나와 규오의 이름을 부를 때까지. 비가 내릴 때까지. 처음 보는 얼굴이 규오의 어깨에 기대어 잠이 들 때까지. 그렇다면 규오는 이제까지의 모든 것을 버려두고 그 사람을 따라갈 것이다. 손이 부은 엄마와 하루 종일 틀어놓은 라디오와 몇 벌 되지 않는 옷들을 버리게 될 것이다. 이내 잊게 되겠지. 규오는 팔을 뻗었다. 천천히 스스로를 껴안은 채로 누웠다. 힘을 주어 껴안았다. 이미 많은 것들이 달아나버렸다. 규오는 다 도망가버렸으면 좋겠다고 바랐다. 내게 좋은 것이 있다면 저 베란다 너머 교회 너머 학교 너머로 달아났으면 좋겠어. 아무것도 아닌 것만 남아서 아무런 생각 없이 손발을 움직이며 살고 싶어. 규오는 많은 숙제와 많은 설거지와 많은 할 것들을 텅 빈 채로 해내고 싶다. 그것들은 끝이 보이지 않으므로. 규오에게 아름답거나 가치 있는 것이 남아 있다면 망가지기 전에 얼른 사라졌으면 좋겠다. 규오는 모든 것이 사라지기 전에 망가져버릴 것 같아 안타까웠다.

  대니얼은 실제로 가진 것이 없었다. 약간의 돈과 약간의. 정말로 약간이라고밖에는 말할 수 없는 것들을 가졌다. 기적처럼 폐암에도 걸리지 않고 간경화나 간암에도 걸리지 않는다면 건강과 많은 시간을 가졌다고도 할 수 있겠다. 폐암에 걸리지 않는다면 간암에, 혹은 교통사고나 실족사가 대니얼의 인생에 선택으로 남아 있을 것이다. 발을 헛디디면 그중 하나를 밟게 될 것이다. 대니얼의 형제자매들은 어딘가에 있을 것이다. 대니얼은 그들에게 너무 오랫동안 연락하지 못했다. 그들 각자도 연락 없이 살고 있을 것이다. 하지만 확인해보지 않아도 그들의 인생은 모두 다 비슷할 것이다. 그들은 대니얼과 크게 다르지 않은 생을 살 것이다. 대니얼에게는 엄마가 있었고 몇 명의 양아버지가 있었다. 한 명은 나쁘지 않았고 한 명은 나빴고 한 명은. 대니얼은 스카치위스키 한 모금을 삼키고 한숨을 쉬었다. 모두 지금은 없다. 가졌다고 할 수 없는 얼굴들이다. 지금은 가지고 있는 얼굴도, 손도 없다. 대니얼에게 엄마가 있었을 때 그는 한 손으로는 엄마의 어깨를 잡았고 한 손에는 돌을 쥐었다. 돌이 아니라면 콜라 캔이나 리모컨이나 손에 잡히는 것 아무것이나 쥐었다. 언젠가 한 번 대니얼은 검은색 돌을 손에 쥔 적이 있었다. 나빴던 양아버지가 화석이라며 대니얼에게 준 것이다. 게리였던가. 게리는 UFO를 믿던 젊은 남자였다. 슈퍼마켓에서 짐을 나르는 일을 했었다. 게리의 뒷주머니에는 늘 수첩이 하나 꽂혀 있었다. 언제, 어디에서 어떤 불빛이 보였는가, 어떤 종류의 UFO로 추정되는가 하는 것들이 적혀 있는 수첩이었다. 스물을 갓 넘긴 남자였다. 아버지는 무슨. UFO를 믿던 게리는 가끔씩 열이 받으면 물건들을 집어 던지고 주먹으로 얼굴을 때렸다. 발로 배를 찬다든가 하는 일은 적었는데 주먹으로 얼굴을 때리는 일은 잦았다. 이상한 남자였다. 대니얼은 게리가 엄마를 때리기 시작하면 같이 물건들을 집어 던졌다. 도망가! 라고 외쳤다. 엄마가 도망가기 시작하는 것을 보면 미친 듯이 뛰었다. 그러고도 3년인가를 더 살았다. 대니얼은 점점 키가 커지고 어깨도 벌어졌으나 게리는 더 클 필요도 없이 늘 젊고 건강한 데다 건장했다. 게리는 멀쩡한 상태일 때 대니얼에게 지난밤 하늘에서 떨어졌다며 새카만 돌을 선물했다. 대니얼은 아무 말 없이 돌을 받아 주머니에 넣어두었다. 게리는 며칠 뒤 물건을 집어 던지기 시작했고 대니얼은 뒤에서 의자를 던졌다. 넘어진 게리를 패고 또 팼다. 게리의 위에 올라타서 주머니 안에 있던 그 검은 돌로 게리의 얼굴을 찍었다. 여러 번. 피가 났다. 무서워진 대니얼은 돌을 버리고 미친 듯이 뛰었다. 옆집 창고에 숨어 있던 대니얼은 밤이 되어서야 집에 몰래 숨어들어올 수 있었다. 게리는 자고 있었다. 대니얼은 숨죽인 채로 잠이 들었다. 며칠 뒤 대니얼은 그 검은 돌에 대한 글짓기를 하여 선생님에게 칭찬을 받았다. 대니얼은 그 페이퍼의 몇몇 구절을 아직도 기억했다. '나는 힘이 센 돌을 가졌습니다. 그 돌은 하늘에서 떨어졌기 때문에 특별합니다. 게다가 그 돌로는 엄마를 구할 수가 있으니 더욱 특별하고도 귀중한 돌이라고 할 수 있습니다. 하지만 원래부터 없던 것이었다면 더욱 좋았을 것입니다.' 대니얼은 흐린 눈으로 다른 문장들을 기억하려 애썼다. 자신이 가진 소중한 것을 들고 나와 그에 얽힌 이야기를 발표하는 시간이었다. 대니얼은 검은 돌과 검은 돌로 게리로부터 엄마를 구한 이야기를 했었다. 그랬으니 아마 UFO에 대한 이야기와 게리가 왜 늘 그렇게 엄마를 때리는지에 대해서도 썼을 것이다. 선생님은 대니얼의 머리를 쓰다듬으며 놀라운 이야기라고 했었다. 대니얼은 술을 마셔서 정신이 흐릿했기 때문인지 그때를 다시 생각하는 것이 괴롭거나 부끄럽지 않았다. 엄마의 얼굴도 흐릿하고 선생님의 얼굴은 더욱 흐릿하다. 한때 가졌던 얼굴들은 모두 흐릿했다. 이제 다시 가지려 한다 해도 알아볼 수 없도록 시간은 사람들의 얼굴을 흐릿하게 만든다. 그때 대니얼을 칭찬해주던 선생님은 감격스러운 표정으로 대니얼을 바라보았다. 오, 대니얼. 어쩜 너는. 그 사람은 대니얼에게 글을 써보라고 했었다. 무엇이든 써서 가져와보라고 했다. 대니얼이 가끔씩 어제 있었던 일 같은 것을 써 가면 선생님은 감격스러운 표정을 지었다. 학년이 바뀌어도 꾸준히 대니얼에게 관심을 보이던 선생님은 어느 날 대니얼을 자신의 집으로 초대했다. 그 사람은 햄 스테이크와 잘 익은 당근과 콩 같은 것을 내주었다. 브라우니와 아이스크림 같은 것도 잔뜩 먹게 해주었다. 날이 어두워지자 포도주도 한 잔 따라주었다. 포도주를 마시며 그 사람은 울기 시작했다. 그 사람은 자신도 아버지에게 맞고 자랐다고 말했다. 그 아버지는 친아버지인데 어머니는 아직도 그 남자와 살고 있다고 했다. 그 사람은 울고 또 울었다. 거의 숨을 쉬지 못할 정도로 격하게 울었다. 대니얼이 손을 뻗어 눈물을 닦아주자 그 사람은 흐느끼듯 울면서 대니얼에게 안겼다. 하얗고 커다란 여자였다. 키가 자랐지만 여전히 마르고 힘이 없는 대니얼에게 기대어 울고 또 울었다. 대니얼은 어찌해야 할 바를 몰라 머리를 쓰다듬어주었다. 여자는 천천히 울음을 멈추었다. 천천히 울음을 멈추고 천천히 눈물을 닦았다. 여자는 고개를 들어 대니얼을 바라보았다. 손을 뻗어 대니얼의 얼굴을 쓰다듬었다. 대니얼은 그 간절한 표정을 기억했다. 아무것도 남는 것 같지 않아도 간절한 표정은 남아 대니얼을 쓸쓸하게 했다. 그러나 간절한 표정이 무엇을 할 수 있는가. 대니얼은 글을 쓰는 사람이 되지도 못했고 약을 토하다 기관지가 상해 말을 할 때면 침 끓는 소리가 났다. 아직 마흔도 되지 않았지만 이미 늙었고 언제나 매력이 없었다. 그 선생의 간절한 표정은 20년도 넘은 일이었고 단지 그뿐이었다. 바뀌는 것은 아무것도 없다.

　규오는 장사가 끝나면 잠을 잤다. 장사를 시작하기 전에는 산을 탔다. 반대일 때도 있었다. 장사를 끝내고 산속을 걷는다든가 잠을 자고 장사를 한다든가. 가끔씩 산장으로 가서 산장 주인과 이야기하기도 했다. 대개는 만나는 사람도 없고 만나볼 사람도 없었다. 익숙해진 생활이었다. 대니얼은 장사가 끝나면 트럭을 몰고 산에서 내려갔다. 근처 숙소에서 잠을 잤고 때로는 근처 바에 가기도 했다. 산기슭에는 규오와 대니얼 말고도 장사를 하는 트럭이 몇 대 더 있었다. 다들 규오와 대니얼과 비슷하게 살고 있었다. 하나 그들에게는 가족이 있을 것이다. 그렇다면 좀더 할 일이 많을 것이고 할 일들을 하다 보면 지켜야 할 것들도 생길 것이다. 질서가 있는 삶을 살고 있다는 이야기다. 규오의 트럭 안에는 라디오가 있었고 라디오 소리는 대니얼에게도 들린다. 규오와 대니얼이 가지고 있는 규칙은 그 정도였다. 라디오는 가끔씩 치직거렸지만 들을 만했고 그게 아니라면 규오와 대니얼은 산 밖의 사람들이 어떻게 사는지 거의 알 수 없었을 것이다. 라디오에서는 노래가 나왔고 뉴스가 나왔다. 규오는 대통령이나 국무장관이 비리를 저질렀다거나 도시에 연쇄살인이 일어났다거나 하는 정도의 일에는 크게 관심이 없었다. 산에 내려갔을 때 음식을 사 먹을 곳이 있고 그것이 낼 만한 가격이라면 괜찮았다. 음식 재료를 살 시장이 여전히 열려 있고 담배 가게에서 제 가격에 담배를 팔고 있다면 나쁠 것이 없었다. 규오는 이 나라 국민이 아니었고 어느 나라에서든지 산에서 음식을 파는 생활을 한다면 세상일과 무관하게 느껴질 것이다. 손님들은 음식을 먹으며 이야기를 하지만 규오는 제대로 알아들을 수가 없었고 어느 순간부터인가 듣고 싶은 마음도 사라져갔다. 멀어져가고 있었다. 한편으로는 이 모든 것에서 멀어지고 싶다. 어릴 적 규오가 그렇게 원하던 대로 아름다운 것들은 어느샌가 사라졌고 규오는 텅 빈 채로 음식을 팔고 있다. 그럼에도 시간은 길고 할 일은 남았다. 잠이 들기 전 가만히 생각해본다. '지금 나에게는 편안함이라는 것이 있다. 스스로 어렵게 만든 편안함이 있다. 아주 편한 것은 아니나 편안함이라는 것이 있어.' 규오가 바라던, 스스로 망가지지 않은 채로 누구도 망가뜨리지도 않으며 살고 있는 것이다. 이대로 이렇게 산속을 걷고 음식을 팔고 라디오를 들으며 나라가 망하거나 사람들이 죽어가는 소리를 듣는다. 먼 나라의 전쟁이나 전염병 창궐 소식 같은 것들 말이다. 결코 규오의 목에 칼을 들이대지 않을 수많은 사건과 소식 들을 듣는 것이다. 그리고 트럭을 몰고 산을 내려와 담배를 사고 숙소로 돌아와 잔다. 다음 날 산으로 올라갈 때까지 한참을.

라디오에서 흘러나오는 소식에 먼저 관심을 보인 사람은 대니얼이었다. 대니얼은 오전에 나오는 뉴스를 듣더니 지난주에도 비슷한 내용이 나왔다고 말했다.

"북쪽의 가뭄이 서서히 다른 곳으로 옮겨 가고 있다는 건가. 지난주에는 북쪽 지방의 가뭄 이야기가 나왔는데."

규오는 모르겠다는 표정이었다.

"그때 왜 비가 전혀 오지 않아서 저수지 물도 다 말라버렸댔잖아. 사람들이 비행기로 실려 온 생수를 사 먹는다고 했던 거 기억 안 나?"

"아. 뭐 그랬던 거 같네요."

"그랬지."

규오는 국수를 삶아 손님들에게 건넸다. 부부였다. 등산을 하러 올라가는 길이라고 했다.

"제 여동생이 그곳에서 사는데 얼른 귀국하고 싶다고 해요. 노인이나 어린아이들이 죽는 일도 많고. 물 때문에 사람을 죽이는 일도 많대요."

여자는 국수를 받아서 먹으며 말했다.

"더 끔찍한 건, 바닥이 드러난 저수지에 물고기들이 그대로 썩어간대요. 그 냄새가 너무 지독하고 불쾌한데, 누구도 치우지 않는대요. 이미 다들 반쯤 미쳐 있는 것 같다면서 우는데, 돈이라도 부쳐줄 테니 얼른 나오라고 했어요. 언제쯤 나올 수 있을지 모르겠어요."

규오와 대니얼은 동시에 썩어가는 물고기들을 떠올렸다. 물이 다 말라버렸다면 물고기는 죽어갔을 것이고 그러다 정말로 죽었을 것이고 시간이 지난 뒤에 서서히 썩어가는 것일 테다.

"누가 주워 가는 사람이 없나 보네요."

여자는 먹던 것을 멈추고 규오를 본다. 규오는 반응 없이 음식을 만들고 주변을 정리하고 있다. 여자는 다시 국수를 먹었다. 규오는 다시 한마디를 덧붙였다.

"그렇다면 조금만 더 기다리면 새들이 와서 주워 먹겠네요."

여자의 남편은 그렇네요, 라고 말하고 웃었다. 여자는 짜증이 난 표정이었다.

"새들이 와서 주워 먹고 그 새들도 죽어가면 이제 산짐승들이 내려와서 새들을 주워 먹으면 되겠네요."

손님들은 말이 없었다. 이제는 모두 말이 없었다. 규오는 오랜만에 말을 했다. 무슨 말이나 했다. 이제 한마디 더 하게 된다면 점점 더 무슨 말이나 해버릴 것이다. 오랜만에 말을 한다는 것은 어색할 수밖에 없고 그 어색함을 이기려면 아무 말이나 해야 했다. 손님들은 돈을 내고 말없이 사라졌다. 손님들이 떠나자 규오는 라디오보다 큰 목소리로 소리를 질렀다. 새들이 주워 먹으면 되는 거잖아! 무슨 걱정이야! 왜 물고기들이 널려 있다는 거야! 말이 안 되잖아. 새들도 죽으면 늑대들이 주워 가면 되고 그 전에 사람들이 주워 가면 되잖아. 물고기도 안 줍는 주제에 무슨 물을 사 먹겠다는 거야.

규오는 칼을 들어 도마를 쳐댔다.

"도대체 말이 안 되잖아. 누가 죽는다는 거야. 그런데 왜 국수를 먹겠다고 앉아 있는 거야. 여동생이 있기는 한 거야."

규오는 도마를 치고 또 쳤다. 작은 도마 조각이 눈 근처까지 튀었다. 규오는 한참 동안이나 도마를 쳐댔다. 거친 숨을 쉬더니 트럭 밖으로 나와 담배를 피웠다. 라디오는 계속해서 가뭄 지역을 보도했다.

"우주에서 거대한 진공청소기로 북쪽 대륙의 수분을 빨아들인 것 같군요. 북쪽 대륙에서는 자살과 살인과 이주가 이어지고 있다고 합니다. 북쪽 대륙 내의 하천들은 거의 다 말라버렸는데 아직 마르지 않은 강에서는 물고기들이 동반 자살로 추정되는 행동을 하고 있다고 합니다. 동시에 수천 마리의 물고기들이 수면 위로 튀어 올라 다리나 바위에 머리를 박는 모습이 목격되고 있습니다. 물고기들의 이상행동으로 현재 마르지 않은 강에서는 핏물이 흐르고 있다고 합니다. 마치 주민들의 눈물 같군요."

규오는 근처의 쓰레기봉투들을 발로 차고 밟고 찢어버렸다.

"하나도 안 더러워. 물고기도 못 줍는 주제에 쓰레기는 무슨 쓰레기야. 우리는 안 더러워. 쓰레기도 안 더러워."

규오는 쓰레기봉투들을 다 찢고 밟은 후에야 멈췄다. 규오는 음식찌꺼기와 남은 술과 담배꽁초 들로 뒤덮여 더럽고 냄새가 났다. 규오는 쓰레기 더미 사이에 가만히 누워 있었다. 쓰레기 같은 것은 아무래도 좋았고 물고기도 아무래도 좋았고 손님이

나 여동생이나 모두 잘 살았으면 좋겠다. 비슷한 마음으로 모두 망했으면 좋겠다. 규오는 오늘 오랜만에 말을 했고 말들은 모두 과장되고 어색하게 흘러나왔다. 규오는 어찌할 바를 몰라 아무 말이나 하고 소리를 질렀으며 발버둥을 쳤다.

"이건 누가 치울 건데?"

대니얼은 누워 있는 규오의 머리를 발로 찼다. 규오의 머리는 쓰레기에 부딪힌다. 규오는 반응이 없다. 대니얼은 발로 머리를 한 번 더 찬다.

"누가 치울 거야? 누가 치울 거야?"

대니얼은 질문을 두 번 하고 머리를 두 번 찬다. 규오는 반응이 없다. 대니얼이 머리를 한 번 더 차려고 다리를 움직이는 순간 규오는 소리를 지르며 일어나 대니얼의 얼굴을 쳤다. 규오는 대니얼을 눕히고 대니얼의 몸 위로 올라가 계속해서 소리 지른다.

"내가! 내가! 다 내가! 다 죽이고 다 치우고 다 먹을 거야! 내가! 내가 하겠다고!"

몇 번 대니얼의 얼굴을 치던 규오는 이제는 허공에 대고 주먹을 날리며 소리 질렀다. 목이 쉬어 소리는 내-가——내가--내——가, 로 들렸다. 짐승 같은 소리였다. 대니얼은 힘을 주어 규오를 밀쳐내고 일어났다. 아무 말 없이 규오와 쓰레기 더미를 지나 산을 보고 섰다. 규오는 그대로 누워버렸다. 흙냄새가 났다. 규오에게서는 쓰레기냄새가 났고 땅에서는 흙냄새가 났다. 아름다운 것이 다 떠났는데도 삶에는 기대가 남았다. 규오는 한참 동안 잊고 지낸 것들이 실은 참고 지낸 것이었음을 느낀다. 규오는 오늘 오랜만에 말을 했다. 이제 더 많은 말들이 남았다. 규오는 입을 벌리고 울었다. 입안으로 흙이 들어왔다. 규오는 주먹으로 바닥을 치고 또 쳤다. 산을 오르는 사람들은 규오를 쳐다본 후 못 본 듯 지나갔다. 대니얼은 규오보다 더 처참한 기분이 되었다. 규오는 아직 젊고 대니얼은 그래서 슬프다. 대니얼은 가만히 서서 남은 담배를 다 피웠다. 대니얼은 아무도 없는 방에서 술을 마시고 병을 깨고 유리 조각으로 팔과 배를 그어대는 자신이 더 미성숙한 것인가 사람들이 보는 앞에서 쓰레기봉투를 밟고 찢고 소리를 질러대는 규오가 더 어리석은 것인가에 대해 생각했다. 그 문제가 궁금해지기 시작하자 웃음이 나왔다. 아 불쌍하고 아 개새끼들이군. 대니얼은 제대로 웃지도 못하고 클클클 끓는 소리를 냈다. 대니얼은 배에 힘이 없어서 웃다가 배를 움켜쥐고, 웃다가 간신히 참고 조금 나아졌다 싶으면 다시 웃었다. 규오는 울고 대니얼은 웃고 그렇지만 둘 다 쓰레기 더미들 같다.

대니얼과 규오는 한 침대에 누워 맥주를 마셨다. 침대 밑에는 여섯 개들이 맥주병과 위스키 몇 병이 나뒹굴고 있었다. 감자칩과 땅콩 부스러기는 침대 위, 바닥 어디에나 흩어져 있었다. 둘은 클클대면서 웃었다. 웃고 마셨다.

"씻어도 쓰레기냄새가 나."

규오는 팔에 코를 대고 냄새를 맡았다.

"쓰레기니까."

둘은 또 큭큭거리며 숨이 넘어갈 듯이 웃었다. 대니얼은 술을 한 모금 더 넘기고 다시 말한다.

"쓰레기니까. 진짜야."

둘은 또 웃었다.

"너는 뭔데?"

대니얼은 대답 없이 규오를 본다.

"써본 적도 없는 것."

대니얼은 습관처럼 덧붙였다.

"진짜야."

"이렇게 나이 들었는데 뭐가 안 쓰였다는 거야. 너무 많이 쓰여서 뭐가 뭔지 모르는 거지."

규오는 이제 자연스럽게 말을 했다. 규오는 셔츠를 벗어서 스탠드 아래에 두었다. 규오의 맨몸은 깨끗했다. 대니얼은 아름다운 것을 보았다. 정말로 그런 기분이었다.

"왜 옷 안 벗어?"

"더러우니까."

대니얼은 천천히 점퍼를 벗고 셔츠의 단추도 풀었다.

"안 쓰였으면 깨끗해야지."

규오는 지나가듯 말했다. 둘은 계속해서 마시고 또 마셨다.

"정말로 나는 어디에 가뭄이 들든지 사람들이 죽든지 아무렇지도 않아. 내가 모르는 사람들이 죽어도 아무렇지도 않다니까. 아는 사람도 없는데. 그런데 죽은 사람들은 아는 사람들이 많은 거겠지?"

대니얼은 대답이 없었고 규오는 대니얼의 대답을 기다리지 않고 계속해서 말을 이어나갔다.

"누가 나를 죽이게 될까. 가뭄이 죽이게 될까. 가뭄이 들면 모두가 목이 마르겠지? 가뭄이 계속해서 다른 곳까지 퍼지면 어떻게 되는 거야?"

"모두가 목이 마른 거야."

"그러면 어떻게 되는데?"

"목이 마른 거야. 목이 마르고 마는 거야. 그게 다야."

규오는 위스키를 병째 들고 마시기 시작했다.

"나는 누가 나를 죽일 수 있을지 궁금해. 누가 나를 죽이게 될까. 이전에 우리 엄마랑 자던 남자 중에 엄마를 자꾸만 패는 애가 있었어."

"엄마들이랑 자는 남자는 모두 그래."

"여튼 나는 굉장히 화가 났는데. 뭐랄까, 온몸에 긴장이라고 해야 하나 뭐 그런 게 팽팽하게 차 있었어. 그래서 엄마가 있는 앞에서 그 새끼를 팼어. 진짜 사람이라고 생각 안 하고 팼어. 근데 자꾸만 엄마가 말리는 거야. 나는 화가 나서 그 여자를 확 밀치고 걔를 자꾸 팼어."

규오는 위스키를 한 모금 더 마셨다.

"그랬는데 그 새끼가 맞으면서도 뭐라고 하는 거야. 처음엔 신경 안 썼지. 근데 피투성이가 된 입이 자꾸 움직여. 애를 쓰면서 말하는 거야. 때리는 걸 관두고 들어줬어."

"뭐랬는데?"

"뒤를 보래."

빠르게 이야기를 하고 있는 규오는 신나 보였다. 침을 튀기며 벌게진 얼굴이었다.

"뒤를 보니까 엄마가 도로 턱에 머리를 박고 쓰러져 있었어. 잠시 시간이 천천히 흐르는 느낌이 들었어. 정말로. 그런 느낌 알지? 그리고 달려가서 봤어. 엄마 머리에서 피가 났어. 나는 엄마를 둘러업고 뛰었어. 개도 같이 갔어. 어떻게 그렇게 맞았는데도 같이 뛰어올 수 있었을까. 나는 그 새끼를 죽일 생각이었거든. 죽일 생각으로 팼는데도 그 새끼는 비틀거리면서 일어나서 따라왔어. 나는 엄마를 둘러업고 뛰면서도 그 생각을 했어. 나는 죽일 생각으로 팼는데 저 새끼는 살아서 따라오네. 뭐가 잘못된 걸까. 그런 생각을 했어. 나는 뭣도 아니라고. 나는 죽일 생각으로 팼고 그 새끼는 같이 때리다가도 얌전해져서 맞기만 했는데 아직도 살아 있다니. 정말 나는 쓰레기인가 봐. 아, 발을 절뚝거리며 뛰어오네. 왜 뛰어왔을까. 그런 생각들을 했어. 나는 엄마를 병원에 내려놓고 왔어. 그 새끼가 엄마 옆에 있었어. 그 새끼는 술을 마시면 또 엄마를 팰 거야. 패고 또 패도 죽지 않았다. 죽지 않으셨던 분. 그분은 대단해. 아니지. 내가 모자라서 죽지 않았지. 패고 또 패도 죽지 않고 살아서, 살아서 있네."

규오의 얼굴은 점점 더 붉어졌다. 규오는 침을 튀기며 말을 했다. 그리고 낄낄거리며 웃었다. 낄낄거리던 웃음은 점점 더 커졌다. 규오는 병에 남은 술을 다 마셔버렸다. 그러고는 웃으며 방을 걸어 다녔다. 대니얼은 괴로운 표정으로 규오를 보았다. 규오는 웃으면서 바지를 벗고 트렁크도 벗었다. 규오의 긴 머리는 팔꿈치까지 닿아 있다. 규오는 아무것도 걸치지 않은 채로 방 안을 걸어 다녔다. 목 아래까지 벌겠다. 규오는 다리에 힘이 없는지 걷다가 픽 하고 쓰러져 무릎을 꿇은 채로 앉았다. 규오는 다리털을 문지르며 히죽히죽 웃었다. 히죽히죽 웃으며 천천히 오줌을 눴다. 규오는 공손히 무릎을 꿇고 오줌을 눈다. 대니얼은 말리지도 않고 같이 히죽히죽 웃었다. 대니얼은 규오에게 천천히 다가갔다. 대니얼은 자신이 취한 척 비틀거리고 있음을 알아챘지만 규오는 이미 많이 취해 있으니 괜찮다고 스스로를 설득했다. 대니얼은 과장되게 비틀거리며 손에 든 맥주병을 천천히 규오에게 기울였다. 맥주가 규오의 머리를 적셨다. 대니얼은 빈 병을 바닥에 던졌다. 침대 밑에 있는 다른 병을 집어, 병을 따고 또다시 천천히 규오에게 기울였다. 규오의 머리와 몸이 젖어들어갔다. 대니얼은 병을 던지는 동시에 규오의 몸을 안고 쓰러졌다. 오줌과 맥주로 적셔진 바닥 위였다. 대니얼은 맥주로 젖은 규오의 어깨에 가만히 입술을 댔다. 잠시 동안 규오를 껴안고 있던 대니얼은 천천히 규오의 목을 빨았다.

"나는 아직도 엄마가 죽었는지 살았는지 헷갈려."

불분명한 발음이 들려왔다.

"모르겠어. 정말로 모르겠어."

대니얼은 규오의 눈을 보았다. 감겨 있었다. 규오의 눈꺼풀에 손을 얹어보았다. 손바닥에서는 규오의 숨결이 느껴졌다. 잠이 들었다. 규오는 잠이 들었고 고개를 바닥으로 떨어뜨렸고 거칠게 숨을 쉬었다. 대니얼은 천천히 침대로 올라와 누웠다. 왜 이렇게 내일은 무서울까요? 대니얼은 셔츠 속으로 손을 집어넣어 자신의 배를 만졌다. 이리저리 그어져 있는 상처들을 만지며 잠을 청했다. 그러면 잠이 왔다. 내일은 무서우니 상처를 만져대는 오늘 밤만 영원했으면 좋겠다. 옷을 벗은 규오만 영원했으면 좋겠어. 물고기는 어떻게 되든 상관없고 북쪽 대륙의 사람들도 관심 없었다. 대니얼은 가뭄도 무엇도 아닌 내일이 자신을 죽일 것 같았다. 괴로워하며 끈질기게 살아내는 것이 영원하다, 그리고 그것이 바로 나라고 내일은 그렇게 말했다. 대니얼은 무엇에 찔린 것처럼 심장이 아팠다.

내일이 오면 우리는 아무렇지 않게 옷을 입고 세수를 하지요? 메이드가 찾아오고 이제 아무렇지도 않은 척 살아갑니다.

규오는 대니얼을 부끄러워하는 눈으로 보았다고 해. 옷을 입고 씻었지. 아니, 그 반대였던가. 씻고 옷을 입었지. 머릿속으로 떨어지는 문장들이 있어. 이를테면 '내가 무얼 한 걸까' 같은 것들. 이런 건 사소한 거지. 사소한 걸 우습게 여겨야 해. 매일 하는 것들을 무시해야 해. 얼굴을 씻고 이를 닦는 것, 개인 수건과 양말 같은 것을 우습게 여겨야 해. 그런 것을 우습게 여기다 보면 정말로 멍청한 짓을 하게 될 수 있어. 규오는 그러므로 어제 무엇을 한 것일까 같은 것에 신경을 쓰면 안 돼. 바로 그런 것을 우습게 여겨야 해. 대니얼은 잔다. 대니얼은 자신이 늙었다는 것이 수치스러웠다. 잠결에. 꿈에서 부끄러움을 느꼈어. 왜 젊은 사람은 늙은이를 부끄러워할까? 대니얼은 규오의 눈길을 느끼고 눈을 질끈 감았다. 내일이 왔군. 나를 죽일 그것이 왔어. 나는 써보지도 못하고 늙고 더러워진 사람. 내일은 왜 나를 쓰지도 않고 버렸을까. 아름다운 사람은 늙고 더러운 대니얼을 경멸하는 눈으로 한 번 바라보고 옷을 입고 방을 나갔지. 대니얼은 셔츠 속으로 손을 넣고 상처를 따라 손가락을 움직이며 딴생각을 했다. 그런데.

북쪽 대륙에서 시작된 가뭄은 이제 지역을 가리지 않고 퍼져나갔다. 비슷한 일들이 연이어 벌어졌다. 강은 이미 말랐고 해수면은 낮아졌고 산불은 잡히지가 않는다. 생수를 구입하지 못하는 사람들은 천천히 죽어갔다. 목을 매는 사람들이 늘어갔다. 대니얼은 그날 이후 장사를 하러 나오지 않았다. 그편이 차라리 나았는데 어차피 등산객도 없었기 때문이다. 규오는 트럭에서 잠을 잤고 트럭에 남은 음식으로 음식을 해 먹었다. 기억나는 것들이 있고 나머지는 기억나지 않는다. 기억나지 않는 것들은 있지 않은 것이다. 기억이 나지 않는데 있을 수는 없다. 규오는 그렇게 생각했다. 기억이 나지 않는 것들은 있었던 것이 아니야. 있었던 것들을 잊어버리기도 하는데 기억나지 않는 것까지 있다고 한다면 나는 모든 것에 사과하고 많은 것을 책임져야 할 것이다. 반쯤 잊어버린 모든 것들에 말이다. 규오는 대니얼을 생각한다. 그 사람은 말라서 볼이 움푹 들어갔다. 송곳니가 도드라졌다. 쑵쑵거리는 소리를 내며 말을 한다. 누런 눈은 튀어나왔다. 물고기로 변장시키거나 아이로 변장시키거나 여자로 변장시켜도 그럭저럭 어울릴 것이다. 왜냐면 조금도 잘생기지 않았기 때문에 무엇이든 상관이 없었다. 그런데 나는 왜 갑자기 말을 토해냈던 것일까. 지난 일들은 모두 딱딱하게 뭉쳐져 있다고 믿었다. 딱딱한 것들은 나쁜 일도 행복한 일도 괴로웠던 일도 아니고 그저 지난 일일 뿐이었다. 지나간 모든 일들은 딱딱한 덩어리가 되어 규오의 가슴을 누르고 있었다. 규오가 아무렇지도 않게 살 수 있었던 것은 모두 그것의 덕이었다. 말을 하지 않아도 괜찮았던 것이나, 아무하고도 친해지지 않았던 것 모두 덩어리가 온갖 감정을 누르고 있어서 가능했던 것이다. 규오는 이렇게 가다가 지구는 스스로 발화하게 될 것이라고 생각했다. 지구의 발화를 앞두고 나의 말문이 터진 것 아닐까. 그렇다면 내가 말하지 않았다면, 지금이라도 말하지 않는다면 지구는 발화하게 되지 않을까. 그런데 대체 왜? 산을 헤맨다고 해도 물을 찾기는 힘들겠지. 남은 돈으로 물을 사고 물을 사고 나면 비가 올 것이라고 믿고 잠을 자겠다. 규오는 이런저런 생각들을 끊임없이 이어나갔다. 지구가 계속 말라가기만 한다면 더욱더 막 하겠다. 하지만 비가 온다면 모든 것은 원래대로 돌아가게 될 것이다. 규오는 비가 온다면 좀더 제대로 살아보고 싶다고 잠깐 바랐다. 아무도 듣고 있는 사람이 없지만 곧 부끄러워졌다. 규오는 남은 물 한 모금을 마시고 잠을 청했다. 잠을 자지 않아도 지구는 말라가고 있다. 사람들은 다들 규오처럼 체념한 채로 아무것도 하지 않고 잠을 자거나 담배를 피우거나 약을 했다. 가뭄이 심해진 이후 물값은 계속 올라갔고 약값은 계속 떨어졌다. 마리화나 같은 식물은 값이 더 비쌌다. 물 부족으로 재배가 어려워졌기 때문이다. 산장에 마지막으로 남아 있던 등산객들은 단체로 LSD를 했다. 그중 한 명이 천천히 말했다.

"나는 지금 눈앞이 빨갛게 보여. 빨갛지 않다는 것을 알지만 빨갛게 보여."

그 말을 한 사람은 도서관에서 사서로 일하던 차분한 여자였다. 그 여자는 약을 하고서도 차분한 목소리였다. 몇몇은 소리 지르며 무슨 이야기인가를 했다. 산장지기는 식수로는 쓸 수 없는 더러운 물을 코펠에 끓였다. 거기에 인스턴트 커피믹스를 열 개쯤 넣었다. 또 끓였다. 이렇게 젓다 보면 캐러멜이 될 것만 같군, 싶어졌을 때 불을 끄고 커피를 마셨다. 사람들은 커피도 나눠 마셨다. 약을 나누고 커피를 나누었다. 커피를 마셨지만 대부분은 다시 잠이 들었다. 그러고는 자다깨다자다깨다자다깨다를 반복했다. 잠이 들었던 사람들 모두 마흔 시간쯤 그 짓을 반복했다. 단지 물이 부족하다는 것을 잊고 싶었을 뿐이야. 물은 있지만 너무 비싸잖아? 우리는 잠시 그것을 잊고 싶었을 뿐이야. 도서관 사서의 애인은 극장의 조명기사였다. 그는 호기롭게 산장지기에게 남은 LSD를 건네받아 한 알을 삼키고 담배를 계속 피우고 자다깨다자다깨다를 반복하고 어제 꾼 꿈 이야기를 하고 또 했다. 그리고 또 한 알을 삼키고 앞에 했던 것들을 계속했다. 그리고 또 한 알을 삼키고. 그는 어쩌면 물이 부족하다는 데까지 생각이 미치지 않았을 수도 있다. 도서관 사서는 마흔 시간이 지난 후 애인을 껴안고 잠이 들었다. 사서의 애인은 백 시간 동안 어지럽고 가슴이 뛰고 잠을 잘 수 없는 경험을 되풀이했다. 규오는 트럭에서 머물며 마음을 편하게 먹었지만 잠자는 와중에도 무의식중에 '더 자야 해' 하고 중얼거리게 되었다. 몸에서는 냄새가 나고 입안은 버석거렸다. 물을 아주 조금씩 먹으며 계속해서 수면 상태에 스스로를 놓아두었다. 꿈은 꾸지 않았다. 하지만 사막에 있는 자신을 보았던 것도 같다. 사막은 움직이지도 않고 그대로여서 그것이

꿈인지 실제인지 구분할 수 없었다. 꿈이었을 수도 있다. 이곳이 사막이고 더욱 사막이 되어갈 것이기는 했지만 말이다.

  대니얼은 방 안 어딘가에 둔 술들을 한 병씩 꺼내 먹었다. 마지막으로 마셨던 것은 스카치위스키였다. 역시나 술뿐이었다. 상점들은 죄다 문을 닫았다. 차를 몰고 시내로 나가 암시장에서 남은 돈을 다 주고 술과 스낵 들을 사서 돌아왔다. 돈이 많지도 않았고 술은 가격이 이미 치솟아 있었다. 대니얼이 손에 넣을 수 있었던 것은 스카치위스키 두 병과 맥주 여섯 병, 그리고 몇 개의 감자칩 봉지뿐이었다. 대니얼은 습격당한 상점과 마을 들을 보았다. 술에 취한 채였기 때문에 눈앞의 시멘트 더미가 무엇인지 알아차리는 데 시간이 걸렸다. 휘청거리며 차 안으로 갔다. 창문을 다 닫고 속력을 최고로 한 채로 달렸다. 칼과 농기구를 들고 쫓아오는 무리들을 보았기 때문이었다. 트럭으로 돌덩어리가 몇 개 날아왔다. 대니얼은 비틀거리면서도 끝까지 최고 속력을 유지한 채로 숙소로 돌아왔다. 침대에 털썩 하고 누웠다. 천천히 맥주를 마셨다. 흐릿한 얼굴들이 찾아왔다. 사람들을 떠올렸지만 그들의 얼굴은 희미했다. 대니얼을 초대했던 하얗고 커다란 선생은 그날 밤 대니얼의 페니스를 빨아주었다. 여전히 울고 있었다. 눈물을 멈추지 않아 눈물과 콧물이 페니스에 닿았다. 대니얼은 식탁 기둥에 대고 정액을 뿌렸다. 대니얼은 가끔씩 주말이면 선생의 집을 찾았다. 선생은 브라우니와 아이스크림을 주었다. 여자의 입에서는 캐러멜 맛이 났다. 대니얼은 엄마가 재혼을 하여 이사를 갈 때까지 여자의 집에 찾아갔었다. 좋았는지 부끄러웠는지 혐오스러웠는지는 기억나지 않는다. 뿌연 화면이 천천히 대니얼의 눈앞으로 지나간다. 여자에게는 남동생이 있었다. 열세 살쯤 되었나. 폴이었지. 여자의 이름은 기억나지 않는다. 엘레나 혹은 헬렌이었을 것이다. 그녀는 대니얼이 오면 폴을 불러서 친구 집에 가 있으라고 했다. 폴은 하루 종일 단것을 먹어서 이빨이 썩거나 빠져 있었다. 어느 날이었는지 대니얼이 엘레나의, 어쩌면 헬렌의 집에 갔을 때였다. 엘레나는 집에 없고 폴만이 소파에 앉아서 공을 던지며 놀고 있었다. 대니얼은 옆자리에 앉았다. 같이 공놀이를 했다. 폴은 공을 던지고 또 던졌고 대니얼은 열심히 받아주었다. 그러다 폴을 끌어안았다. 대니얼은 폴에게 사랑한다고 말했다. 볼에 멈추지 않고 키스를 퍼부었다. 그리고 팔을 풀고는 다시 공놀이를 했다. 폴의 이마에는 작은 상처가 나 있었다. 팔에 멍이 들어 있기도 했다. 대니얼은 엘레나가 그랬을 것이라고 생각했다. 대니얼은 전학을 가면서 교장에게 엘레나가 동생 폴에게 폭력을 가한다고 익명의 편지를 보냈다. 엘레나와 폴이 어떻게 되었는지는 알 수 없다. 대니얼은 늘 취해 있었고 늘 비틀거렸다. 잠이 들다 깨어나면 지난 일들이 드문드문 떠올랐다. 조금 괴롭기도 했다. 이전처럼 병을 깨서 천천히 허벅지에 대각선을 긋거나 하지는 않았다. 대니얼은 이제 곧 죽을 것이라고 생각했다. 지난 일이 너무 많이 떠오르기 때문이었다. 대니얼은 언제부턴가 숙소에 있는 라디오를 하루 종일 틀어두었다. 대니얼은 눈앞으로 찾아오는 지난날들을 바라본다. 라디오에서는 50년 전에 있었던 대가뭄에 대한 특집 방송을 내보내며 지구인은 지혜를 모아 50년 전처럼 가뭄을 극복할 수 있을 것이라고 했다. 라디오에서 흘러나오는 뉴스는 지난날처럼 흐릿했다. 지난 일들도, 뉴스도 모두 흐릿한 채로 방안을 떠돌았다. 가끔씩은 어떤 게 어떤 것인지 알 수 없었다. 50년 전의 가뭄 때 나는 엘레나의 집에 찾아갔었지. 그 이듬해 올림픽이 열렸고 게리는 UFO가 남기고 간, 검은 돌을 나에게 주었지. 그리고 나는 이제 사람을 때리지 않고 이전부터 사람을 때리기보다는 맞는 일이 많았다. 라디오는 말한다, 어쩌면 대니얼의 기억일지도 모르지만 어쨌거나 누군가는 말한다. 동아시아 지역에서는 비를 내려달라는 의미로 마을의 청년이나 처녀를 잡아 제단에 바쳤다고 합니다. 마치 아브라함이 자신의 사랑하는 아들을 하나님께 바친 것과 같은 이치이지요. 대니얼은 아직도 누군가는 살아서 라디오 방송을 만들고 있구나, 듣는 누군가도 있겠구나 하는 생각을 했다. 그러한 생각을 하며 천천히 바닥으로 잠기고 있었다. 이제 어떤 일이 생겨도 다시 떠오르지 못하고 점점 더 가라앉기만 할 것이다. 대니얼은 마지막 남은 한 병의 스카치를 들고 비틀거리며 트럭에 올라탔다. 거리에 차는 없었다. 대니얼은 속력을 내며 땅의 끝을 향해 달렸다. 대니얼은 술에서 깨어날까 봐 무서웠다. 멀리서 짠 냄새가 났다. 대니얼은 더 속력을 냈다. 바닷물이 이미 말라버린 바닷가에는 소금기 남은 돌들뿐이었다. 대니얼은 트럭에 앉아 비린내를 맡았다. 비는 오지 않을 것이다. 대니얼은 죽을 것이다. 점점 가라앉고 있다. 세상 모든 사람들이 다 죽고 지구 위의 모든 것이 다 사라지면 어떻게 되나. 지구는 지구인 채로 우주를 떠다니게 됩니다. 그렇구나. 대니얼은 지구가 그렇게 되는 것이 우주에 좋은 것인지 아니면 생명체가 살 수 있는 행성인 채로 우주에 떠다니는 것이 좋은 것인지 알 수 없었다. 대니얼은, 규오는 어떻게든 살아남아 있을 것이라고 생각했다. 누군가를 죽여서라도 살아 있을 것이다. 그런 사람들을 직감적으로 알 수 있었다. 그렇지만 왜 사랑하는 것일까. 왜 오랫동안 마음속에 품어온 것일까. 대니얼은 짐칸에 있던 휘발유를 천천히 트럭 바닥과 의자에 뿌렸다. 그리고는 무릎을 꿇은 채로 라이터를 켜 의자에 던졌다. 대니얼은 기도하는 손을 했다. 균형 잡은 채로 앉아 있기가 힘들었다. 자꾸만 고개가 핸들에 닿았다. 뜨거운 것이 느껴졌다. 아직 마시지 않은 스카치위스키 한 병이 떠올랐다. 매캐한 연기가 트럭 안을 채웠고 곧이어 커다란 폭발음을 내며 트럭이 불타올랐다. 대니얼은 죽을 때까지 마시지 않은 술에 대해 생각했다. 뚜렷한 것은 그뿐이었기 때문이다. 대니얼은 내일을 보지 않고, 지속적으로 내일을 회피하고 사는 데 어느 정도 성공했다. 성공한 인생이라고 생각한다. 한 번도 쓰이지 않아 쓰레기도 될 수 없었다. 아름답지 않아서 한 번도 쓰일 수 없었다. 아름답지 못한 것은 죽을 때까지 깨끗할 수 있어 쓰레기도 될 수 없다. 대니얼은 너무 아름답고 너무 더럽고 쓰레기의 쓰레기였던 규오를 사랑했다. 이제 떠올릴 수는 없다. 깨끗하게 살아, 깨끗하게 바쳐졌고 결국 한 번도 쓰이지 못하고 죽었기 때문이다.

규오는 내리는 비를 보며 환각이라고 생각했다. 비가 온 지 사흘째 되는 날에서야 규오는 비로소 비라는 것을 받아들일 수 있었다. 비는 오랜 가뭄을 한 번에 물리치려는 듯 내리고 또 내렸다. 규오는 휘청거리는 다리를 질질 끌며 트럭 밖으로 나왔다. 땅이 젖어 있었다. 흙냄새가 났다. 규오의 몸 위로 비가 퍼붓고 있다. 규오는 꼼짝도 않고 비를 맞았다. 흙냄새를 맡으며 비를 맞았다. 하늘은 먹구름 색, 무거운 구름이 가득 차 있다. 천둥이 쳤다. 천천히 모든 것이 깨끗해졌다. 그리고 자꾸 웃음이 나왔다. 계속 비를 맞고 계속 웃었다. 비는 멈추지 않았다. 내리고 또 내렸다. 규오는 한꺼번에 모든 것을 바꿀 수 있는 기분이었다.

16

 규대는 벌컥벌컥 물을 마셨다. 너무 긴 이야기였다. 규대는 앉은 자리에서 멈추지도 않고 규오와 대니얼의 이야기를 했다.
 "목마르겠다."
 "목말라. 목마른 이야기를 해서."
 나는 물을 가져와 규대의 빈 컵에 부어주었다.
 "날 어떻게 사랑한다는 거야? 대니얼처럼 사랑하겠다는 거야?"
 "아니."
 "그럼?"
 "나는 가뭄이 들어도 불 지르고 죽지는 않을 거야."
 규대는 의기양양한 표정으로 말했다. 평소에 보기 힘든 표정이었다.
 "나도 안 그럴 거야."
 "그러니까."
 "어."
 "둘 다 나는 아닌 거야. 나는 어 글쎄, 그러니까 가뭄이 들다가 비가 내리는 것처럼 니가 좋아."
 "부끄러워하지도 않고 잘도 말하네, 그런 걸. 그렇게 새 책을 쓰는 거야? 가뭄 책이 끝나고 비 책이 시작되는 것처럼 좋아한다는 거야?"

"어, 그렇지."

규대는 다시 물을 마셨다.

17

규대의 부모는 도덕적이었다. 규대의 아버지는 소개소에서 넘겨받은 여자애들을 데리고 여관에 가지 않았고 차에서 해버리지도 않았다. 규대의 부모는 다른 사람들이 회사에 다니는 것처럼, 장사를 하는 것처럼 주어진 일들을 했다. 한번은 나와 규대를 불러서 맥주를 사주시기도 했다. 그 전까지 나는 막연히 규대의 아버지는 느글거리고 규대의 어머니는 앙칼진 얼굴일 것이라고 생각했다. 규대의 부모가 밥을 산다고 했을 때도, 나는 그런 얼굴들과 함께 절대로 누구에게도 지지 않을 것 같은 표정인 사람들을 상상했다. 메뉴는 당연히 지글거리는 불판과 소주일 것이라고 짐작했고. 막상 약속 장소로 가니, 규대의 아버지는 (아직 이런 직업이 있다면) 초등학교 소사처럼 생기셨고 규대의 어머니는 우체국 직원처럼 보였다. 스치면 바로 잊어버릴 얼굴들이었다. 규대가 나를 여자친구로 소개한 것도 아니었고 그렇다고 내가 말한 것도 아니었는데 규대의 아버지는 흐뭇한 얼굴로 나를 바라보셨다. 규대의 어머니는 치킨과 함께 나오는, 마요네즈와 케첩을 뿌린 샐러드를 좋아하셨다. 규대의 아버지는 맥주를 조금 드시고는 내내 담배를 피우셨고 규대의 어머니는 한 잔을 드시고 이내 얼굴이 빨개지셨다. 나와 규대는 말없이 치킨만 먹었다. 어쩌면 그들도 자신들이 하는 일에 대해 의문을 가지고 있을지도 몰랐다. 규대는 말한 적 없지만, 규대가 기도를 하는 이유는 자신의 부모가 하는 일 때문일 것이다. 어찌 됐건 허허 웃는 규대 아버지와 얼굴이 벌게진 규대 어머니는 오십대 남성과 열아홉 살 몽골 아가씨를 짝 지어준다. 중국인 여자들을 식당으로 보내고, 그중 예쁘고 똑똑한 여자 하나를 큰아들에게 넘겼다. 나는 잠시 어쩌면 그 여자애는 잘 지내고 있을지도 모르겠다고 생각했다. 규대의 아버지가 조금도 나빠 보이지 않았기 때문이었다. 그러니 내가 생각했던 것만큼 고통스러운 상황은 아닐지도 모르는 것이다. 어쩌면 정말 잘 지내는 것일지도 몰랐다. 규대의 형이 여자애를 친절하게 대할 수도 있고 둘은 어쩌면 연인 같은 게 될지도 몰랐다. 눈으로 직접 들여다본 규대의 부모는 악의라고는 없었고 오히려 수줍고 나약해 보였다. 이 사람들이 어린 여자애를 고통스럽게 만들 것 같지 않았다. 여전히 규대의 엄마는 얼굴이 붉어진 채로 웃고 계셨고 규대는 말이 없었다. 이 사람들 모두는 지친 표정으로 쓸쓸하게 웃고 있었고 그건 보통 사람의 표정이었다. 그러나 아무리 우기려 해봐도 어린 여자애는 불행하기만 할 것이다. 고통스럽기만 할 것 같아. 복잡한 마음은 계속해서 말한다. 행복할 리 없다고 말이다.

규대의 부모는 한 해에도 몇 번씩 여관을 잡고 이곳에 머문다. 규대는 고등학교 때도 방학이 되면 이곳에 와서 부모를 도왔다고 했다. 그때는 주말이 되면 성당에 갔다고 지나가듯 말했다.
"성당에 다녔어?"
"교회에 다녔는데, 그냥 교회는 사람들이 많으니까 아무 데나 가고 싶은 대로 갔어."
그날 규대의 아버지는 나에게 2만 원을 주셨다. 몸 둘 바를 몰랐다. 왠지 공사장에서 노가다를 하는 친척 어른이 주신 세뱃돈 같았다. 나와 규대는 두 번 접힌 만 원짜리 지폐들로, 포도주를 사서 집으로 갔다. 엄마가 식당 근처 아줌마들과 찜질방에 가서 밤에도 집이 비어 있었다. 우리는 씻고 섹스를 하고 텔레비전을 봤다. 텔레비전을 보면서 포도주를 마시기 시작했는데 포도주보다 텔레비전이 먼저 끝났다. 우리는 남은 포도주를 냉장고에 넣고 이를 닦고 잠이 들었다. 나는 똑바로 누웠고 규대는 등을 돌린 채로 누웠다. 규대는 10분쯤 후에 나를 향해 누웠다.
"잘 자."
"응."
규대는 등을 돌린 채로 기도를 했고 기도가 끝나면 나를 보고 누웠다. 포도주 덕에 우리는 쉽게 잠이 들었다. 잠결에 빗소리를 들었다. 비가 많이 오는구나 하고 잠깐 생각하다 다시 잠이 들었다. 한번씩 천둥 치는 소리를 들었다. 대단하네 하고 생각하다가 다시 잤다. 아침에 눈을 뜨자마자 처음 들었던 생각도 비가 그친 건가? 였다. 비가 그친 건가. 두 눈을 껌뻑거리다 옆을 보았다. 아무도 없었다. 규대는 어디로 간 것일까. 먼저 일어난 것일까. 일어나 거실로 나갔다. 규대는 소파에 앉아 있었다. 고개를 무릎 사이에 넣고 기도를 하고 있었다. 조용히 소파로 가 누웠다. 규대는 울면서 기도를 하고 있었다. 나는 규대를 만지지도, 규대에게 말 걸지도 못한 채로 조용히 숨만 쉬었다. 규대는 울기만 했다. 눈물을 닦고 코를 훌쩍이고 젖은 손을 바지에 문지르고 있었다. 나는 한참 동안 누워만 있었다. 선명한 비냄새가 방 안을 떠돌았다. 빗소리는 들리지 않았다. 어젯밤엔 그렇게나 심하게 천둥이 쳤는데도 지금은 잠잠하다. 미끄러지듯 소파에서 내려와 규대의 등을 안았다. 그럴 리야 없겠지만. 마음 한편으로는 나를 밀쳐내면 어쩌지 하는 마음에 불안했다. 규대는 말없이 울기만 했고 나는 껴안고 있기만 했다. 왜 울어. 대체 왜 울어. 어젯밤에는 하하호호 포도주도 잘 먹고 텔레비전도 잘 봐놓고서. 나는 규대만 있으면 즐겁고 신나는데 규대는 내가 있건 없건 슬퍼하고 있었다. 기도는 신께 하는 것이라 신만 알 수 있겠지만 나는 규대의 기도를 알고 싶었다. 자기 자신은 자신의 기도를 모른다. 나는 나의 기도를 몰랐다. 무엇엔가, 무릎을 꿇고 싶었던 것이다. 적어도 누군가가 나를 사랑하고 있다고 생각하고 싶었고, 내가 무릎을 꿇으면 나를 좋게 봐줄 것이라고 생각했던 것이다. 무엇인가에 쫓기고 내몰린 기분인데 비명이라도 지르지 않을 수 없었고 비명을 지를 바에는 크고 좋은 존재가 들었으면 좋겠다고 생각했다. 그러니 나는 아직도 나의 기도를 알 수 없다. 그게 정확히 어떤 것이었는지를 말이다. 한참 후 규대는 뒤를 돌아 나를 안았다. 침대 위에서 등을 돌려 나를 보는 것처럼 말이다. 나는 이제 기도가 끝났구나 하고 생각했다.

18

규대는 부모를 도왔다. 뭘 어떻게? 장부 정리도 하고, 운전도 하는 것 같은데 다른 일은 잘 모르겠다. 나도 묻지 않고 규대도 자세하게는 말해주지 않는다. 오늘 이러이러한 것들을 했어, 정도였다. 가끔 궁금하기는 한데 그렇다고 캐내고 싶지는 않았다. 규대의 다른 모습을 보고 싶지 않은 것이 아니라, 다른 모습을 보고 난 후 그럼에도 좋아해, 라고 말하게 될까 봐서였다. '어떤 사람이어도 좋다.' 그게 무서웠다.

규대는 할 일을 다 끝내면 우리 집으로 왔다. 일이 없을 때는 하루 종일 함께 있기도 했다. 나는 소파에 누워 티브이를 봤고 규대는 바닥에 앉아 책을 보았다. 얼마 전 재선에 성공한 국회의원의 자서전이었다. 그 사람의 말들은 규대의 마음을 움직였다. 시골에서 고등학교를 졸업한 후 공장에서 일하며 유학을 준비했다는 그 정치인은, 목표가 뚜렷하다면 그에 대한 열정과 의지는 자연히 따라오는 것이라고 했다. 열정과 의지, 뚜렷한 목표. 나는 그런 것들을 입에 담아보지만, 늘 툭 하고 떨어졌다. 툭 하고 입에서 떨어진 목표와 구르며 떨어져나간 의지와 열정 뭐 그런 것들. 나는 발가락으로 규대의 목을 쓰다듬었다. 깨끗한 발이었다. 규대는 한 손으로는 내 발을 잡고 한 손으로는 책을 쥔 채로 책을 읽었다. 그러다 갑자기 말했다.

"그런 게 아닐까?"

"뭐가?"

"목표가 뚜렷하지 않으면 뚜렷하지 않은 채로 강력하게 계속될 수도 있지 않을까?"

"니가 그래?"

"아니 그냥 난 뭐가 어떻게 되었으면 좋겠다 싶은 건 없으니까."

규대는 내 발가락을 깨물었다. 깨끗한 발이니까.

"그때 아빠 만난 날 있잖아."

"어."

"그날 밤에 비가 진짜 엄청나게 많이 왔는데. 넌 잘 자더라."

"잠결에 듣긴 했어."

"듣긴 했어? 난 자다가 깼어. 못 자겠던데. 비 엄청 많이 왔어. 천둥도 치고 번개도 막 치고. 빗소리를 듣다 보니까 그냥 잠깐 종말이 온 건 아닌가 하고 생각했어."

"안 무서웠어?"

"무서웠어."

"종말이 오면, 어떻게 되는 거지? 뭐라고 들었던 것도 같은데. 7일 동안 지구가 쓸려나가고 적그리스도가 나타나는 건가?"

"어, 그런 이야기가 있었던 것 같기도 한데."

"너 교회 열심히 다녔잖아."

"지금도 열심히 다녀."

"근데 왜 몰라?"

"잘 몰라."

규대는 책을 덮고 소파 위로 올라왔다. 규대는 내 무릎을 베고 누웠다.

"그게 정말 종말이면,"

나는 규대를 바라보았고 규대는 앞을 보고 웃었다.

"그게 종말이면, 나는 정말 억울할 거야."

"왜?"

"해본 게 없으니까."

규대는 덧붙여 말했다.

"어딜 가도 종말 같을 거 아냐. 난 다른 데 가보고 싶은데 다른 데도 다 종말 같을 거잖아."

"어디 가보고 싶은데?"

"어 몰라. 그냥 먼 데. 막 아프리카 같은 데. 미국도 가보고 싶다."

에어컨을 틀어놓지 않았는데도 방 안은 선선했다. 아무것도 하지 않으니까 더위도 그럭저럭 참을 만했다. 어떤 경우에라도 규대를 사랑하고 있을 것이다. 알고 있었다. 정말로 그 사실을 인정해야 하는 순간이 올까 봐 무서운 것이다. 실제로는 알고 있었다. 규대가 어디 가지도 않고 하는 일도 없이 계속해서 내 옆에 있으면 좋겠다. 아, 이런 생각을 하면서도 뜨거워진 가슴 때문에 어찌할 바를 몰라 규대의 머리카락만 만졌다. 한편으로는 종말 이후에도 살아가야 하는 것이 아니라면 이대로 끝이 나도 좋을 만큼 좋은 여름날이었다. 이대로 끝의 끝까지 계속되었으면 좋겠다. 사람의 불행은, 아니 그게 너무 거창하다면 불안이나 괴로움은 거기서 온다. 떨리는 가슴이 누구의 것인지 헷갈리는 것이다. 자꾸 되물어. 왜 떨리는 거지? 이게 정말이야? 그리고 지속을 생각하게 되는 것이다. 아주 좋은 순간, 아주 좋은 것이 지속될 수 있는가를 물어보게 되는 것에서 불안이 시작된다. 어떻게 지속시킬 수 있지?에서 시작되는 괴로움. 사실 조금 울었는데 우는 와중에도 너무나 좋았다. 계속 묻게 되는 거야. 언제까지 이렇게 살 수 있을까. 언제까지 할 수 있을까. 이 모든 것들을?

19

원대는 원윙을 붙잡고 하고 또 하고 자꾸만 벌리며 하루를 보내고 있었다. 원대의 부모는 아들에게 월세방을 얻어주었다. 원윙과 함께 살라고. 같이 살다가 중국으로 보내줄 테니 공부 열심히 하고 있으라고 했다. 원대는 원윙을 집에 두고, 나와 규대를 만나러 나왔다. 우리는 엄마네 식당으로 가서 오므라이스를 먹었다. 나는 식당으로 들어가자마자 왠지 장난을 치고 싶어서 원대를 예전 학교 선배라고 했다. 그렇게 말하자마자 실수였다는 것을 깨달았다. 원대는 음식이 나올 때까지 불편한 표정이었다. 우리는 말없이 오므라이스를 먹었다. 밥을 먹고 나와 커피를 마셨다. 화창한 날씨였다. 나는 흰 리넨 원피스에 빨간 스니커즈 차림이었다. 좋아하는 옷이었다. 식당에서 나와 우리는 카페에 갔다. 원대 형제는 아이스 아메리카노를 시켰고 나는 진저레모네이드를 시켰다. 레모네이드를 한 모금 넘기자, 몇 년간 잊고 지내던 A가 떠올랐다. A를 만났던 날 나는 레모네이드를 마셨지. 여름날이었고. A는 이제 정말 희미했다. 바닷가에서 입자가 아주 가는 모래를 손에 쥐었다가 바람이 불어 손가락을 서서히 폈을 때 날아가는 모양처럼 희미했다. 햇볕에 떠다니는 먼지 같았다. 원대는 커피를 다 마시더니 음반가게에 가자고 했다. 그래 좋아. A는 어딘가에 놓고 왔다. 레모네이드

잔 아래 같은 곳에 보이지 않게 놓아두었다. 나와 규대는 손을 잡고 원대는 시디플레이어를 꺼내 혼자 음악을 들으며 음반가게까지 걸어갔다. 아직 시디로 음악을 듣는 사람이 있구나. 신기해하며 잡은 손을 흔들었다. 규대와 내가 잡은 손 사이로는 아주 가는 빛이 지나간다. 바람이 아주 약하게 통과한다. 그곳이 내가 살고 싶은 곳이었다. 원대는 혼자 몇 걸음 앞서 걸어가고 있었다. 이어폰이 원대의 몸을 바싹 조이고 있는 것처럼 보였다. 이어폰에서 흘러나오는 음악이 원대를 나사처럼 조이고 있었어. 원대는 나사를 풀지 않은 채로 계단을 올라 음반가게 안으로 들어갔다. 나와 규대는 계단 앞에서 껴안은 채로 입을 맞추고 2층으로 올라갔다. 중고 음반가게였다. 원대는 이어폰을 뺀 채로 흘러나오는 음악에 맞춰 고개를 약하게 흔들고 있었다. 원대를 보면 마음이 복잡했다. 어느 정도 괴로웠고 조금 밉고 재밌다고도 생각하지만 결론적으로 화가 났다. 원대를 보면 무슨 표정을 지어야 할지 모르겠다. 어떻게 말을 꺼내야 할지 모르겠다. 음반가게에서 원대는 사람 같지 않았다. 시디 같고 엘피 같고 스피커 같았다. 그 자리에 있어야 할 어떤 것 같아 보였다. 움직이지 않고 오랜 시간 가만히. 규대와 나는 소파에 앉아 쌓여 있는 음악 잡지를 읽었다. 귀에 익숙한 음악이 흘러나왔다. 아 좋다, 하고 규대와 동시에 말했다. 우리는 동시에 손을 잡았고 손을 잡은 채로 잡지를 넘겼다. 원대는 음반가게 주인과 이야기를 했다. 구하기 어려운 음반에 대한 이야기였다. 원대는 꽂혀 있던 시디를 꺼내 주인에게 전했다. 주인은 시디를 오디오에 넣었다. 음악이 시작되었다.

음악은 가만히 시작되었다. 그러다가 서서히 서서히 길을 걸어갔다. 목소리가 들렸다.
처음 나왔던 악기는 여전히 갈 길을 가고 있었고 그 위를 목소리가 지나갔다. 눈을 감았다. 언젠가의 꿈이었다. 언젠가의 꿈 같은 음악이었다. 언제일까.
나와 규대는 손을 잡은 채로 꿈 위를 걸었다. 멀리. 하지만 막막하지 않았다. 멀리멀리 가도 막막하지 않았다. 우리가 잡은 손 사이로 꿈 같은 음악이 통과하고 있었다. 바람이 지나간 후였다. 걷다 보니 익숙한 손가락이 보였다. 내 손가락이었다. 나와 규대는 우리가 잡은 손 사이를 걷고 있었다. 우리의 손가락은 부드러워서 걸어도 걸어도 발이 아프지 않았다. 정말로.

음악이 끝나고 눈을 떴다. 원대의 뒷모습이 보였다. 주인은 시디를 빼서 원대에게 건넸다. 원대는 사겠다고 하고 지갑에서 만 원짜리 몇 장을 꺼냈다. 나와 규대는 소파에서 일어나 원대를 따라 나갔다. 원대는 새로 산 시디를 시디플레이어에 넣고 안에 있던 시디는 새로 산 시디케이스에 넣었다. 원대는 다시 이어폰을 끼고 길을 걸었다. 음악은 원대를 감싸고 있었다. 원대는 고개를 약간 숙이고 팔짱을 낀 채로 음악을 들으며 걸었다. 뒤에 있는 우리는 이미 잊은 듯 앞으로 걸어갔다. 원대는 좋은 말이라고는 해주지도 않고 다정하지도 않고 무엇보다 기본적으로 인간에 대한 예의가 없다. 알면 알수록 싫어질 것이다. 하지만 음악은 원대를 감싸고 있었다. 원대가 음악을 알고 있어서— 아름다움을 알고 있어서— 원대의 인생은 풀릴 기미가 안 보인다. 그런 면에서 원대는 선택을 받은 것 같다. 하지만 돌봐주는 사람들이 있다. 분수에 넘치게 잘 돌봐주는 가족들이 있다. 그런 면에서도 원대는 선택을 받았으며 다른 무엇보다도 음악이 원대를 선택했다. 기쁨에 관한 음악은 기쁜 사람들을 선택하고 외로움의 계단을 내려가는 음악은 자신 못지않은 사람을 선택한다. 그런데 모든 음악이 저 사람을 선택했다. 그래서 감싸고 있었다.

여름이라 거리에는 연한 아지랑이가 피어오르고 있었다. 더운 열기가 어깨와 등에 달라붙었다. 나와 규대는 이미 끈적끈적해서 신경 쓰이지도 않았다. 그대로 서로의 손을 잡은 채로 느릿느릿 걸었다. 어디로 향하는지도 모른 채 그저 앞을 보며 걸었다. 원대는 점점 멀어져 작아졌다. 규대는 나를 편의점 안에서 기다리게 하고는 뛰어가서 원대를 붙잡았다. 편의점 테이블에 고개를 묻고 규대를 기다렸다. 편의점에서는 바닷가에 어울리는 빠른 비트의 음악이 흘러나왔다. 누가 뭐래도 여기는 바다가 가까운 곳이니까. 1년 내내 이런 음악이 나와도 어울리는 도시였다. 음악은 라디오에서 그저 흘러나오고 있었다. 어딘가로 데려가주지 않아. 좀 전의 음악은 어딘가로, 부드럽고 다정한 곳으로 나를 데려다 주었다. 규대는 그곳에 있었다. 규대와 나는 우리의 부드러운 손가락 위를 걸어 다녔다. 그때 어디선가 풀냄새가 났다. 별과 별이 서걱거리는 소리가 들렸다. 나는 눈을 감고 그때를 그려보았지만 잘 되지 않았다. 에어컨 바람 덕에 한 곡의 노래가 끝나기도 전에 땀이 다 말랐다. 규대는 두번째 곡이 끝날 즈음 숨을 몰아쉬며 편의점 유리문을 밀고 들어왔다.

"괜찮아."

규대는 손을 들어 괜찮다는 모양을 했다.

"뭐 좀 마실래?"

규대는 헐떡이며 옆자리에 앉았다. 나는 휴지를 꺼내 규대의 이마와 목을 닦았다. 짠냄새. 바닷가냄새. 규대는 일어나 생수를 계산했다. 물이 땀처럼 규대의 목을 타고 내려왔다. 규대는 생수병을 반쯤 비운 후 내게 건넸다. 나는 한 모금 마시고 다시 규대에게 건넸다.

"형이 그냥 간대."

"응. 그럴 것 같았어."

"뭐 할까 이제?"

"힘들지?"

"아니 괜찮아."

"우리 좀만 여기 있다가 나가자."

규대는 테이블에 고개를 묻었다. 누가 누구를 선택해야 하는 거라면, 존재가 다른 존재를 선택하는 것이라면 나를 선택한 것은 무엇일까? 규대는 나 아닌 기도에게 선택되었다. 억울함과 부조화, 약간의 불운에 선택되었다. 하지만 사랑 받고 있다. 나에게 선택된 것이 아니라, 나에게 사랑 받을 것에 선택되었다. 편의점 안은 더할 나위 없이 시원했고 상쾌하다고까지 말할 수 있었지만 찌는 태양은 여전했다. 나와 규대는 테이블에 고개를 묻고 태양이 우리의 목 위를 지나가도록 내버려두었다. 손을 들어 규대의 목 위에 얹었다. 규대의 목은 잠시 움찔했다. 차가운 손은 규대의 목과 그 위를 지나는 태양을 천천히 식혔다. 내 손은 미지근해졌고 규대의 목은 시원해졌다. 예전에 읽었던 책의 내용이 떠올랐다. 물을 함께 마신 사람끼리는 서로 믿을 수 있었다. 한가족, 한사람이었다. 온전히 한사람, 말이 통하는지를 생각하지 않아도 되는 그런 사이가 되는 것이다. 규대와 나는 물을 나눠 마셨다. 그러니 안심해. 걱정하지 마. 안심해도 돼. 나는 규대와 물을 나눠 마시고 싶다. 다음의 모든 병, 미래의 모든 컵까지. 규대가 규대의 책을 끝내지 못하게 모든 물을 마시고 싶다. 모두 다.

20

 원대가 그날 시디를 사고 돌아갔을 때 원웡은 집에 없었다. 한 시간쯤 후에 돌아온 원웡은 더듬거리며 말했다. 슈퍼, 언니라고 했다. 누군데? 원웡의 눈은 겁에 질려 있었다. 됐어. 알았어. 원대는 점점 스스로가 추해지는 것 같아 추궁하기를 관뒀다. 관두지 않아도 이미 괴물 같은 것은 사실이야. 알고 있지? 응. 별수 없잖아. 진짜 씨발 존나 별수 없는 거거든. 원웡이 멘 가방에는 신문과 노트가 들어 있었다. 이때 원대가 가방을 휙 낚아채 뒤집어 턴 다음, 노트를 휙휙 넘기다 화를 내며 박박 찢어버렸다면 원대는 그냥 쓰레기였을 것이다. 어쩌면 그 편이 나았을지도 모르겠다. 원대는 대신 원웡이 방에 없을 때 몰래 가방을 뒤졌다. 원웡의 노트에는 쉬운 한국어들이 반복되어 씌어 있었다. 강과 바다 우체국과 경찰서 살려주세요 도와주세요 당신의 여행의 목적은 무엇입니까 행복합니다 감사합니다 이것은 무엇입니까. 이것은 무엇입니까. 이것은 무엇입니까. 원대는 노트를 덮고 침대에 누웠다. 사가지고 온 시디를 들었다. 요즘 원웡은 한두 시간씩 외출을 했다. 원대가 없을 때만 나갔다 들어오는 것 같았다. 한국어를 배우러 가나. 원대는 잠깐 생각하다 말았다. 눈을 감고 음악에 집중하였다. 멀리 나아가는 음악이었다. 이곳을 훌쩍 뛰어넘었다. 멀리 나아간다는 것은 이곳과의 거리를 떨어뜨려놓는다는 것이고 원대는 그 점이 정말 좋았다. 우주과학처럼 음악도 정밀하게 계산되어 더욱 더 멀리 나아가는 것을 만들면 좋겠다. 그럼에도 음악이, 음악 자신의 방법으로 좋아야만 한다. 왜 이렇게 별수 없지. 모든 일이 별수 없는 일이라 움직일 수가 없다. 할 수 있는 것이 없다. 처음부터 재수 같은 걸 아 씨발. 하지 말았어야 할 것들을 너무 많이 했어. 재수도 하고 삼수도 하고 사수도 하고 다 시작도 하지 말았어야 했고 학교도 다니지 말았어야 했고 진짜 태어나지 말았어야 했는데 하고 생각하다 보니 원대는 화가 나서 미칠 것 같았다. 원대는 벌떡 일어나 주먹으로 벽을 내리쳤다. 씨발 중국어는 한자가 많아서 못 해먹겠고 그러니까 가기도 싫고. 몇 번 치다 아파서 관뒀다. 원대는 다시 침대 위로 벌렁 드러누웠다.

나와 규대는 편의점에서 일어나 집으로 가는 버스를 탔다. 물고기와 바다와 물과 침대. 우리가 좋아하는 것들을 생각했다. 구약 성경은 삼국신화 같은데 이유는 인간이 짐승 같기 때문이다. 지금도 인간은 짐승 같지만 옛날이야기에서는 그것이 아무것도 아닌 채로 드러나 있다. 사람들은 뱀의 옆구리에서 태어나고 그런 사람들이 매일같이 섹스를 하고 섹스 하는 만큼 서로 죽이고 개 거북이 말과 이야기를 주고받고 머리를 진흙 속에 박은 채 다리를 오 자로 만들어 시간을 알려주고 그 오 자가 O자냐 5자냐 싸우다 한 민족은 두 개의 나라로 나뉘어 또다시 서로 죽이고 죽이는 와중에 섬에서 날아온 갈매기와 공주가 사랑에 빠져서 두 나라 다 망하게 된다. 그렇게 짐승 같은 시간을 보내다 예수가 태어난다. 신약 성경은 좀더 인간적인데 그렇다면 예수의 탄생은 인간의 탄생인 것일까. 규대는 졸지도 않고 허리를 꼿꼿하게 세우고 앞을 바라보고 있다. 너는 나를 한 권의 책이 끝나고 다음 책을 쓰는 마음으로 사랑한다고 했지. 무서운 말이다. 잊지 말아야지. 버스는 집 근처 정류장에 도착했다. 이미 다 익어 더 익을 것이 없는 오후였다. 우리는 말없이 집을 향해 걸어갔다. 집에 도착하여 말없이 아이스커피를 만들어 나눠 마셨다. 그리고 소파에 포개어 늘어져 있었다. 물을 나눠 마시고 커피를 나눠 마시고 이미 하나가 되었다. 붙어 떨어지지 않는 하나. 나와 규대는 하루 종일 걸어 다녀 더 이상 손도 까딱하고 싶지 않았다. 우리는 말없이 소파에 누워 눈을 깜빡이다 언제인지 모르게 스르륵 잠이 들었다. 규대의 코 고는 소리를 들었다. 잠의 소리, 피곤의 소리. 자다가 규대가 흔들어 깨워 눈을 뜨니 '침대에서 자' 하는 규대의 입 모양. 규대는 나를 일으켜 침대까지 데리고 갔고 나는 저녁이 되려 하는 하늘에서 타는 노을을 보았다. 나와 규대는 잠이 잔뜩 묻은 몸을 이끌고 침대로 낙하했다. 그러고 다시 잤다. 잠결에 엄마가 방을 한번 들여다보았던 것 같고 그 전에 잠깐 눈을 떴을 때 규대가 없었던 것도 같다. 눈을 뜨니 이미 한밤중이었다.

옷을 벗어던지고 속옷만 입은 채로 다시 침대로 기어들어갔다. 눈을 껌벅거리다가 다시 일어나 잠옷을 입고 거실로 나왔다. 거실로 나가 소파에 앉아 있으니 멀리서 보조 바퀴를 단 자전거가 지나가는 소리와 아이들의 괴성과 고양이의 울음소리가 들렸다. 그게 일이라는 듯이 모두들. 여름밤은 적당히 습기 있는 무거운 공기와 푸른 밤과 선명한 달빛을 지구의 배경으로 펼치는 것이 일이라는 듯이, 아이들은 지구가 끝날 때까지 웃으면서 뛰어다니는 것이 일이라는 듯이 고양이는 어쩐지 나쁜 짓을 저지르고 싶은 소리를 내며 우는 것만이 자신의 일이라는 듯이 모두들 그렇게 해대고 있었다. 그렇다면 그러는 수밖에. 자신의 일을 하는 것은 어렵지 않지. 다른 도리가 없으니까. 나는 도리 없이 규대를 사랑하고 속절없이 규대를 생각하고 생각할 뿐이었다. 어떨 때는 눈을 떴을 때 규대가 있었으면 좋겠다는 생각에, 하지만 없는 현실에 문득 쓸쓸해진다. 히지만 내게는 혼자여도 아 지금 규대는 스스로 안간힘을 쓰며 열심히 눈앞에 다가오는 고민과 일 들을 해내고 있겠구나 하는 생각에 뿌듯했다. 하지만 아무것도 하고 있지 않겠구나 하는 생각이 들면 이상하게 더 기뻤다. 나는 규대가 살아서 어딘가에 있다는 사실이 감동적이었지만, 그 어딘가는 어디지? 생각할수록 막막하기만 했다. 그러니까 그곳은 무서운 곳, 더러운 곳, 규대를 해칠지도 몰라. 도시는 거리는 그 모든 곳은. 그런 곳에서 솜 인형 같은 규대가 길을 건너고 슈퍼에 가고 버스를 타고 운전도 하고 돈을 벌기도 한다는 것이 너무 위험한 일로 여겨졌다. 규대가 어디에 있든 그 어딘가는 커다랗고 무서운 곳 같았고 내가 없이 규대는 그 커다란 곳에서 무얼 하고 있나 얼른 이리로 데려오고 싶어지기만 했다.

21

 규대와 섬에 갔을 때의 일이다. 평일 오전의 섬은 한가했다. 달려가는 아이들, 학교에서 도망친 교복 입은 여학생 둘 그리고 나와 규대가 전부다. 할 일이 없던 우리는 벤치에 등을 기대고 늘어져 있었다.
 "궁금한 것이 있다."
 "물어보세요."
 눈이 부셔 눈을 감고 고개를 젖혔다. 그리고 물었다.
 "너 말이지. 왜 나한테는 교회 다니라는 말 안 해?"
 "안 가도 좋으니까."
 "아, 간단하네."
 "응, 너는 내가 교회 가는 거 싫어?"
 "아니, 안 싫은데?"
 "나도 괜찮아."
 나는 잠시 주저하다가, 평소 궁금했던 것들을 묻는다.

"근데 너는 내가 지옥에 갈 사람이라고 생각하지? 그렇게 믿고 있지? 그렇게 믿고 있으면, 아니 그렇게 믿잖아? 그지? 그럼 우리가 1도 맞추고 2도 맞추고 3도 맞춰도 100쯤 갔을 때 안 맞아서 다 끝내버리는 거 아냐?"

규대는 대답 없이 머리를 긁었다. 한참 동안 고민을 하다가 입을 뗐다.

"니가 지옥에 가게 될까?"

"나야 모르지. 근데 성경에 그렇게 씌어 있잖아?"

"잘 모르겠어. 근데 그냥 너는 아닐 것 같아."

우리는 둘 다 벤치에 등을 기대고 둘 다 고개를 젖히고 태양을 정면으로 바라보려다 이내 눈을 감았다. 감은 눈 위로 태양의 꾸물거림이 보였다.

우리는 빈 물병과 진작 다 먹어버린 샌드위치 봉지를 들고 쇼핑몰 안으로 들어갔다. 쇼핑몰 지하에 있는 오락실로 가 총 쏘기 게임도 하고 오토바이를 타고 달리는 게임도 하고 농구공을 골대에 넣는 게임도 했다. 규대는 막대기를 잡고 윈드서핑 하는 게임을 하러 갔고 나는 총을 쏘는 게임을 하러 갔다. 우리는 잠시 떨어져 각자 하고 싶은 게임을 했다. 한창 화면에 대고 총을 쏘고 있을 때 아는 얼굴이 보였다. 누구였더라. 아, 원원. 원원이었다. 원원은 키가 크고 눈썹이 짙은 남자와 함께 비눗방울을 터뜨리는 게임을 하고 있었다. 웃고 있었다. 행복해 보였다. 나는 편안해 보이는 원원을 한참 동안 바라보았다.

그러다 원윙과 눈이 마주쳤고 원윙의 얼굴은 일순간에 굳어졌다. 나는 안녕을 하려는 것인지, 괜찮다는 표현을 위한 것인지 손을 들었다. 들었다가, 얼른 내렸다. 나와 원윙 둘 다 어찌할 바를 모르는 표정으로 서로를 보다가, 내가 먼저 뒤돌아 오락실을 나왔다. 오락실 문 뒤로 가 쪼그리고 앉아 있었다. 한참 뒤 좌우 사방을 살피는 규대를 보자마자 얼른 붙어 팔을 끌고 쇼핑몰을 나왔다. 왜 그랬는지는 알 수 없고 단지 얼굴이 화끈거리고 부끄러운 기분이 목까지 차올라 어디로든 가고 싶었다.

그 시간 원대는 버스를 타고 시내로 나와 중고 음반가게를 순례하면서 시디 두 장과 3년 전에 나온 음악 잡지 한 권을 샀다. 원대는 새로 산 시디를 들으며 대형 서점으로 가서 중국어 교재를 찾아보았다. 그리고 그중 한 권을 골라 계산해서 밖으로 나왔다. 밖으로 나오자마자 너무 더워서 바로 앞에 있는 KFC로 들어가 징거버거세트를 주문해 먹었다. 징거버거세트를 다 먹은 원대는 버스를 타고 다시 집으로 왔다. 집 앞에서 중국어를 쓰는 남자 둘이 원대가 오자 한 번 쏘아보고 지나갔다. 원대는 방으로 돌아와 열여섯 살짜리 여자애가 나오는 포르노를 보고 자위를 했다. 그러자 다시 배가 고파져서 짜장면을 시켜 먹었다. 짜장면을 다 먹고는 졸려서 잤다. 원대가 잠이 든 후에 원윙이 들어왔다. 원윙은 부엌에 앉아 울었다. 원대는 잠결에 그 소리를 들었다. 우는 소리였나 아닌가 하고 잠시 생각하다가 다시 잠이 들었다.

　원대의 부모는 우크라이나 여자 둘을 차에 싣고 바다를 향해 달렸다. 등이 파인 홀복이나 비키니를 입은 여자들이 붉은 방 안에 앉아 있는 업소들은 보통 역 근처에 밀집해 있었다. 지금 차에 실은 여자들은 바닷가를 따라 들어선 고급 별장으로 가는 것이다. 사십대 중반의 대기업 이사인 별장 주인은 외지 사람인데 두어 달에 한 번씩 이곳으로 와 원대의 부모가 연결시켜 주는 여자들을 데리고 놀았다. 별장 주인은 늘 혼자서 여자 둘 혹은 셋을 불렀다. 원대의 부모는 여자들을 별장으로 데려다 주고 다시 집으로 돌아왔다. 별장 주인은 여자들이 문을 열고 들어오자마자 한 여자의 손을 묶은 후 뒤돌아 서 있게 했다. 그리고 여자의 무릎을 차 소파로 쓰러뜨린 후 드레스를 걷어 속옷을 벗겼다. 그와 거의 동시에 여자의 얼굴을 소파에 처박은 후 소파 천을 입에 물렸다. 별장 주인은 주머니에 든 약을 여자의 항문에 문질러 넣었다. 그걸 지켜보고 있던 다른 여자를 데리고 와 손이 묶인 여자의 항문을 핥게 했다. 두 여자가 별장에 들어온 지 아직 5분도 되지 않을 때였다. 별장 주인은 금요일 밤부터 일요일 오전까지 별장에 머물렀다. 이틀이 지나면 원대의 부모는 여자들을 다시 역 근처의 붉은 방으로 소개시킬 것이다. 가끔 있는 일이었다. 집으로 돌아온 원대의 어머니는 컴퓨터를 켜 몽골 여자들의 신상명세서와 사진을 문서 파일로 만들어 신청자들에게 이메일로 보내주었다. 원대의 아버지는 컴퓨터를 전혀 못하기 때문에 어머니가 컴퓨터 앞에 앉아 있을 동안 김치를 볶았다. 돼지고기와 함께 볶은 김치 위에 물을 부어 김치찌개를 만들었다. 원대의 어머니는 침침한 눈으로 모니터를 살피며 천천히 문서를 만들었다. 간신히 일을 끝낸 어머니는 아버지와 김치찌개로 늦은 저녁을 먹었다. 원대는 시내 근처 월세방에서 원웡과 살고 있었고 규대는 아버지 어머니를 도우며 함께 살고 있지만 오늘은 늦는다. 원대의 부모는 올해 초까지 원대를 재수 종합반에 보내고 학비와 식비, 용돈을 주었다. 규대는 대학은 다니지만 썩 좋은 대학이 아니었다. 하지만 규대가 특별히 더 좋은 대학에 가고자 하는 마음이 없어 보이기에 그냥 보낸다. 규대는 아버지를 닮아 컴퓨터를 잘 다루지 못한다. 문서 작성도 어머니와 비슷한 수준으로 하기 때문에 그 부분에서는 크게 도움을 주지 못한다. 규대가 도움을 주는 부분은 운전이었다. 아가씨들은 규대를 보면 안심을 하기 때문에 규대의 아버지 혼자서 일할 때보다 수월했다. 가끔 어떤 아가씨들은 소리를 지르고 울면서 오줌을 싸는 경우도 있었다. 시끄러운 일이 적을수록 좋은 것이다. 규대는 여러모로 아버지를 닮았는데, 아버지는 그런 아가씨들을 만나면 같이 울어버렸다. 그런데도 이 일을 3년 넘게 하고 있었다.

22

 오늘 규대는 나를 못 만난다고 했다. 내일이 되어도 못 만날 것이라고 했다. 일이 있다고 했다. 나는 일이 없기 때문에 일이 없는 채로 그때그때 생각나는 것들을 한다. 오늘은 엄마 식당으로 가 일을 도왔다. 보통은 그렇게 시간을 보낸다. 이제 나는 오징어덮밥도, 토마토 스파게티도 엄마와 엇비슷하게 만들어 내놓는다. 대학생들은 우르르 들어와 웃고 떠들며 밥을 먹다 나갔다. 그렇게 바쁜 점심시간을 지나 한가한 오후가 왔다. 3시 반쯤 되었을까. 얼굴이 누런 젊은 여자와 파란색 반팔 와이셔츠에 청바지를 입은, 손이 거친 남자가 들어왔다. 마흔 살쯤 되어 보이는 남자였다. 주문을 받으러 갔다. 여자는 임신 중이었는데 배만 빼고 모든 곳이 앙상했다. 배만 볼록하게 나온 몸에 팔과 다리, 볼이 모두 바싹 말라 있었다. 주문지를 가지고 여자의 바로 옆에 서자, 여자의 거친 머리카락이 눈에 들어왔다. 여자의 몸에는 빈곤의 증거가 여기저기 붙어 있었다. 남자는 여자보다는 나아 보였으나 다시 생각해봐도 무엇이 어떻게 더 나은지 알 수 없었다. 남자와 여자는 고로케 오므라이스와 치즈돌솥밥을 시켰다. 엄마는 카운터에 있었고 나는 부엌에서 피클을 담으며 남자와 여자를 훔쳐보았다. 피클과 단무지를 다 담고 나자 비로소 여자를 알아볼 수 있었다. 몇 년 전 여름, 곰팡이냄새가 나는 지하실 바닥을 무릎 꿇고 닦던 친구였다. 피클과 단무지를 테이블에 놓자, 남자는 물을 더 달라고 했다. 나는 물을 갖다 주었다. 남자는 낮은 목소리로 감사합니다 하고 말했다. 기도의 학교에서 보았던 남자였다. 그 남자는 그때 친구를 가리키며, 이 사람은 이 교회의 빛이자 소금입니다,라고 했지. 남자는 교회의 빛이자 소금인 여자와 마주 앉아 밥을 먹을 생각인가 보다. 남자는 손을 뻗어 여자의 배를 쓰다듬었다. 웃음을 띤 남자는 자리를 옮겨 여자의 옆자리로 가 여자의 배에 귀를 댔다. 나는 고로케를 튀기고 돌솥밥 위에 김치와 콘옥수수와 강낭콩과 햄 조각을 뿌렸다. 돌솥을 가스레인지 위에 올려놓고 팬에 밥을 볶았다. 돌솥을 불에서 내려놓고 피자치즈를 뿌렸다. 완성된 치즈돌솥밥을 테이블로 가져갔다. 남자는 또 공손한 목소리로 감사합니다 하고 고개를 숙였다. 나는 급히 팬으로 가 밥을 마저 볶았다. 다 볶은 밥을 팬의 한쪽에 몰아넣고 미리 섞어둔 계란을 부었다. 계란 위에 밥을 올리고 그 위를 다시 계란으로 덮었다. 완성된 오므라이스를 접시에 담고 튀겨놓은 고로케를 올리고 소스를 국자로 퍼서 부었다. 고로케 오므라이스에서 튀김냄새가 올라왔다. 고로케 오므라이스를 조심스럽게 테이블에 놓았다. 남자는 여자에게 많이 먹으라고 말하고 있었다. 당신이 잘 먹어야지. 계속 굶으면 되겠어요? 이 말을 마침과 동시에 또 내게 고맙습니다,라고 했다. 고마움이 넘친다. 감사한 세상이었다. 남자는 몇 년 전에도 천국의 넘치는 은혜를 고스란히 받은 표정으로 말했었다. 친구분도 사회에 도움이 되는, 어둠 속의 빛과 같은 존재가 되도록 하십시다. 하십시다. 하십시다. 할아버지 같은 말이었다. 나는 천천히 가스레인지 앞으로 돌아왔다. 밀린 설거지를 할 동안 남자와 여자는 접시를 다 비우고 계산을 하고 나갔다. 그날 하루 종일 손님이 많았다. 정신이 없었다. 다행이라는 생각이 들었다.

10시가 넘어서면 화장실을 청소하고 쓰레기통의 휴지를 한데 모아 봉투에 넣고 내일 쓸 피클과 단무지를 미리 옮겨놓는다. 그때 문에 달아놓은 종이 울렸다. 나와 엄마는 반사적으로 고개를 들어 문을 보았다. 오후에 왔던 여자였다. 나는 여자의 이름도 알고 누군지도 알고 우리는 친구였는데 여자가 문을 열고 들어서자, 오후에 왔던 여자구나, 라고밖에 생각할 수가 없었다. 여자는 고등학교 3학년 때 나와 매일 집에 함께 걸어갔던 윤희에게서 너무 멀어져서 나는 저 여자를 윤희야, 라고 부를 수 없었다. 나와 여자는 머뭇거리며 손을 들어 인사를 했다.

"안녕."

"안녕."

엄마는 눈으로 아는 사이니? 하고 물었다. 나는 가만히 고개를 끄덕였다.

"잘 지냈어?"

"응, 놀랐지?"

"긴가민가해서 인사 못했어."

"이해해."

엄마는 어느샌가 오렌지주스를 컵에 따라 오셨다. 여자는 고개를 숙이며 감사합니다 하고 말했다. 여자와 남자는 감사합니다를 입에 달고 사는 것 같았다. 여자는, 아 그러니까 윤희는 움츠러든 채로 조금은 빌듯이 감사합니다 감사합니다 허공에 대고 말했다. 남자는 두 손을 벌려 감사합니다! 오! 감사합니다! 성악가처럼 말했던 것 같다.

"언제 애기 낳는 거야?"

"응, 시월에. 아, 나 그 사람이랑 결혼했어. 고등학교 졸업하고."

"아, 그래, 나 기억나. 그때 교회에서 봤지. 맞지?"

"응, 맞아."

"그래, 어, 여기 우리 엄마가 하는 데야. 놀러 와."

"그래 고마워."

윤희는 너무 늦게 와서 미안하다고 말하며 허리에 손을 얹고 힘겹게 가게를 나갔다. 나는 엄마에게 고등학교 때 친구라고 뒤늦게 설명했다. 엄마는 너는 절대로 나이 많은 남자랑 결혼하지 말라고 다그쳤다. 나는 그러겠다고 하고 피클과 단무지를 마저 옮겼다. 윤희는 분명히 남자와 결혼하면서 불행을 알았을 것이다. 하지만 한다. 했어. 나는 학교로 돌아가지 않을 것이고 엄마는 걱정을 할 것이다. 앞으로 펼쳐진 시간들을 도무지 어떻게 메꿔야 할지 알 수 없다. 하지만 하지 않는다. 안 해. 윤희는 애를 낳고 돈이 없어 전전긍긍할 것이다. 어떻게든 애를 키우겠지. 마늘을 까고 청소를 하고 폐지를 주울 것이다. 아기 기저귀를 사고 젖을 물리고 이유식을 만들 것이다. 그리고 괴로울 것이다. 나는 할 수 있는 것들을 되도록 피하며 살아가고 있다. 편안하고 행복하지만 무엇도 아닌 상태로 살아갈 것이다. 뭣도 아니다 정말. 나에게는 엄마가 있고 엄마는 집이 있고 엄마는 가게가 있고 나는 굶지 않는다. 그것이 나를 먹이고 있다. 나는 윤희가 앞일을 몰랐다고 생각지 않는다. 누구보다 잘 알았을 것이다. 남자를 누구보다 사랑해서 한 것도 아닐 것이다. 얼굴만 봐도 알 수 있어. 나도 정말 뭣도 아니라는 걸 알면서 계속하고 있다. 쏟아지는 햇살 속에서 누워 잠을 자는 가게 앞 큰 개처럼 달라지는 것 없이 사는 것이다. 그것은 그것대로 평화로운 삶이지만 나는 개가 아니다. 그렇지만 개처럼. 아, 내일도 규대를 보지 못하는구나. 규대는 점점 더 일을 많이 하고 점점 더 얼굴이 안 좋아지고 피곤해한다. 우리는 모두 점점 더의 시간들을 보낸다. 할 수 있는 것이 그것밖에 없다는 듯이.

23

 원대는 징거버거세트나 짜장면을 먹고 나서 잠이 든다. 1시쯤 먹고서 3시쯤 잠이 든다. 6시쯤 일어나 컴퓨터를 켠다. 원윙은 원대가 잠이 든 것을 확인하고 3시 반쯤 밖으로 나간다. 원대의 집 근처에 숨어 있던 중국인 남자와 30미터 정도의 거리를 유지하며 골목을 따라 걷는다. 둘은 큰길이 나오고 사람들이 많아지자 비로소 나란히 걸었다. 원윙과 남자는 시장에 있는 만둣집에서 함께 만두와 라면을 사 먹고 나와 손을 잡고 걸었다. 원윙과 남자는 시장을 지나 앞으로 앞으로 걸었다. 한참을 걷던 그들은 약속이나 한 것처럼 동시에 멈춰 서서 소프트 아이스크림을 사 먹었다. 둘은 소프트 아이스크림을 먹으며 황토색 건물로 향했다. 남자는 짙은 눈썹에 키가 컸다. 원대보다 15센티미터는 더 클 것 같았다. 주먹도 컸고 팔도 두꺼웠다. 남자는 두꺼운 팔로 원윙의 어깨를 감싼 채로 황토색 건물로 들어갔다. 30분 후 둘은 나란히 황토색 건물을 나왔다. 잠시 걷던 둘은 아까 소프트 아이스크림을 사 먹던 곳에서 헤어졌다. 손을 흔들다가 다시 되돌아와 포옹을 하고 헤어졌다.

 원대가 일어나 샤워를 하는 중에 원윙은 집으로 들어와 언제나처럼 부엌 바닥에 멍하게 앉았다. 원대는 샤워를 하는 중에 원윙이 냉장고에서 수박을 꺼내 먹는 소리를 들었다. 원대는 요즘 원윙과 예전처럼 하지 않는다. 사흘 전에 원윙은 입술을 꼭 다물고 있었다. 벌리지 않았다. 원대는 베개를 집어 던지고 책을 집어 던졌다. 그리고 다시 들러붙어서 했다. 원대는 원윙의 얼굴을 손으로 누르며 다리 사이를 벌리고서는 집어넣었다. 원윙은 아프다고 소리를 질렀다. 모든 것이 점점 나빠진다는 것만 알고 있었다.

윤희는 이틀 후 가게로 놀러 왔다. 손님이 적은 오후였다. 나는 점점 만나기 힘들어지는 규대를 생각했다. 뜨거운 물에 담갔다 건져 온 숟가락 포크 나이프 들을 행주로 닦으며 울고 싶은데 울지 못해서 괴로웠다. 그러다 결국 눈물을 흘리며 숟가락을 닦았다. 고개를 숙이고. 엄마는 카운터에 앉아 드라마 재방송을 보고 계셨다. 윤희는 엄마에게 인사를 하며 들어왔다. 나와 눈이 마주친 윤희는 아무 말 없이 맞은편 테이블로 와 앉았다. 윤희는 자리에 앉아 숟가락을 닦고 있는 나를 아무 말 없이 보았다. 나는 화장실로 가 세수를 하고 나왔다. 윤희는 숟가락을 닦고 있었다. 우리는 아무 말 없이 숟가락을 닦았다. 다 닦고 나자 엄마는 손님들 오기 전에 먹으라고 볶음밥을 그릇에 수북이 담아 오셨다. 그릇 옆에는 뜨거운 물에서 건져 온 삼분카레 두 봉지가 있었다. 말없이 먹었다. 밥을 다 먹은 후 엄마는 설거지를 하셨고 나는 윤희를 데리고 밖으로 나갔다.
"고마워. 내가 오늘 좀 안 좋아."

"응, 괜찮아."

"이제 바빠져서 들어가봐야 할 거 같아."

"응."

윤희는 뒤뚱거리며 사라져갔다. 남편의 체크무늬 셔츠를 빌려 입었구나. 뒷모습이 그랬다. 태어나는 아기들은 모두 다 새 인간이잖아. 아름답고 귀한 이유도 그 때문이고 무섭고 도망치고 싶어지는 이유도 그 때문이잖아. 윤희의 아기도 새 아기일 텐데 윤기 없는 얼굴과 머리카락에 깡마른 팔다리를 가진 윤희는 새 아기를 낳게 되는 것일까. 어디에도 오래된 아기는 없지만 있다면 윤희에게서 나오는 게 아닐까. 말이 없는 윤희. 고등학교 때도 그랬다. 꼿꼿이 허리를 펴고 천천히 걸음을 옮겼지. 바닷가 도시와는 어쩐지 맞지 않아 보였다. 대체 어디에 어울리는지 알 수 없지만 이곳은 아니었다. 아니 어울리는 데가 도무지 있을 것 같지 않은 꼿꼿한 자세와 조용한 말투였다. 답답했다. 단둘이 앉아 있으면 무슨 말이든지 해야 할 것 같았기 때문이었다. 무슨 말이든 하거나 무엇이든 먼저 해 보이며 저 정적을 깨야 할 것 같았다. 그러다 보면 사람은 조금 우스워지고 우스워질수록 상대를 우러르게 된다. 어느 순간 그 역할이 혐오스러워질 때가 오며 그때가 되면 어떤 감정으로 어떻게 상대를 대하는지는 안 봐도 알 수 있었다. 윤희는 돈을 빌리러 왔을 것이다. 나는 울고 윤희는 말을 못 했다. 하지만 결국에 윤희는 말을 하게 될 것이다. 나는 그걸 상상했다. 돈을 빌리러 왔다고 이야기를 시작하는 윤희의 표정을 상상했다. 새 아기들은 이렇게 좋지 않은 인간이 되어간다.

　황토색 건물에는 엘리베이터가 없다. 원웡과 남자는 3층까지 걸어갔다. 노동문제연구소라는 간판이 달린 문을 밀고 안으로 들어선다. 낡은 철제 책상 위에는 컴퓨터와 서류들이 쌓여 있고 사람들은 어깨를 구부리고 컴퓨터 화면에 눈을 고정시키고 있다. 사람들은 원웡을 보고 고개를 숙여 인사를 했다. 가장 구석에 있던 안경 낀 남자가 중국어로 말을 건넸다. 셋은 사무실 구석에 있는 찢어진 가죽 소파에 앉았다. 원웡은 이야기를 시작했다. 이내 흐느꼈다. 눈썹이 짙은 남자는 원웡의 어깨를 감싸고 달랬다. 안경을 쓴 남자는 종이에 뭔가 열심히 써 나갔다. 감정이 격해져 이야기를 이어나갈 수 없는 원웡은 남자의 어깨에 고개를 묻었다. 남자는 원웡을 달래며 자신의 이야기를 시작했다. 남자의 목소리는 높아졌다가 더욱 높아졌다가 점차 편안해졌다. 원웡은 이야기를 다시 시작했고 안경을 쓴 남자는 중간중간 질문을 했다. 원웡은 천천히 대답을 했고 옆에서 남자가 거들기도 했다. 한 시간쯤 지나고 원웡과 남자는 일어섰고 안경을 쓴 남자는 자리에서 일어나 손을 흔들다 고개를 숙여 인사했다. 원웡과 남자도 고개를 숙여 인사했다. 원웡과 남자는 황토색 건물을 나왔다. 둘은 다시 30미터 정도의 거리를 유지하며 걸었다. 그러다 갑자기 원웡이 뒤를 돌아 남자에게 뛰어가 손을 잡았다. 무슨 말인가를 짧게 주고받았다. 원웡과 남자는 나란히 걷다가 짧게 포옹을 하고 헤어졌다.

24

　밤을 새우고 난 새벽, 규대는 집으로 가지 않고 성당으로 갔다. 차를 몰고 돌아오는 길에 성당이 보였던 것이다. 규대는 조용히 뒷자리에 앉아 기도를 시작했다. 허리를 세우고 고개를 숙이고 가만히 눈을 감고 하나님을 불렀다. 불렀으나 어떻게 말을 이어나가야 할지 알 수 없었다. 규대의 생각에도 완전한 기도의 세계는 분명히 있었다. 기도의 세계를 하나의 나라로 보자면, 잠의 나라와 고백의 나라가 기도의 세계와 국경을 맞대고 있다. 사랑의 나라는 그보다 좀더 먼 곳에 있었으며, 사랑의 나라와 가장 가까운 나라는 수치의 나라인데 기도의 세계는 사랑과 수치의 중간에 있었다. 비슷하게 멀고 비슷하게 가까웠다. 완전한 기도는 완전한 잠과 고백과 사랑과 수치로 이루어졌다. 규대는 잠이 들려는 자신을 다잡고 기도를 시작했지만 그런 자신이 부끄러워 기도에 집중할 수가 없었다. 규대가 기도의 세계가 어떻게 이루어져 있는지, 모든 것의 세계에서 기도의 세계가 어디에 위치해 있는지를 알았다면 부끄러워할 필요도 없었을 것이다. 수치를 지나면 사랑을 만나는. 규대는 기도의 세계에서 이리저리 뛰었으나 이곳이 어디인지 어느 곳으로 가야 기도라는 성에 다다를지 알 수 없었고 막막한 두려움에 지친 규대는 그러다 뒤를 돌아보지 않고 그저 걷기 시작했다. 그 길은 수치의 나라로 통하는 길이었다. 기도를 할 수 없어서 부끄러웠으며 부끄러워했기 때문에 더욱 기도를 할 수 없었다. 어느 날 시와 노래와 사랑이 사라지는 것처럼 기도가 사라진다. 나는 그것이 어떤 건지 알고 있다. 나 역시 어느 날 기도를 잃어버렸으므로. 기도의 능력과 기도의 마음과 기도의 손 모음 그리고 그 밖의 것들을 잃어버렸으니까. 그렇게 규대는 기도를 잃어버렸다. 그렇다고 했다.

추 위 에 대 한 망 각　읍 거 부 하 고 싶 다
먼 지 보 다 작 온 범　를 용 마 시 고 싶 다
시 는 사 전 없 이 쓰　고 싶 다 십 년 뒤 블
상 상 하 고 싶 다 화　장 심 에 가 고 싶 다
소 년 잡 지 는 책 방　에 서 서 읽 고 싶 다
대 답 을 듣 고 싶 다　조 금 만 울 고 싶 다
발 바 닥 을 긁 어 주　고 싶 다 십 년 뒤 틀

3장

상 상 하 고 싶 다 통　글 에 서 빠 져 나 가
고 싶 다 어 제 와 오　늘 을 더 해 서 를 로
나 누 고 싶 다 감 추　고 싶 다 이 젠 숨 숨
다 시 태 어 나 고 싶　다 무 의 미 한 암 호
틈 을 쓰 고 싶 다 수　평 선 에 서 업 어 죽
고 싶 다 헤 어 지 고　싶 다 이 번 엔 누 구
차 례 인 지 말 고 싶　다 새 끼 손 가 락 을
를 어 다 보 고 싶　　　 자 를 뒤 집 어 보
고 싶 다　　　　　　　　싶 다 선 을 을
느 껴 보　　　　　　　　　　 게 뜨 리 고
싶 다　　　　　　　　　　　　 새 며 보 고 싶
다 전　　　　 에 서 레 몬　　　　 을 마 시 고
싶 다　기 에 는 입　　　 운 글 을 남 기
고 싶 다 이 준 남 의　　　　 낀 　 라 소
바 난 하 고 싶 다 이

25

 한편, 기도의 세계는 가장 성실한 구성원이 울며 달려 나가는 것을 지켜보았다. 누구의 탓도 아니었지. 누군가가 달려 나감으로 인해 이 세계가 운영되는 것이니까. 규대는 수치의 나라를 향해, 수치심이란 수치심은 가득 안고 떠났다. 수치의 나라는 스스로가 수치스럽기 때문에 이곳이 어디라 말하지 않는다. 입을 떼기가 수치스러운 수치의 전부, 수치의 나라. 하지만 들어오면 누구도 떠나지 않는 곳이 그곳이었다. 모두들 그곳에 발이 묶인 듯이 움직이지를 못했다. 떠났다고 생각해도 마치 긴 끈을 달고 먼 곳으로 갔다 되돌아오는 것처럼 그렇게 다시 수치의 나라로 돌아왔어. 규대는 기도의 세계 밖으로 달려 나가 쉬지 않고 걸었다. 수치의 나라도 지나고 사랑의 나라도 지나고 수많은 국경과 검문소와 맛없는 여행자 식당들을 지나쳤다. 그러다 다리가 아파 쉬었다. 그곳은 대체 어디였을까.

26

윤희는 돈을 빌리러 왔다. 결국에 그 표정을 보았어. 차분하고 조용한 태도를 늘 유지하고 있어서 어쩐지 고귀해 보이기도 하는 그 얼굴이 돈을 빌려달라고 말하는 것을 보았어. 하지만 평소와 달라지는 것도 딱히 없었고 나는 그게 좀 시시했어. 그리고 나는 새것이었던 아기가 언젠가는 이렇게 고약해지고야 만다는 것을 깨달았어. 규대야, 그때 너 어디쯤 있었어?

27

나는 어디에도 나가지 않고 침대에 누워만 있다. 눈을 감으면 방은 넓고 문은 멀어서 나는 걷고 뛰고 결국에는 기어서 밖으로 나가려 하지만 나갈 수 없을 것 같다. 일생을 바쳐서 길을 걷는다. 하지만 방 밖을 벗어날 수 없어. 그런 기분으로 침대 위에서 영원토록 울고 있을 것 같다. 규대는 어느 나라에 어떤 마음으로 있는지 궁금하다. 쉬지 않고 눈물은 흘러나왔다. 그러다 잠이 들고 꿈에서 규대를 본다. 잠에서 깨어 다시 우는 것으로 한 번의 과정이 끝난다. 해가 뜨고 해가 질 때까지 이 모든 것들을 반복한다. 규대의 부모로부터 몇 번의 전화가 왔지만 한 번 받고 이후로는 받지 않았다. 규대가 돌아온다면 내게 먼저 전화를 걸 것이다. 그게 아니라면 상관없다. 그게 아니면 끝이다. 다 끝이니까 누가 어떤 전화를 걸어도 받지 않는다. 믿지 않는다.

원윙과 눈썹이 짙은 남자는 어떻게 하면 원대에게서 정정당당하게 벗어날 수 있는지 공부한다. 확실히 정해진 방법 같은 것은 없었다. 몇 가지 가능성에 관해 시민단체 간사는 설명했다. 가능할 수도 아닐 수도. 이런 게 있다. 이건 확실해. 하지만 이게 확실하다고 다른 것까지 다 보장할 수 있을지는 모르겠어요. 우리 생각해봐요. 다 같이. 눈썹이 짙은 남자는 정정당당하게 원대로부터 원윙을 빼내올 수 있을지 없을지 확신이 서지 않는다. 여러 번 시민단체로 가서 설명을 듣지만 확신을 할 수 없었다. 남자가 고민하는 부분은, 법을 어기지 않고 되도록 모두가 안전한 방법을 선택해 원윙을 데리고 올 수 있느냐 없느냐였다. 하지만 그보다 남자를 물고 늘어지는 문제는, 그렇게 하는 게 과연 정정당당하느냐는 것이었다. 남자는 원대를 죽이고 싶지는 않았다. 그 정도로 엄청나게 증오하지는 않았다. 그 정도의 분노를 쏟아붓기에 상대는 너무 무기력했다.

별것 없었다. 그렇다면 그 정도에 맞게, 죽을 정도로만 때리고 싶다고 생각한다. 그게 정정당당한 것이라고 생각했다. 자꾸만 그런 방향으로밖에는 생각이 되지 않는 것이었다. 남자의 친구들은 지금 당장이라도 원대를 죽이려 들었다. 왜 본인보다 친구들이 원대를 더 죽이고 싶어 하는지 남자는 얼떨떨했다. 남자의 친구들은 서로 조를 짜 원대의 집을 감시했다. 원대는 별것 아니다. 죽이려 들면 금세 죽일 수 있는 것이었다. 큰 개나 외양간의 망아지처럼 맘먹으면 죽일 수 있을 것 같은 어떤 것이었다. 사람 같지가 않았다. 실제로도 그랬다. 눈썹이 짙은 남자는 계속해서 그렇게 생각했다. 원대의 집을 지나 골목을 올라가다 보면 정자가 나왔다. 눈썹이 짙은 남자는 원대의 집을 감시하다가 원대가 방 불을 끄고 잠이 들면 정자를 향해 걸었다. 남자는 하루 종일 '어떻게 원대를 죽여야 하나, 죽이는 것이 정당하지만 죽일 의욕이 생기지 않는다'에 관해 생각했다. 그러다 정자를 내려온다. 그게 하루의 끝이었다.

한참을 헤매던 규대는 더 이상 갈 데가 없어져 수도로 갔다. 수도로 올라간 규대는 매일같이 밤을 새워가며 도시를 떠돌았다. 너무 많이 나아가면 더 이상 갈 데가 없어졌고 그렇다면 제자리로 돌아오는 수밖에. 규대는 수많은 나라들을 떠돌다 이도 저도 아닌 곳으로 돌아와 밤을 지새우며 걷는다. 잃어버린 기도는 더 이상 규대를 아프게 하지 않았다. 단지 규대는 지금까지 겪지 않았던 혐오와 분노, 우울함과 분열 그리고 애초에 그가 가장 많이 품고 살았던 수치를 차례차례 경험했다. 그 모든 것들은 강력했다. 혐오는 엄청났다. 계속해서 걷게 만들고야 마는 감정이었다. 앉아서 생각하면 온몸이 뜨거웠다. 하루 종일 혐오와 분노가, 우울함과 쓸쓸함과 고독과 증오가 규대의 몸과 정신을 들락거렸다. 한참을 걷던 규대는 구호를 외치며 전진하는 한 무리의 사람을 만났다. 규대는 넋이 나가 그들을 보았다. 그들은 우우우 소리를 내며 순식간에 규대를 통과했다. 규대는 사람들에 부딪혀 넘어졌다. 사람들은 규대를 밀치고 어디론가 갔다. 규대가 일어나기도 전에 더 빠른 무리의 사람들이 뛰어와 앞으로 앞으로 나아갔다. 간신히 정신을 차린 규대가 가로수까지 기듯이 걸어갈 때 우우우 하는 소리가 도로를 채웠다. 규대는 또다시 수치가 몸과 마음을 긁어대는 것을 느꼈다. 수치는 방금 전의 상황을 계속해서 규대의 눈앞에 떠오르게 했다. 얼굴에 환희를 띤 사람들이 네 앞을 지나갔지, 너는 얻어맞는 중학생처럼 쓰러졌어, 사람들은 당당하게 너를 지나갔다. 규대는 눈을 감았다. 기도는 사라지고 수치가 남았네. 내 것이 아니었던 증오와 혐오가 귀와 눈과 입을 통해 들어와 폐와 핏줄을 구멍 뚫고 머물다 곰팡이를 남겼어. 규대는 다음 날 해가 뜰 때까지 가로수 아래에서 눈을 감고 움직이지 않았다. 나는 괜찮아, 그대로야. 길거리에서 자도 죽지 않았어. 수치가 규대를 지킨다. 우울함이 규대 앞에 진을 치고 놓아주지 않는다. '엄마 얼굴을 생각해봐' 하고 우울함이 규대를 부추긴다. 규대는 슬프고 부끄럽다. 그럼에도 규대는 서 있다. 아직 죽지 않고 그대로 있다.

　규대는 잠도 자지 않고 도시를 헤맸다. 나는 방을 벗어나지 못하고 울기만 했다. 이대로 가다가는 침대 속으로 빨려 들어가 절대로 다시 나를 보지 못할 것이다. 그러니 그 전에 이리로 와서 나를 끌어내야 해. 수치와 증오에 온몸이 다 더럽혀져서 이제 더 이상 너를 괴롭힐 것이 없을 때가 되면 그때가 되면 아주 쉽게 이 방 안으로 들어올 수 있을 거야. 공기 같고 깃털 같아져서 쉽게 날아올 수 있을 거야. 나에게는 미움이 없으니 그때가 되면 너에게서도 미움은 사라지겠지. 그럼 그때가 되면 아주 쉽게 나를 침대 밖으로 끄집어낼 수 있을 거야.

28

　규대는 가로수에 기대앉아 눈을 껌뻑였다. 하루가 지나고 밤이 찾아왔다. 규대는 낮을 기억했다. 낮의 일은 어젯밤의 꿈처럼 기억이 났다가, 끊어졌다. 기억이 나는 것들도 정말 있었던 일인지 아닌지 알 수 없었다. 규대는 하루 종일 가로수 아래 앉아 있었다. 가게 주인이 나와 물을 주었다. 아직 살아 있는 것으로 보아 누군가에게서 물을 얻어 마신 것은 사실인가 보다. 규대는 간신히 거기까지 생각할 수 있었다. 수많은 사람들이 거지를 보듯이 규대를 보았다. 그리고 갈 길을 갔다. 규대는 또다시 가게 주인이 물을 주었던 것을 기억해냈다. 가게 주인은 무어무어라 말을 했다. 규대를 끌어내려 하면서, 하지만 규대가 움직이지 않자 물을 갖다 주었다. 주인은 경찰에 신고하려고도 했지만 전화기를 들었다 놓았다 하다가 결국 관두었다. 그러다 마음을 바꾸었는지 규대에게 바나나우유도 가져다 주었다. 모든 것은 이처럼 단편적이었다. 그리고 밤이 찾아왔다. 규대는 바나나우유를 먹고 쓰러지듯 잠이 들었다가 날이 어둑해지자 바닥을 짚으며 일어났다. 자고 일어나자 눈앞이 선명해졌다. 유원지 같다. 유원지의 밤 같아.

수도의 밤은 유원지의 밤 같아. 튀긴 감자를 먹으며 길을 걷는 사람들, 줄에 매달린 장난감을 파는 사람들, 자리를 펴고 헌 옷을 파는 소녀들, 웃으며 뛰어가는 아이들, 박수 치는 어른들, 서로를 뒤쫓는 술 취한 남자들, 뱅글뱅글 돈다. 회전목마처럼. 규대는 선명해진 눈으로 줄에 매달린 장난감을 본다. 슈퍼맨과 스파이더맨이 땅으로 내려왔다가 다시 올라간다 그리고 다시 내려오고 내려온 다음에는 올라온다. 그 옆에서 오징어를 파는 사람들, 오징어를 사는 사람들 빙글빙글 돈다. 유원지의 밤 같아. 부서지는 웃음소리가 풍선을 따라 하늘로 올라간다. 무모함이 달린다. 색색의 모자와 안경, 줄에 달린 인형과 깃털 가면, 냄새나는 거품과 구름과 연기들. 곧 피어날 후회와 슬픔을 손에 쥐고 소리를 지르는 사람들, 빙글거리는 빨간 지붕과 금색 처마와 그 아래를 도는 말들, 하늘로 날아 올라가는 모든 빨강과 오렌지와 노랑 들. 즐거운 밤, 환한 밤에 나무에 기대어 앉은 규대, 아무것도 기억이 나지 않는 듯이 하늘을 올려다보았다. 혐오와 우울이 지키는 규대. 후회와 후회의 후회와, 후회의 기쁨의 공기들, 사람들, 유원지의 밤들.

규대는 유원지의 밤을 떠돌았다. 근처 학교에 들어가 잠을 잤고 학교에서 씻고 학교에서 물을 마셨다. 끊임없이 걸었다. 걷지 않으면 덮쳐오는 것들이 많았다. 걸으면서 잊을 수 있었다. 밤이 되면 구호를 외치는 무리들을 따라다녔다. 사람들은 밥과 커피를 나눠주었다. 물도 주었다. 초콜릿도 주었다. 추우면 옷도 주었다. 사람들은 끊임없이 구호를 외쳤기 때문에 여태 규대를 지키던 우울과 분노는 끼어들 틈이 없었다. 주변이 시끄러워서 말이다. 규대는 그 사람들이 왜 밤이면 밤마다 모이는지 알 수 없었지만 언젠가부터 규대 역시 매일 밤 기어 나와 함께 뛰어다니게 되었다. 그러다 아침이 되면 사람들과 고개 숙여 인사를 하고 헤어졌다. 규대는 다시 학교로 기어 들어가 운동장의 벤치 위에 누워 잠을 잤다. 여름의 밤은 노숙하기 좋았다. 학교는 넓었다. 경비가 규대를 쫓아내면 규대는 후문으로 갔다. 낮에 학교로 들어가 휴게실에서 자기도 했다. 나는 학생이니까, 규대는 그렇게 생각했다. 나도 대학생이야. 나는 대학생이니까 대학생처럼 보이는 것은 당연하고 대학생처럼 보이는 사람이 학교 안에서 왔다 갔다 하는 것은 당연한 일이지. 규대는 졸린 눈으로 학교 안을 어슬렁거린다. 물을 마시고 눈에 띄는 의자에 누워 잠이 든다. 밤이 될 때까지. 밤이 되면 규대는 다시 거리로 나온다. 이제 얼굴이 익숙해진 사람들과 구호를 외치며 거리를 뛰어다녔다. 잠시 다 같이 앉아 쉬기도 하고 물을 나눠 마시기도 한다. 규대는 낮에 종일 잤기 때문에 피곤하지도 않았다. 가장 잘 뛰어다녔다. 벤치에서 자는 것은 여러모로 피곤한 일이었고 몸 구석구석이 결리기도 했지만 그것도 다 낮의 이야기였다. 밤이 되면 규대는 눈앞이 환해지면서 힘이 났다. 약을 먹은 것처럼 뛰어다녔다. 그럴 수 있었다.

울어서 눈이 잘 뜨이지 않았다. 날이 밝으면 손으로 눈곱을 떼어냈다. 그리고 다시 울었다. 아직 새 책이 시작되지 않았다. 새로운 책이 시작될 수 있다는 것이 점점 더 나를 괴롭혔다. 너는 한 권의 책이 끝나고 다음 책을 만드는 것처럼 나를 사랑한다고 했지. 나는 한 권의 책이 끝나지 않기를 바라고 있어. 하지만 괴로운 것은, 한 권의 책이 끝났는지 끝나지 않았는지를 알 수 없다는 것이다. 책을 덮는 것은 내가 아니니까, 책을 만드는 것도 내가 아니니까. 어느 페이지에 서 있는지 나는 영영 알 수 없을 것이다. 꿈에서 윤희가 목을 맸다. 잠에서 깨서 또 울었는데 그게 윤희 때문인지 나 때문인지 알 수 없었다. 다른 모든 것은 기억나지 않고 빈 방에 윤희가 목을 매고 있던 것만 기억이 났다. 부른 배였다. 그게 간밤의 꿈이었는지 오늘 낮에 꾼 꿈이었는지도 기억이 나지 않는다. 나는 언젠가 내가 이 방을 나갈 수 있다면 윤희를 만날 것이라고 다짐했다. 윤희의 이름과 규대의 이름을 힘없이 부르며 눈을 감았다. 누구의 얼굴도 떠오르지 않고 눈앞은 그저 까맣기만 했다.

29

규대는 매일같이 수도의 이곳저곳을 떠돌았다. 구호를 외치며 두두두두 뛰었다. 다다다다. 어느 날 함께 커피를 마시던 남자가 물었다.

"왜 이렇게 말이 없니?"

"말이 없어요."

"무슨 말이야?"

"말이 없다고요."

"무슨 말을 그렇게 해?"

"그게."

"잘 좀 해."

그날 또 다른 남자가 말을 걸어왔다.

"저 실례지만, 너도 결혼금지법 때문에 나온 거지?"

"네?"

"다들 아닌 척해도 사실 결혼금지법 때문이잖아."

"네?"

"왜 그렇게 말을 못 알아들어?"

"죄송합니다."

"외국인이지?"

규대는 대답이 없다.

"뭐야. 진짜야?"

"네?"

"외국인이구만."

"죄송합니다."

"죄송할 건 없고. 근데 너도 결혼금지법 때문에 나온 거지?"

"네?"

"아닌 척하지만 다 알아. 결혼금지법 때문이지?"

"네?"

"쯧쯧이여 쯧쯧. 쯧쯧쯧. 됐어. 이제 못 하면 영영 못 할 텐데."

규대는 또다시 말이 없고.

"됐어. 열심히 해."

"죄송합니다."

"가봐."

3장 151

"네."

규대는 다시 뛰었다. 구호를 외치며. 어느새 귀를 덮은 머리카락이 땀에 젖었다. 발에서부터 땀냄새가 올라왔다. 구호를 외치고 또 외치다 보면 이건 무슨 말인지 전혀 알 수 없게 되었다. 나는 살고 싶은 것일까. 아침이 되면 학교로 돌아가 씻어야지. 씻는 것은 좋다. 자는 것도 좋다. 잊는 것은 좋다. 먹는 것도 좋고. 토하는 것은 싫고, 생각나는 것들도 싫다. 하지만 모두 힘이 세다. 규대는 도리가 없다고 생각하기 때문에 소리를 지르며 뛴다. 같이 뛰던 대학생 하나가 팔을 잡는다. 규대는 구르듯 넘어진다.

"아, 미안합니다."

규대는 다시 말이 없다.

"당신 외국인이라며?"

"죄송합니다."

"아니에요. 제가 미안합니다."

둘은 말이 없다.

"중국?"

규대는 말이 없다.

"공산당이에요?"

여전히 말이 없다.

"저도 공산당입니다."

지겨웠다. 규대는 남자를 무시하고 다시 뛰기 시작했다.

"야, 이봐. 이봐."

대학생은 미친 듯이 뛰어와 규대를 따라잡았다.

"어딘데? 어디 소속인데?"

"죄송합니다."

"된다안된다보인다안보인다연구소인가?"

규대는 순간적으로 짜증이 치밀었다. 세 명은 좀 심하잖아. 규대는 아스팔트에 주저앉아 숨을 쉬었다.

"어딘데? 모두모두비밀스럽게모여라인가?"

규대는 대학생의 배낭에서 허락도 없이 물을 빼내어서 마셨다.

"말이나 좀 하고 마시지 그래요?"

"히말라야에서는 니꺼내꺼가 없슴미다."

남자는 말이 없고 규대는 자신의 발냄새 때문에 얼른 가서 씻고 싶었다.

"죄송합니다. 안녕히 계십시오."

"어딘데? 어디 애야?"

규대는 고개를 숙여 인사했다. 그리고 물병을 든 채로 반대편을 향해 걸었다.

"세계혁명 파이팅!"

남자는 세계혁명 파이팅이라고 세 번을 외쳤고 그 후에 질질질 끌려갔다. 규대는 얼른 학교로 가야겠다고 생각했다.

한밤중이었다. 규대는 학교로 돌아와 학생회실에서 샤워를 했다. 샤워를 하고 나와 복지회 안에 있는 소파로 가 누웠다. 아무도 없었다. 지금은 아무도 복지가 필요하지 않은 순간인가 보다. 규대는 복지가 절실히 필요했다. 먹을 것과 입을 것과 잘 곳이 있었으면 좋겠다. 그렇다면 집에 가야겠다. 하지만 집이 없다. 집이 없는 것만 같다. 아버지 어머니 아버지 어머니 아버지 어머니 더 빨리 아버지어머니아버지어머니아버지어머니어바잊어마니아저미저아이. 어마이. 오늘은 일찍 들어와서 얻어먹은 것이 없다. 토할 것도 없다. 하지만 춥다고 느껴지면 바로 토하게 될 것이다. 먹은 것이 없어도 위를 삭삭 긁어서 토하게 될 것이다. 유원지에 사는 사람들은 밤이 되면 다들 어디로 돌아가나. 코끼리 앞에 서서 매일매일 코끼리를 보는 여자는 아는 게 코끼리밖에 없는데 어디로 가나. 하루 종일 소프트 아이스크림을 파는 여자는 겨울이 되면 유원지 밖으로 추방당하나. 아니다. 그때가 되면 핫초코를 만든다. 유원지의 문이 닫히면 다들 어디로 가나. 밤이 되면 어디로 사라지지? 밤이 되면 나처럼 어디로 숨어드는 것인가? 어느 틈새로 숨어드나, 나처럼 복지가 필요한 사람들이 되는 거야? 어머니 아버지 어머니 아버지 어머니 아버지 더 빨리 어머니 아버지 어머니 이바지 어미니 아비자 해도 집이 없는 것만 같고 어머니 아버지는 간신히 입에 올려보지만 그다음 단계로는 절대로 나아가지 못하고 있었다. 다들 그런 거야? 코끼리 앞에 있는 여자는 어머니 아버지도 없지. 언니 오빠도 없지. 친구도 없지. 고향도 없고 유치원도 없고 초등학교 담임선생님도 없지. 코끼리만 알아서 코끼리만 보고 사는 여자가 되었다. 모든 것이 없어서 코끼리만 보다 코끼리가 된 코끼리 여자. 소프트 아이스크림을 콘 위에 30센티씩 올려서 파는 여자는 별수 없이 소프트 아이스크림 여자가 되었지. 규대는 소파에 누워서 생각했다. 어머니 아버지를 생각해도 토하지 않고, 유치원 초등학교 중학교 고등학교를 입에 담을 수 있고 언젠가의 애인과 애인의 혀를 생각해도 울지 않는 사람은 어디서 뭘 하고 있습니까. 유원지에도 그런 사람들이 있습니까. 수도의 밤은 유원지의 밤 같기만 한데, 유원지에 밤은 없잖아요. 유원지에 밤은 없는데 왜 여기는 유원지의 밤 같습니까. 모두 애비에미 없는 자들이 모여 고향을 까먹고 아이스크림을 사 먹고 있는 것일까요? 그런 것 같다. 규대는 정말로 그런 것 같다고 생각했다. 경멸과 수치와 분노와 우울함은 규대가 생각이라는 것을 하게 한다. 생각이라고는 해본 적 없는 규대를 괴롭게 한다. 규대는 이제 바로 이 유원지의 밤이 지겨워서 집에 가야겠다고 생각했다. 이것 봐 자꾸 생각하게 한다. 규대는 토하고 또 토해서 가벼워진 몸이 되어 걸음을 옮겼다.

규대가 수도를 떠나는 날, 지하도 안에서는 노숙자들이 모두 모여 벽에 등을 기대고 김밥을 먹었다. 왜 그 사람들은 일렬로 앉아 김밥을 먹나. 규대는 몰랐다. 그저 사람들은 모두 무릎을 꿇고 앉아 김밥을 먹고 있었다. 규대는 그 한가운데를 걸어갔다. 바닷가 큰 도시로 가기 위해서. 한 명만 있을 때는 못 본 척할 수 있었지만, 이 사람들이 모두 한자리에 모이자 일순간에 한 명 한 명이 거대해졌다. 기둥 뒤에 숨어 있지도, 박스를 깔고 누워 있지도 않고 정자세로 앉아 김밥을 먹고 있는 노숙자들, 집이 없는 사람들, 매일 소주를 마시는 사람들, 유원지에 없는 사람들, 모두가 없는 취급하는 사람들뿐이었다. 규대는 한 젊은 남자와 눈이 마주쳤다. 머리가 길고 광대뼈가 튀어나온 남자였다. 남자는 신문지를 30센티쯤 쌓아놓고 웃고 있었다. 앞과 뒤가 없고 전과 후도 없고 일어난 일도 일어날 일도 없었다. 그 남자는 그 모든 것을 없다고 치고 지금 이 순간 웃고 있었다. 없다고 치는 게 아니라 아예 없었다. 활짝 웃는 순간. 아무것도 없기 때문에 다음을 생각할 필요도 없었다. 다만 커다란 웃음이 있다. 커다랗고 환한 웃음. 남자 옆에는 고개를 숙이고 김밥을 먹고 있는 여자가 있었다. 여자는 김밥 하나를 손에 들고 남자에게 먹여주었다. 어제와 오늘과 내일이 없고 커다란 웃음만이 있는 둘이었다. 규대는 배가 고팠다.

몇 시간 후 잠을 자던 규대는 던져지듯 터미널에서 내렸다. 짠냄새가 규대를 맞이했다. 웰컴. 규대는 바다냄새를 기억해냈다. 아주 옅은 냄새라도 기억할 수 있었다. 규대는 어디에도 들르지 않고 바로 나를 찾아왔다. 규대가 수도에 있는 동안 나는 눈물의 바다로 점점 빠져들어갔다. 끝이 보이지 않는 어둠, 깊은 곳으로 점점 더. 규대는 실컷 토해서 가벼워진 몸으로 내게 왔다. 손가락 한 마디만큼이라도 늦었다면 나는 눈물의 늪으로 빨려 들어가 자취를 감추었을 것이다. 나는 너무 많이 울어서 이제 미움도 눈물도 남아 있지 않다. 이제 질문도 의혹도 남아 있지 않아. 규대는 핼쑥해진 얼굴로 벨을 눌렀다. 나는 시체처럼 걸어나가 문을 열었다. 지구의 무게가 느껴지면서 순간적으로 휘청했다. 문이 열리고 규대는 나를 붙잡았다. 어지러웠다. 우리는 서로에게 쓰러져 한참 동안 일어나지 못했다.

규대는 힘이 없다. 아직 늪 속에서 허우적거리는 나와 힘이 없는 규대는 현관 앞에서 포개어 일어나지 못한다. 하지만 아직 살아 있으므로 힘이라는 것이 남아 있었다. 어디에 그런 게 남아 있었던 것이다. 힘을 내어 규대를 끌고 침대로 향했다. 침대 위로 떨어지자마자 또다시 눈물이 쏟아졌다. 규대는 나를 안지도 달래지도 않고 가만히 숨을 쉬고 있었다.
"침대에서도 바다냄새가 난다."
"짠냄새야."
"응."
"짜증나. 거지 같은 소리나 하고."
살아 있어서 계속해서 살아 있었다. 그러니까 니가 구하려들지 않아도 좋다. 그냥 숨만 쉬고 있어도 좋아. 그러니 계속 있어줘. 있어주기만 해줘. 나는 숨을 쉬는 것처럼 울었다. 규대는 헐떡이며 숨을 쉰다. 물을 마시고 잠시 잠을 자고 갑자기 일어나 냉장고를 뒤지고 그러다 다시.

30

규대는 집으로 돌아갔고 나는 빨래를 시작했다. 밥을 먹고 잠을 자고 울지 않고 청소를 한다. 윤희에게는 더 이상 연락이 오지 않았다.

원대는 점점 집으로 들어오지 않는 원웡 때문에 열이 받는다. 원대는 맘대로 되는 일이 도무지 하나도 없었다. 아름다운 것들은 계속해서 아름답기만 했다. 원대의 것이 아닌 것들의 아름다움만이 만개했다. 원대는 원웡의 손을 뒤로 묶어놓고 섹스를 했다. 원웡이 입을 꾹 다물고 버텼기 때문이다. 한 번의 삽입이 끝난 후 원웡의 입술에는 피가 났다. 입을 꾹 다물고 있어서 이빨이 입술을 파고들었다. 원웡은 피를 닦지도, 꾹 다문 입을 벌리지도 않았다. 대신 두 손이 묶인 채로 비틀거리며 일어나 방 안의 시디를 밟기 시작했다. 얇은 플라스틱이 부서지는 소리가 들려왔다. 플라스틱이 부서지는 소리와 동시에 플라스틱이 발을 쑥 하고 파고드는 소리가 들렸다. 원대는 그 소리를 들었다. 착 하는 소리와 쑥 하는 소리, 다문 입 사이로 낮게 새어 나오는 비명 소리, 신음 소리. 원웡의 발에는 피가 났다. 원대는 원웡의 얼굴을 주먹으로 때리기 시작했다. 원대는 그 소리도 들었다. 주먹이 얼굴을 내리치는 순간의 소리는 플라스틱이 발바닥을 파고드는 소리만큼 소름이 끼쳤다. 원대는 소름이 끼쳤지만 이런 상황에서 분노를 어떻게 표현해야 할지 몰라 계속해서 주먹으로 원웡의 얼굴을 갈겨댔다. 그러다 원웡의 머리카락을 붙잡아 못이 박힌 벽에 머리를 박았다. 원웡의 얼굴은 멍이 들고 피가 났다. 원대가 원웡의 머리카락에서 손을 뗀 순간, 원웡의 벗은 몸은 깨진 시디 케이스 위로 떨어졌다. 원웡의 입술은 벌어지고 벌어진 입 사이로 윽 하는 신음 소리가 나왔다. 원대는 원웡의 배를 밟기 시작했다. 배는 따뜻하고 부드러웠다. 차가운 발에 느껴지는 물컹한 감촉 때문에 점점 더 무서워진 원대는 원웡을 때리는 것을 관두고 집을 나왔다. 원대는 무서워서 엉엉 울면서 뛰어나갔다. 원대는 음악이 듣고 싶었다. 아직 살아 있는데 살아 있는 자신은 살아 있다는 사실이 무섭고 혐오스러웠다. 왜 살아 있는 거지. 태어나지 말았어야 했다. 뛰는 심장과 거친 호흡을 떨쳐내려면 그만큼 거대한 음악이 필요했다. 떨쳐내지 않아도 좋아, 아무 생각도 들지 않았으면 좋겠다. 아무 생각도 안 나는 상태가 되면 알아서 죽을 계획이었다. 정말이야. 그러니까 지금은 좀 어떻게 해봐. 진짜. 입에서는 흙 맛이 났다. 원대는 쉬지 않고 뛰었다.

  빨래를 널고 소파에 누웠다. 시간이 3년은 지난 것 같았다. 그보다는 3년쯤 늙은 느낌이었다. 규대와 일주일쯤 연락이 되지 않은 것이 내가 겪은 일의 전부였다. 하지만 3년쯤 외딴 섬에 유배되어 바닷물에 규대의 이름을 쓰고 또 쓰는 막막한 기분이었다. 바닷물에 규대의 책을 써야 했지만 손가락으로 파도 위에 글씨를 쓰는 것은 불가능한 일이었다. 내가 써야 하는 것은 책 한 권인데, 그 상황에서는 한 자도 쓸 수가 없었다. 규대가 들려준 이야기처럼 온 바다가 말라붙는다면 가능할 목표였다. 온 바다가 말라붙어 물고기들이 썩어가고 배부른 갈매기들이 날지 못해 모래 위로 쓰러지는 곳에서나 말이다.

31

  대니얼의 온몸은 불타올랐다. 그가 타고 있던 차의 폭발음이 지구를 울렸다. 대니얼은 작은 조각들이 되어 이미 말라버린 바다 위로 떨어졌다. 며칠 후 비가 내리기 시작했다. 규오는 아직 살아 있었다. 이제 가뭄 때문에 죽을 일은 없었다. 규오는 다시 등산로에서 음식을 팔기 시작했다. 사람들은 다시 산으로 올라왔고 산을 오르다 보면 배가 고팠다. 규오는 별다른 문제 없이 장사를 계속할 수 있었다. 그러다 돈을 어느 정도 모으게 되자 그는 산을 내려왔다. 산을 내려와 집을 구했고 식당에서 일을 했다. 일을 하다 보니 주방 안에서 두번째로 봉급을 많이 받게 되었고 생활은 좀더 나아졌다. 그렇게 몇 년을 살다가 더 높은 액수를 부르는 식당으로 일자리를 옮겼다. 도시에서 손꼽히는 큰 식당이었다. 규오는 더 큰 집으로 이사를 갔다. 식당 앞에 있는 주류 판매점 여직원과 만나기 시작했다. 석 달 후 말다툼 끝에 사장을 찌른 규오는 도시에서 도망쳤다. 그리고 다시 생각했다. 사장은 정말로 죽었을까. 살아 있을 것 같아. 아, 죽었을 것 같기도 하고. 사장을 생각하면 엄마가 생각난다. 엄마는 죽었을까. 살았을까. 사장은 죽었을까. 살았을까. 북쪽 대륙은 가뭄 이후 몇 년이 지났지만 복구가 되지 않았다. 국가에서는 몇 년에 걸쳐 하수도 정비나 시설 복구를 시도했지만 물은 늘 부족했다. 갈매기들이 무리 지어 아이들을 죽이는 일들이 생기기 시작했다. 가뭄 때는 물이 모자라 죽었지만, 요즘은 피부병 때문에 사람들이 죽었다. 어린아이들은 비쩍 마른 장작들처럼 자랐다. 자라지 않는 것일지도 몰랐다. 마른 몸에 버짐이 피어 있거나 고름으로 짓물러 있었다. 그리고 규오는 다시 도망 다니기 시작했다. 모두 각자의 삶을 살고 있었다. 규오는 규오의 삶을, 갈매기는 갈매기의. 아이들에게도 삶이 있을 것이다. 모두 가지고 있는 각자의 삶. 대니얼이 생각지 못했던 각자의 삶.

32

윤희의 결혼 이후, 윤희 아버지네 교회는 완전히 와해되었다고 했다. 윤희는 사실만을 말해주었다. 결혼을 하려고 했다, 아버지가 반대했다, 그런데도 했다, 그랬더니 아버지가 점점 기운 없어하셨다, 사람들도 모이지 않게 되었다, 교회 문을 닫게 되었다. 왜 결혼을 했는지, 왜 좋아하게 되었는지 좋아할 때 어떤 마음이었는지 같은 것은 말해주지 않았다. 뭐 말해준다고 해도 납득할 수 없었겠지. 윤희는 아버지네 교회의 열성 신자와 결혼한 셈이기는 하지만 아무리 교회에 열심히 나온다고 해도 스무 살쯤 많은 남자와의 결혼을 아버지가 허락할 리는 없었다. 사실 나이의 문제라기보다는 사람 자체의 문제였을지도 몰랐다. 윤희의 남편은 완전히 믿는 사람이었다. 자신이 믿고 있다는 사실에 몰입하고 있는 사람이었다. 온몸에 믿고 있다 믿고 있다의 피가 흘렀다. 그 피는 자신의 몸 안에서만 흘렀다. 밖으로 나오지는 않고 오직 자신 안에서만 떠돌았다. 윤희네 아버지가 "자 이제부터 우리는 가가멜을 믿을 것입니다"라고 말한다면 윤희네 남편은 하나님의 이름을 가가멜로 바꿀 것이다. 무엇을, 어떻게가 없이 믿고 있다는 동사만이 몸 안을 떠돌아다녔다. 믿고 있다 믿고 있다. 윤희의 남편 같은 사람이 큰 교회에 간다면 윤희는 돈을 꾸러 다니지도 않고 하나님의 보호 아래 잘 먹고 잘 살 수 있을 것이다. 그런 방법도 있는데 윤희의 남편은, 작다고 말하는 것만으로는 누추함이 설명되지 않는 곳으로만 떠돌았다. 작은 곳으로, 가난한 곳으로, 비가 새고 곰팡이냄새가 나는 곳으로, 점심을 국수로 겨우 먹을 수밖에 없는 곳으로. 윤희는 흔들리지 않는 눈빛으로 그런 일들이 있었다고 했다. 아버지는 이제 교회 일은 하시지 않아. 몇 달 누워 계시다가 이제 아파트 경비 일을 하셔. 주말에는 산에 오르시는 것 같아. 얼마 전에는 법화경을 읽고 계시더라. 윤희는 고등학교 때도 지하에 있는 작은 집을 닦고 또 닦았는데 결혼을 해서도 달라지는 것이 없다. 곰팡이가 피어오른 벽에 기대어 어렵게 숨을 쉬며 말을 천천히 이어나가는 윤희를 보니 점점 숨이 막혀왔다. 윤희는 아버지가 얼마나 더 괴로워할 수 있을지 궁금했던 것 같다. 윤희는 고등학교 때보다 훨씬 더 가난해 보였고 끼니를 잇는 것도 힘들어 보였으나 아주 조금 신나 보였다. 아버지는 이 정도 고난에는 견디지 못하시는구나. 나는 이렇게 힘들게 숨을 몰아쉬지만 더 나빠져도 견딜 수 있지, 라는 듯한 즐거움이 보였다. 덕지덕지 들러붙은 가난들 사이로 말이다. 윤희의 눈은 반짝였고 윤희의 어깨 위에는 그 이상의 비참이 올려져 있었다. 그렇게 윤희의 눈은 오기와 위태로움 사이에서 빛나고 있었다.

비가 왔다. 비가 오지 않았다면 규대와 나는 동물원에 갈 생각이었다. 동물원에 가자고 한 건 규대였다. 규대가 먼저 뭘 하자고 한 건 처음이었다. 한데 비가 왔다. 아, 담에 갈까? 니 맘대로 해. 난 상관없어. 난 밝은 날 가고 싶었어. 그럼 그래. 우리는 나란히 앉아 뉴스를 봤다. 수도에서는 사람들의 시위가 계속되었다. 규대는 갑자기 집중해서 보기 시작했다. 규대는 저곳에 있었다. 저 사람들처럼 뛰어다녔다. 규대는 뛰어다니는 것을 잘하니까. 규대는 늘 건강한 말 같고 성실한 소 같고 입 다물고 있는 큰 개 같으니까. 한참을 집중해서 보던 규대는 뉴스가 끝나자 피곤한 듯 몸을 기댔다.

"잠 와?"

"아니."

"배고파?"

"아니."

바람에서 비냄새가 났다. 나는 이 순간이 좋다. 하지만 규대에게 말한 적은 없었다. 아직 규대는 내가 이 순간을 좋아한다는 것을 모른다. 언젠가 알게 되는 때가 오겠지. 그런 게 미래라면 나는 미래를 기다린다. 누군가 무엇인가를 요구하며 손을 내밀어도, 줄 것이다. 미래가 그런 것이라면 말이다.

우리는 잠을 잤다. 함께 잠을 잤다. 일어나 김치볶음밥을 해먹고 커피를 내려 마셨다. 규대의 몸에 비냄새와 잠의 기운과 김치냄새, 기름냄새, 부엌을 채운 커피냄새가 배었다. 그것은 나한테도 묻어 있다. 다시 티브이를 켜도 사람들의 시위 장면만이 계속되었다. 외국의 일 같았다.

"나 저 사람 알아."

규대는 화면 속에서 인터뷰를 하는 수염 난 남자를 보며 말했다.

"누군데?"

"어, 그냥. 그냥 아는 것 같아."

"누군데?"

"관둘래."

"먼저 말했잖아."

"그냥. 아는 것 같아. 그게 다야."

우리는 말이 없다. 규대는 텔레비전 속으로 빠져들 것 같다. 계속해서 비는 내리고 수도의 사람들은 밤거리를 뛰어다니고 방 안에는 커피냄새와 기름냄새와 김치냄새가 뒤섞인 냄새가 떠돌고 있었다.

33

원대는 이 도시에서 유일하게 자신을 좋아해줄 사람에게로 갔다. 중고 음반가게 소파에서 잠을 자며 며칠을 버텼다. 원대는 무서워서 집에 들어가지 못했다. 괴로웠지만 지내다 보니 죽을 생각은 점차 사라졌다. 원대는 문득 백 행을 쓰고 싶다고 생각했다. 하고 싶은 것들을 생각하다 보면 괜찮아질 것 같았다. 거기에 생각이 미치자, 백 행을 처음 썼던 아키 아키라는 굉장히 시시한 놈이었을지도 모른다는 생각이 들었다. 원대는 서점으로 가 아키 아키라의 시집을 샀다. 그의 백 행을 읽고 나자 백 행을 쓰려고 했던 마음은 금세 사라졌다. 원대는 다시 중고 음반가게로 갔다.

34

규대는 뉴스를 보고 또 보아도, 읽기도 어려운 신문을 읽어 보아도, 인터넷을 뒤지고 또 뒤져도 여전히 알 수 없는 기분이었다. 알 수 없는 기분이라 자꾸만 찾게 되는 것인지도 몰랐다. 답답하기만 했다. 하지만 그때도 몰랐지. 밤거리를 뛰고 또 뛰어도 구호를 함께 외쳐도 무슨 일인지 몰랐지. 알고 싶지도 않았다. 규대는 어젯밤에 보았던 사람들이 자지 않고 또다시 거리로 뛰쳐나오는 것을 보고 싶었던 것이다. 나는 이렇게 학교 벤치에서 자고 일어나 밤거리를 뛰는데 다른 사람들은 어디에서 튀어나와 함께 뛰는지 궁금했던 것이다. 모두들 자지 않고 튀어나오는지, 오늘도 함께 김밥을 나눠 먹는지, 돗자리를 깔고 자다 일어나 다시 뛰는지 보고 싶었던 것이다. 화면 속 거리들은 낯익었다. 아는 곳이었지. 한데 화면으로 보고 또 보다 보면 저기가 그때 그곳이 맞았나 의심스러워졌다. '아니다. 아니야. 저기는 수도고 내가 가본 적도 없고 알지도 못하는 길이다. 예전에 어릴 때 뉴스에서 봤던 것을 알고 있다고 잘못 생각하는 거야.' 자꾸만 이런 식으로 생각하게 되었다. 뉴스에 나오는 사람들은 모두 미래를 짊어지고 있는 것 같았다. 규대 같은 사람들은 없는 것 같았다. 모두 수도와 나라와 세계와 미래를 짊어지고 투쟁하고 있었다. 규대는 결혼금지 반대 투쟁을 했던 남자를 떠올렸다. 수도에 사는 대통령이 이제 결혼을 금지시키기로 했다는 것이었다. 규대에게 결혼은 하느냐 마느냐의 문제가 아니라 할 수 있느냐 없느냐의 문제였다. 못 할 거라고 생각하고 아 못 하는구나 하고 있었던 것이다. 어차피 수도에만 해당되는 문제라 정말 하고 싶어지면 다른 도시로 가면 되는 거 아닌가 싶었다. 왠지 그 남자만이 규대처럼 시시해 보였다. 그래, 그 남자도 시시했지. 나만 시시한 건 아니었지. 규대는 간신히 그렇게 생각했다. 그렇게 스스로를 설득하고 뉴스를 계속 봤다. 결혼금지 반대를 외치던 남자가 카메라에 잡혔다. 남자는 규대의 기억보다 밝고 건강해 보이는 청년이었다. 뭐, 저렇게 생겼었나. 규대는 겨우 되찾은 평안한 마음을 유지하려 '저놈도 시시하다 저놈도 시시하다'를 반복했다.

—아. 저는 동거하고 있는 여자친구가 있고요. 이전에 한 번

결혼한 적도 있어요. 하지만 잘되지 않았지요. 그렇지만 결혼을 법으로 금지시키는 것은 다른 문제라고 생각하기에 오늘 거리로 나왔습니다. 사실 저는 여자친구와 결혼하지 않을 생각이에요.

─여자친구분이 옆에 계신데요?

─네, 여자친구도 저랑 결혼 안 한대요.

─정말이십니까?

─(여자친구) 네, 저는 이 사람을 사랑하지만 굳이 법이 인정하는 부부가 되고 싶은 생각은 없어요. 진짜 없음! 으하하. 하지만 그거랑 결혼을 금지시키는 것은 다른 문제잖아요. 결혼을 인류의 본능을 거스르는 웃기지도 않은 제도라고 생각하지만 이미 정착화된 제도를 하루아침에 없애려는 것은 너무 비상식적이고 우스워요.

─아 두 분 말씀 잘 들었습니다.

─사실 난 말이야,

─어, 마이크. 왜 마이크를 빼앗으세요?

─할 말이 더 있어서 그래. 나는 정말로 결혼하려 드는 새끼들이 존나 이해가 안 됩니다. 비속어를 써서 죄송해요. 저는 참 우아한 사람인데 말이에요. 왜 결혼하려 드나요. 대통령이 참 그런 면에서는 급진적이야. 결혼 같은 건 없애야 해요. 하지만 나는 대통령이 싫으니까 또 갑자기 법을 없애는 건 말이 안 되니까 이렇게 나오는 거야. 그렇지만 결혼은 싫어. 근데

사람들은 이 미묘한 차이를 몰라. 이 거리에 있는 새끼들은 모두 몰라. 나의 우아함을, 나의 주장의 미묘함을 말이야. 나처럼 말을 우아하게 하는 사람 봤어요? 나는 욕도 고상하게 해요. 그러니까 나라는 사람의 말에 귀를 기울일 필요가 있다고.

기자는 간신히 마이크를 빼앗았다. 시시한 새끼의 여자친구는 남자친구의 말을 듣는 척도 안 하고 뱅글뱅글 돌며 춤을 췄다. 저런 소리를 안 들으니까 둘은 사귀는가 보다 하고 생각했다. 저 사람은 여기가 어디인지 모른다. 그러니까 저런 소리를 할 수 있었다. 규대도 저기가 어디인지 몰랐다. 저기가 여기일 때도 대체 어디가 어디인지 몰랐다. 무엇을 하는지도 몰랐다. 앞으로 어떻게 될지 궁금한 것도 없었다. 왜냐하면 바라는 것이 없었기 때문이다. 일어났으면 하는 일도 없었다. 일어나지 않았으면 하는 일도 없었으며. 단지 이 사람들이 밤거리로 뛰쳐나오지 않으면 나는 밤에 잠을 자야 하고 밤에 잘 곳을 찾는 것은 낮에 잘 곳을 찾는 것보다 어려웠다. 그런 나를 위해 만 명 십만 명 모두들 뛰어나와줘. 오늘도 내일도 뛰어나와줘. 그것을 바랐다.

35

 윤희는 열일곱 시간 동안 진통을 하여 아이를 낳았다. 첫 애인데 골반이 작아 더 힘들었다고 했다. 풀어 헤친 윤기 없는 머리카락이 보였다. 윤희는 허옇게 일어난 자신의 입술을 빨고 있었다. 윤희의 남편은 기도를 하고 있었다. 나는 규대의 손을 잡고 있었다. 윤희의 남편은 병실로 들어오는 나를 보자 기도하던 손을 풀어 나의 손을 잡으려 했다. 잡았다. 윤희의 남편은 나의 손을 자신의 손 안에 넣었다. 남편은 고개를 숙이고 기도를 했다. 나의 손은 기도하는 손 안에 붙잡혀 있었다. 기도하는 손은 힘이 셌다. 빼내려고 해도 빠지지 않는 손. 남자는 울면서 기도를 했다. 기도하는 손 안으로 스며드는 눈물. 규대는 이제 기도를 하지 않는다. 바라는 것이 없기 때문이다. 나도 이제 기도를 하지 않는다. 바라는 것은 그저 바라기만 하기 때문이다. 남자는 신을 통해 간절히 바라고 있었다. 나는 윤희를 좋아하지만 이 자리에 있는 것은 불편할 뿐이다. 신이 남자의 기도를 어서 빨리 들어주어, 나의 손을 자유케 했으면 하고 바란다. 그저 바란다. 허옇게 일어난 윤희의 입술과 부풀어 오른 윤희의 가슴을 보았다. 윤희의 아이는 분명히 새 아기겠지. 누구에게서 태어나든 아기는 새 아기겠지. 남자는 찬송가를 부르기 시작했다. 규대는 가만히 나의 등을 쓸어주었다.

기도를 하던 규대를 떠올려보았다. 기도를 하던 규대는 기도를 하던 규대대로 좋았지. 지금은 지금대로, 그런 마음으로 좋아하고 있지만. 규대의 그 많았던 기도는 어디로 가버린 것일까. 신이 제대로 보관하고 있을까. 어디다 버려버릴 것이라면 저에게 주세요. 저는 아직도 규대가 무엇을 바라고 무엇에 부끄러워했는지 알고 싶어요. 규대는 등을 쓸던 손을 멈추고 나의 오른손을 잡아주었다. 나의 왼손은 기도하는 손 안에, 나의 오른손은 규대의 손 안에 있다. 그 크신 하나님의 사랑 말로 다 형용 못 하네 저 높고 높은 별을 넘어 이 낮고 낮은 땅 위에 죄 범한 영혼 구하려 그 아들 보내사 화목제로 삼으시고 죄 용서하셨네. 남자의 찬송은 계속되었다. 가장 먼저 배운 찬송가였다. 기도의 학교에서였다. 기도의 학교 선생님이 특별히 아끼던 찬송이었다. 새로운 아이들이 들어오면 선생님은 가장 먼저 저 찬송을 가르쳤다. 규대는 낮은 목소리로 따라 부르고 있었다. 규대는 슬퍼하고 있었다. 나는 어느 순간 기도를 잃어버렸지만 그게 슬프지 않았다. 규대는 달랐다. 슬퍼하고 있다. 나는 규대가 나에게 해주었던 것처럼 규대의 등을 쓸어주었다. 하나님 크신 사랑은 측량 다 못 하며 영원히 변치 않는 사랑 성도여 찬양하세. 왜 찬송은 들을 때마다 사람을 죄인처럼 만들까. 나는 흐물흐물하게 녹아버려 이제는 형태조차 알아보기 힘든 '마음'이라는 것을 본다. 나의 마음이다. 나의 마음은 윤희 남편의 마음을 봐. 윤희 남편의 마음은 단단하네. 단단하구나.

손도 단단하고 마음도 단단합니다. 나의 마음은 규대의 마음을 봐. 잘 보이지 않지만 애써보려고 노력했다. 하지만 그게 어떤 모양 색깔인지 뚜렷하게 보이지 않는다. 나의 마음은 눈을 감고 가만히 귀를 기울였다. 울고 있지? 응. 울고 있는 마음이야. 짠냄새가 난다. 짠냄새가 나고 우는 소리가 들리는 마음이야. 우리는 죄인 같지만 죄가 무엇인지 몰랐다. 간신히 손을 풀어 윤희의 머리를 쓰다듬어주었다.

"아기는 아직 못 본대요."

윤희 남편은 「그 크신 하나님의 사랑」이 끝나자 말을 해줬다. 마른 입술이었다. 마른 입술에서 흠뻑 젖은 목소리가 나왔다. 흠뻑 젖어, 웅얼거리는 목소리였다.

"왜요?"

"애가 작대요."

"네?"

"기도해주세요. 좀 도와주세요."

나와 규대는 어떻게 대답해야 할지 몰랐지만 네, 네, 꼭 괜찮아질 거예요, 라고 동시에 대답했다. 우리는 병원 앞에서 산 파인애플을 윤희의 머리맡에 놓고 인사를 하고 나왔다. 괜찮아질 것이다. 왠지 모두의 잘못인 것 같았다. 이유 없이 그런 생각이 들었다. 우리가 바라던 내일은 이런 것이 아니었는데 이런 내일이 오고야 만다. 정말로 바라는 것이 이루어지길 원한다면 제대로 된 것을 바라야 하는 것이다. 마음 깊숙이 바라고 또 바라야 할 내일에 대해 생각했다. 입술이 허옇게 마른 두 사람을 보고 나니 목이 탔다. 물을 마셔야지. 물을 마시고 또 마시면 마르지 않을 것이다. 말라붙지 않을 것이다. 어디에도 가뭄이 없을 것이다. 물을 마시고 또 마셔서. 그래서 가뭄이 없게 할 것이다. 나와 규대는 천천히 버스 정류장으로 갔다. 물이 출렁이는 것을 보기 위해. 마르지 않는 바다를 눈으로 보기 위해.

36

원윙은 시민단체 간사의 도움으로 구조되었다. 시민단체 간사는 왠지 좋지 않은 예감이 들어 인구조사를 한다며 원대의 집에 들렀다. 간사는 긴장하며 벨을 눌렀다. 대문은 열려 있었다. 원윙은 하혈하고 있었다. 다리 사이에 피가 흘렀다. 얼굴엔 멍이 들어 있었다. 원윙의 애인은 며칠 전부터 공장에 나가느라 밤이나 되어야 시간이 났다. 간사는 정신없이 주위를 살폈다. 바닥에 대충 개여 있는 이불을 집어 원윙의 몸을 감쌌다. 핸드폰을 주머니에서 찾았다. 정신없이. 떨리는 손으로 119를 눌렀다. 끊임없이 물었다. 괜찮아요? 괜찮아요? 좀 괜찮아요? 내 이야기 알아들을 수 있겠어요? 원윙은 피냄새와 땀냄새와 짠냄새, 뜨끈한 모든 것들을 느꼈다. 모기가 자꾸만 원윙의 맨

살 위로 달라붙었다. 원웡은 큰 눈을 깜빡였다. 고개를 끄덕였다. 어떤 것이 괜찮은 것일까요? 그걸 알아야 대답할 수 있을 텐데. 원웡은 모기가 자꾸 살을 물어뜯어 괴로웠다. 별로 괜찮아본 적이 없어서 어떤 게 괜찮은지 모르겠네. 원웡은 뜨겁고 끈적하고 물컹한 어떤 것이 되어 자꾸만 바닥을 기어 다니는 기분이 든다. 통통하게 살이 오른 애벌레 있잖아. 그런 게 이 방에 있는 것 같다. 원웡은 그게 자꾸만 신경이 쓰였다. 그게 자기 자신인 것 같아서 자꾸만 거슬렸다. 아, 그게 죽어야 할 텐데. 원웡의 흰 목 위로 모기 물린 자국이 보였다. 피에 날개가 젖은 모기들은 몸이 무거워 날지 못했다. 간사는 구급차가 오는 동안 모기를 잡았다. 팍. 손바닥 안에서 피가 팍 하고 터졌다. 간사는 원웡의 얼굴을 가만히 바라보았다. 감은 눈, 약간 벌어진 입술, 숱이 많은 눈썹과 기름기 도는 볼. 간사는 방 안을 둘러보았다. 깨진 시디케이스와 굴러다니는 시디 몇 장이 보였다. 간사는 시디를 들어 한참 동안 바라보다가 가방에 시디를 급히 넣었다. 덥다. 남자친구는 이제 공장에 다닌다고 했지. 얼마나 오랫동안 이러고 있었던 거지. 가만히 있어도 땀이 주르륵 흘렀다. 시디를 훔쳐서 땀이 나는 건가. 훅 하고 땀냄새가 느껴졌다. 누구의 땀냄새지. 간사는 무얼 해야 할지 몰라, 갑자기 일어서서 모기를 잡기 시작했다. 멀리서 구급차 소리가 날 때까지 끈적거리는 공기를 헤치며 모기를 잡았다. 구급차가 도착했을 때 간사의 손바닥에는 핏자국이 여러 군데 남아 있었다.

눈썹이 짙은 남자친구는 밤이 되어서야 병원에 올 수 있었다. 남자의 친구들은 초조한 눈으로 남자를 기다리고 있었다. 남자가 병실 문을 열고 들어서자 다들 동시에 일어났다. 남자는 병실 안으로 뛰어 들어와 원웡을 찾았다. 남자는 자고 있는 원웡을 바라보았다. 떨리는 손으로 원웡의 얼굴을 쓸었다. 간사는 남자에게 다가가 오늘 밤이 지나면 자신이 아는 병원으로 환자를 옮겨야 한다고 했다. 남자는 울면서 고개를 끄덕였다. 원웡의 얼굴을 쓸던 남자는 갑자기 생각난 듯 다시 묻는다. 뭐라고요? 간사는 다시 중국어로 설명했다. 남자는 눈물을 닦으면서 다시 묻는다. 뭐라고요? 간사는 다시 설명했다. 남자는 그제야 고개를 끄덕였다. 간사는 전화번호를 적은 종이를 건네주며 이제 사무실로 돌아가봐야 한다고 했다. 내일 오전 다시 들를게요. 남자는 공장에 있어 병실을 옮기는 것을 볼 수 없다 했다. 간사는 알았다고 고개를 끄덕였다. 남자의 친구들은 병실 벽을 쳤다. 달리 할 수 있는 것이 없어서. 별수 없어서. 벽은 단단했다. 계속 쳤다. 벽은 여전히 단단했다. 치고 또 쳐도 벽은 계속해서 단단한 채로 서 있을 것이다. 병실 문이 열리고 간호사가 들어왔다. 간호사는 간사를 보며 이야기를 했다. 간사는 곤란한 표정을 지었다. 간호사는 접수계에 말을 해보라고 했다. 원웡의 남자친구는 지갑에 있는 돈을 다 꺼내 간사에게 건넸다. 간사는 돈을 받고서는 그것 때문이 아니라고 했다. 남자친구는 다시 무슨 말이냐고 물었다. 간사는 못 들은 척하고 내일 다시 연락하겠다고 말하고 나갔다. 무슨 말이에요? 여러 번 쳐보았지만 벽은 단단하다. 벽은 단단하고 사람들은 화가 나 있다. 왜 단단한가, 왜 단단할까. 아무도 모른다. 무슨 말이에요? 벽은 단단하고 사람들은 화가 나 있고 분노는 벽보다 단단하며 슬픔은 벽보다 높지만 벽은 단단하다. 벽은 단단한 채로 영원히 서 있을 것이다.

나는 매일 엄마를 본다. 엄마는 어쩌다 보니 나를 낳았겠지. 생각해보면 그건 작정하고 나를 낳았다는 것과 별로 다르지 않은 사실이었다. 엄마는 내게 밥을 주고 돈을 주고 걱정을 주고 관심을 주고 예뻐해주고 귀여워해주고 짜증을 주는 사람. 미움을 주고 괴로움을 주고 간지러움을 주고 쑥스러움을 주고 곤란함을 주고 동족 혐오를 주고 주근깨를 주고 가는 머리카락을 주고 마른 몸을 주고 아빠를 주고 편부가정을 주고 포기가 빠른 성격을 주고 불안한 마음을 주고 웃는 눈을 주었다. 하지만 아무것도 안 줬을지도 모르지.

규대와 나는 쇼핑몰을 지나 앞으로 앞으로 갔다. 섬의 끝까지 갔다. 배들은 천천히 항구로 들어왔다. 섬을 향해, 섬을 향해 들어왔다. 우리는 바다를 향해 섬의 끝을 향해 나아간다. 엄마에 대해 생각하기 시작하면 멈출 수 없었다. 계속해서 계속계속 생각할 수 있다. 하지만 멈춰야만 하는 순간이 찾아왔다. 그 순간은 자연스럽게 찾아왔고 어느 순간 끝! 하고 마음속에서 외치게 되는 것이었다. 이렇게 섬의 끝을 향해 걷다 보면 어느 순간 한 걸음 더 나아가면 바다로 빠지는 순간이 찾아오겠지? 그처럼 어느 순간 생각이 멈췄다. 그 바깥으로는 나가 보지 않았다. 여러 번 해봤지만 늘 거기서 멈췄다. 나와 규대는 섬의 마지막 부분에 엉덩이를 걸치고 앉았다. 앉아서 생각했다. 엄마는 돈을 주고 나는 포기를 하고 엄마는 관심을 주고 나는 죄책감을 느끼고 엄마는 토로를 하고 나는 상처를 준다. 엄마는 밥을 하고 나는 밥을 먹고 여튼 살아가고 엄마는 이제 교회 같은 건 관뒀고 그건 나도 그렇고 우리는 누구도 믿지 않는다. 상식을 믿나. 옛날 이야기를 믿나. 그런 것도 같다. 속담을 믿고 혈액형을 믿고 사주팔자를 믿고 여자 손님을 믿고 소문을 믿고 여성지를 믿고 자꾸 믿고 또 믿다 보면 사람이 추잡해졌다. 그걸 깨달으면 믿는 것을 관뒀다. 그러다 시간이 지나면 상식을 믿기로 마음먹기 시작한다. 그러다 보면 천천히 다른 것들도 믿고 싶어졌다. 믿는 것은 사람을 편하게 했으니까. 안전하고 포근하게 했으니까. 엄마는 믿고 나도 믿고 엄마는 믿는 사람이고 나도 그런 사람이었고. 규대는 갑자기 바다를 향해 소리를 빽 질렀다.

"너는 결혼을 하게 될 것이다! 곧 죽어도 결혼을 두 번이나 하게 될 거야! 알아? 결혼하게 될 거라고! 잘난 척하지 마!"

섬을 향해 들어오는 배 안의 남자가 손을 흔들었다. 나도 소리를 지르고 싶다. 소리를 지르고 싶은 마음이 목 근처까지 차올랐지만 질러지지 않았다. 소리를 지르는 것도 어려운 일이었다. 지르지 못한 소리가 목 근처를 빙빙 돌다가 작게 잘려 입술을 향해 기어나왔다.

"춥다."

"추워?"

"아니."

"근데 왜?"

"그냥 말이 나왔어."

"응."

"어, 그냥 춥다고 말해보는 거야."

우리는 섬의 끝에 몸을 얹은 채 다리를 흔들며 바다를 본다. 자꾸 흔들다 보니 신발이 벗겨질 것 같네. 우리는 신발을 벗어 손에 쥐고 계속해서 발을 흔들었다. 발은 흔들면 흔들수록 계속해서 흔들고 싶어지지. 우리는 벗은 발로 출렁이는 파도를 느꼈다. 파도는 발밑에서 스스로를 흔들어대고 있었다. 우리는 우리의 발을 흔들고 있었으며. 발을 흔들며 나는 내가 어떻게 태어났는가 생각해보았다. 엄마는 동네 산부인과에서 나를 낳았다. 그 이전에 엄마는 아빠와 섹스를 했다. 나를 낳으려고 둘이 잔 것은 아니었다. 그렇다고 아이를 낳지 않으려고 했던 것도 아니었다. 엄마는 10개월간 무슨 생각을 했을까. 얼마나

지긋지긋했을까. 얼마나 뿌듯했을까. 얼마나 무거웠을까. 얼마나 짜증스러웠을까. 얼마나 얼마나. 10개월은 길지. 엄마, 얼마나. 물론 엄마는 전적으로 행복했을 수도 있고 온몸 가득 차오르는 충만한 기분을 느꼈을지도 모른다. 하지만 그렇게 생각하면 괴로웠다. 죄스러워지는 것이다. 그냥 아주 쉽게 나를 낳았다고 생각하고 싶다. 아니 그냥 어느 날 우체국에 가서 번호표를 받고 나를 데려왔다고 생각하고 싶다. 모든 복잡한 마음들을 접어두고서 우체국 직원이 전해주는 바구니를 받아간 거라고 생각하고 싶었다.

"시원하다."

"어, 그지?"

"어, 계속 바다만 보고 싶네."

규대는 내 손을 잡고 흔들었다. 발도 흔들리고 손도 흔들린다. 온몸이, 머리가 파도처럼 출렁거렸다.

"윤희를 위해 기도할 거야."

규대는 나의 손을 잡은 채로 눈을 감았다. 기도를 하는 거야? 규대는 한참 동안이나 눈을 감고 있었다. 나는 눈을 감는 대신 고개를 숙였다. 짠냄새와 시원한 바람은 눈을 감든 뜨든 고개를 들든 숙이든 언제나 눈앞에 있었다. 바로 앞에. 어디에나.

"기도한 거야?"

눈을 뜬 규대를 향해 물었다.

"응."

"기도하는 거 오랜만이네."

"어. 잘 모르겠다. 그러네."

"기도는 어떻게 하는 거지?"

"망해야 하지."

"그게 다야?"

"엄청 잘되거나."

"그것뿐이야?"

"아니. 아니지."

"그럼?"

"나도 몰라. 모르는 것 같아."

"나는 이제 모르겠어. 정확히, 분명하게 몰라. 그러니까 어떻게 기도를 하게 되는지 생각하면 정말 막막해. 하나도 모르는 그런 문제 같아."

"나는 아는 것만 같은 기분이 들어. 근데 말은 못 하겠어."

"좋겠다."

"응."

나는 규대가 부러웠다. 규대는 나의 손을 힘주어 잡았다. 우리는 말없이 바다를 보았다. 물이 있다. 바다가 있다. 물은 끊임없이 출렁거리고 있다.

"근데 뭐라고 기도한 거야?"

"아무 말도 안 했어."

규대는 잠시 생각하다가 말을 잇는다.

"병원에 누운 윤희를 생각했어. 집중해서 계속 생각했어. 그냥 그래봤어."

남은 한 손으로 규대의 얼굴을 만졌다. 아기들이 뭐가 뭔지 모르는 채로 엄마의 얼굴을 누르고 만지고 때리는 것처럼 규대의 코를 누르고 볼을 톡톡 치고 이마를 문질렀다. 나는 윤희에 대해 생각하려고 하지만 생각하려고 들면 도무지 생각할 수 없었다. 생각만 해도 숨이 막혔다. 하지만 생각하지 않으려 하면 윤희의 병실과 윤희의 머리카락, 윤희 남편의 기도 같은 것이 툭 하고 떨어져 내려와 머리를 채웠다. 물을 본다. 물은 출렁이지. 그리고 윤희는 괴로워했다. 이런 식이었다. 생각할 수도, 생각하지 않을 수도 없었다. 생각해도 괴로웠고 생각하지 않는다고 편안한 것도 아니었다. 윤희의 병실에 찾아간 이후 대개 늘 괴로웠다. 편안해지지가 않았다. 마음 한구석에서는 편안하면 안 된다고 생각하고 있었다. 하지만 윤희에 대해 생각할 수는 없었으니 대신 나는 엄마에 대해 생각하고 아기에 대해 생각하고 그러다 보면 괴로워졌다. 엄마를 생각하면 슬픈 걸까 윤희에 대해 생각하면 슬픈 걸까 엄마인 윤희에 대해 생각하면 막막한 걸까 아기였던 나 자신에 대해 생각해서 짜증이 솟구치는 것일까. 이 한심한 질문을 지치지도 않고 반복했다.

"나는 윤희네 아기가 꼭 건강해졌으면 좋겠어."

"그거에 대해 계속 생각한 거야?"

"어."

"왜?"

"왜냐면, 윤희네 아기가 건강해져서 보통 아기들처럼 살아가면 그럼 그냥 모두들 보통 사람들처럼 살 수 있을 것 같으니까."

나는 드러누웠다. 섬에 등을 붙여버렸다. 그렇지. 윤희의 아기가 건강하게 잘 커가면 모두들 왠지 아무렇지 않게 평범하게 살아갈 수 있을 것 같다. 아기는 귀여운 것이니까 모두들 귀여워해줄 것이고 그렇게 귀여워해주다 보면 도와주고 싶을 것이고 그렇게 보통 사람들처럼, 보통 사람들처럼 행동하며 책임을 지며 살아갈 수 있을 것이다. 아기는 할 일을 만들 것이고 아기는 사랑을 만들 것이고 아기는 관심을 만들 것이다. 윤희는, 윤희의 남편은 그리고 주변인들은 아기가 만든 것들을 따라가며 살 수 있을 것이다. 모두가 보통 사람들처럼 살 수 있을 것이다. 미래. 잡힐 듯이 가까이 그려지는 미래. 규대는 힘을 줘 나를 일으키려 했지만 나는 더 세게 힘을 줘 그대로 누워 있었다. 규대도 포기하고 드러누웠다. 발밑에는 아직도 파도가 출렁이고 있을 것이다. 우리 앞에는 하얀 하늘이 있었다. 발밑에는 바다 눈앞에는 하늘, 그처럼 윤희의 아기가 만들어낼 미래가 가까이 있었다. 규대는 그 미래를 기다린다고 했다. 네가 기다린다면 나도 기다리겠다. 우리 모두 손을 내밀어 만들어낼 물티슈와 분유와 미역국과 이불과 수고로움과 안도감을 말이다.

그러다 나는 문득 백 행을 떠올렸다. 언젠가 모두들 써내려갔던 백 행을 말이다. 나는 아직 시작하지 못한 백 행. 입을 떼지 못한 쓰고 싶다는 말. 발아래에서 출렁거리는 물. 거대한 하늘. 하늘은 쏟아질 것같이 펼쳐져 있다. 그대로 커다란 채로 있다. 윤희의 아기가 건강했으면 좋겠다. 언젠가 펜을 잡고 다름 아닌 백 행을 쓰려는 마음으로 그러니까 쓰지 않더라도 의지 비슷한 것을 품은 채 이건 잊으면 안 돼 하고 속으로 중얼거렸다.

37

그 애의 이름은 연주였다. 연주는 윤희의 아버지가 지어주신 이름이었다. 윤희의 아버지는 옥편을 뒤져 좋은 한자를 고르셨다. 윤희 아버지는 뜻이 좋고 불러서도 예쁜 이름을 지으려 며칠 동안 옥편을 붙잡고 있었다. 윤희의 남편은 에덴이나 샤론 같은 성경에 나오는 단어들로 이름을 짓고 싶어 했지만 이름 짓는 일은 아내의 아버지께 양보를 했다. 대신 윤희의 배를 쓰다듬으며 샤론아, 샤론아 하고 불렀다. 이미 딸인 줄 알게 된 이후였다. 영어 이름은 샤론으로 하자! 샤론! 이쁘지? 샤론 스톤이 생각나지 않아요? 샤론 스톤이 누구야? 배우예요. 배우면 예쁘겠지, 샤론이가 좋겠다. 응, 예뻐. 예쁜 사람이었던 것 같아. 윤희는 속으로 샤론이, 에덴이, 아 그리고 연주 하고 불러보았다. 어느 이름도 실감이 나지 않았다. 샤론이는 예쁘게 클 것 같았고 에덴이는 평화롭게 자랄 것 같으며 연주는 똑똑한 여학생으로 클 것 같았다. 어느 쪽이라도 다 좋았다.

윤희의 아버지는 스스로가 목사였다는 사실을 빠르게 잊어가고 있었다. 아니, 잊기 위해 애를 썼다. 아파트 경비가 되기 위해. 아파트 경비로 살아가기 위해. 윤희의 아버지는 분리수거를 잘하기 위해, 가구를 몰래 버리는 주민을 잡기 위해, 낯선 사람을 조심하고 외부인의 주차를 막기 위해 애썼다. 버림받은 자들을 구하는 것이 아니라 아파트 경비로 사는 것이 저 멀리 어딘가에서 자신에게 부여한 일이라 믿기 위해 노력했다. 비번일 때에는 산에 올랐고 가끔씩 술을 마셨다. 법화경을 읽었고 자전거 수리를 조금씩 배웠다. 손녀의 이름은 가장 보통의 얼굴을 하고 가장 중간의 성적을 받고 어디서든 눈에 띄지 않을 여자애의 이름으로 지었다. 하지만 여러 번 연주 연주 하고 소리 내 불러보면 그것은 똑똑하고 예쁘고 어디서나 눈길을 받는 여자애의 이름이 되었다. 그는 그게 자신의 본심인가 보다 싶었다. 연꽃 연에 구슬 주를 쓰는 여자애는 누구라도 예뻐하고 싶을 것이다. 그렇게 생각했다.

실제로 연주가 어떤 삶을 살게 될지는 아무도 몰랐다. 아무도 지켜볼 수 있는 사람이 없었던 것이다. 연주는 왠지 글씨를 잘 썼을 것 같고 체육도 음악도 잘했을 것 같다. 글씨를 잘 쓰니까 학교에서는 서기를 하게 될 것이고 가끔씩 부반장 같은 것을 하게 되었을지도 모른다. 뜀틀은 모두 앞에서 시범으로 넘고, 음악시간에 반주를 돕기도 할 것이다. 꼼꼼하고 예의바른 아이였을 것이다. 특별히 어두운 면은 없을 것이지만 마음은 약했을 것이다. 그런 여자애를 모두들 한 명쯤은 알고 있다. 연주는 그런 여자애로 자랐을 것이다. 그런 여자애가 아니었다면 어떤 여자애였을까. 연주는 어쩌면 학교 공부는 잘하지만 꼼꼼하지는 않고 덜렁거리는 여자애였을지도 몰랐다. 커트 머리가 잘 어울리는 얼굴에 마른 몸을 한 여자애였을 것이다. 수학을 특히 잘하고 국어 성적은 낮지만 한번 자기 기분에 빠져들기 시작하면 누구보다 금세 자기 자신에 몰입하는 그런 여자애 말이다. 내성적인 표정을 가진 남자애가 좋아하는 여자애. 불안한 눈빛을 한 소녀들이 동경하는 여자애. 하지만 사람들은 어떤 연주도 본 적이 없었다. 아무도 연주를 보아주지 못했다. 아무도.

윤희는 하루 종일 연주에 대해 생각했다. 유리창 너머로 보았던 연주. 연주는 너무 작았다. 간호사는 쪼그라든 갓난아기를 가리키고 있었다. 이 아이가 연주구나. 윤희는 자세히 보려고 애를 썼지만 자세히 본다고 뭐가 보이지는 않았다. 기억하기 힘든 작고 빨갛고 이미 늙은 얼굴의 갓난아기. 윤희는 이제 떠올리기 힘든 그 얼굴을 되살리려 애썼다. 조바심을 내며 작은 얼굴과 등과 손가락을 기억하려 했다. 잘 생각이 나지 않을 땐 분하고 슬퍼서 눈물이 난다. 펑펑 울고 나면 윤희는 또 다른 연주를 그려보았다. 윤희는 열 명의 연주를 그려낼 수 있었다. 많은 연주, 각기 다 다른 많은 얼굴의 연주를 윤희는 모두 기억할 수 있었다. 노트에 이름을 쓸 때 필기체로 Sharon이라고 쓰는 연주, 이 연주는 다른 사람에게 잘 보이는 것에 신경을 썼다. 그래서 사람들이 좋아했고 그래서 사람들이 싫어했다. 그림을 잘 그리는 까무잡잡한 얼굴의 연주, 그림을 잘 그리는 연주는 운동 신경도 좋았고 인기도 많았지만 늘 자기 자신에 대해 부족함을 느꼈다. 머리가 길고 큰 눈을 가진 하얀 얼굴의 연주, 아는 것이 없어서 행복했던 여자애였다. 늘 실수가 많지만 끈기가 있어 사람들을 감동시키는 통통한 볼을 가진 연주, 하지만 불행한 엄마 아빠를 언젠가는 미워하겠지. 큰 키에 예민한 표정을 가진 똑 부러진 연주, 스스로의 예민함이 언젠가는 스스로를 찌르고야 말지만. 윤희는 알고 있었다. 모든 연주는 아름다웠고 모든 연주는 괴로웠다. 모두에게는 고통이 있었고 지옥이 있었다. 윤희는 갓난아기의 얼굴이 도무지 떠오르지 않으면 그렇게 생각했다. 모두에게는 각자의 지옥이 있었다. 모든 연주에게는 고통이 있었다. 좀처럼 납득이 되지는 않지만 그렇게 되뇌었다. 그리고 윤희는 하루 종일 울었고 가끔 손에 잡히는 대로 무엇이든 집어 던졌으며 어느 날은 수면제를 먹고 하루 종일 잠을 잤다.

38

 윤희의 남편에게서 연락이 왔다. 나는 규대와 함께 그를 만나러 갔다. 그는 길고 긴 이야기를 했다. 이야기는 여러 번, 어디서부터 시작되어야 할지 몰라 스스로 공기 중을 헤맸다. 이리저리 우리 사이를 헤매는 이야기를 헤치며 나와 규대는 몇 번이나 자세를 고쳐 앉았다. 윤희의 남편은 몇 번이나 이야기를 다시 시작했다.
 "그게. 어려운 일이거등뇨."
 간신히 새어 나오는 새된 목소리였다. 그는 손가락으로 검게 탄 볼을 긁었다. 그러다 고개를 푹 숙이고 한숨을 쉬었다. 무거운 한숨이었다. 그의 볼에는 상처가 나 있고 입술은 허옇게 일어나 있었다. 이야기는 새롭게 시작되려 했다. 나와 규대는 다시 자세를 고쳐 앉았다.
 "아기가 작았어요. 이렇게. 이렇게 작았어요. 저는 봤어요. 세 번인가 봤어요. 이렇게 작은 아기였어요."
 "아."
 나와 규대는 그가 벌린 두 손바닥 사이를 보았다. 축구공이 들어갈 수 있을 것이다. 농구공은 들어갈 수 없을 것이다. 그런 너비였다.

"저기, 윤희가 너무 힘들어해요. 알아요. 알고 있거등요. 힘들어요. 힘든 거예요. 근데 저는 다 할 수 있어요. 그러니까, 다. 무릎 꿇고 개처럼 기어 다니래도 할 수 있어요."

나는 간신히 목소리를 짜내어 물었다.

"저, 왜 힘들어하는 거예요?"

윤희 남편의 얼굴은 실망과 슬픔과 고통으로 이마부터 턱까지 눌려 일그러졌다.

"그러니까 그게 힘들어요. 아주 힘듭니다. 그 그 뭐지. 그 아기가 이렇게 이렇게……"

일그러진 그의 얼굴은 '이렇게'를 반복하며 점점 더 찌그러져갔다. 이렇게, 이렇게.

"작았잖아요. 아기가 이렇게. 근데 막 뭐라고 했어요. 저는 막 알아듣는 것처럼 막 아 아 네네 했어요. 근데 어느 날 다들 저를 찾아요. 막 저를. 저는 굉장히 중요한 일인가 보다 하면서 뛰어갔어요. 임무를 막 사명을 받은 것처럼요. 뛰어갔는데 아기가, 아기가 숨을 안 쉰다고 해요. 계속 숨을 안 쉰대요. 보고 또 봤는데도 숨을 안 쉰대요."

아무도 숨을 쉬지 않았다. 윤희 남편은 눈에 너무 힘을 주다가, 어느 순간에 이르러 텅 비어버린 것 같았다. 텅 빈 눈은 지금 이것이 무엇인지 모른다고 말했다. 나와 규대는 붉어진 얼굴로 우리도 지금 이게 무슨 일인지 모르겠다고 말했다. 말은 없었다. 어디에도 말은 없었다. 하지만 말했다. 우리 모두 지금 이것이 무엇인지 모른다고 말했다. 말없이 말들이 말을 주고받았다. 스스로 부딪쳐 고개를 끄덕였다. 윤희의 남편은 한참 후 아기를 화장할 때 꼭 와달라고 말했다. 우리는 고개를 끄덕였다. 그는 시간과 장소를 말했다. 우리는 쉬지 않고 고개를 끄덕였다. 말했다. 끄덕였다.

규대는 부모님이 계시는 집으로 갔다. 나는 아무도 없는 내 침대로 갔다. 우리는 잠을 자고 싶었다. 각자의 침대로 오직 잠만을 자러 갔다. 잠을 잤다. 잠에서 잠으로 나아갔다. 잠은 끊어질 듯 끊어질 듯하다가 계속 이어졌다. 나는 오랫동안 잠 속에 있었다. 잠을 잤다. 사는 것처럼, 숨을 쉬는 것처럼 잠을 잤다.

39

나는 잠 속에 있었다. 가끔 꿈을 꾸었다. 꿈속에서 규대를 보았다. 그리고 전등도 보고 오솔길도 보았다. 나는 고양이도 보고 빨간 담요도 보았다. 다른 여러 다정한 것들도 보았다. 규대는 바다에 있기도 했고 차 안에 있기도 했다. 나쁜 짓을 하기도 했다. 하지만 아무 일도 안 할 때가 더 많았다. 잠은 잠으로 이어졌다. 그처럼 꿈은 꿈으로 이어졌다. 그게 잠과 무엇이 다른지는 모르겠지만 말이다. 잠에서는 모두들 미래를 말하고 있었다. 깨어 있을 때도 사람들은 미래를 말했다. 나도 미래에 대해 말했던 적이 있다. 미래만을 생각했다. 하지만 정작 미래라는 무대가 갑자기 펼쳐지자 모두들 얼어붙어 움직이지 못했다. 저게 미래였다. 저거. 다들 손가락을 덜덜 떨면서 물었다. 저거야? 저게 미래야? 꿈에서도 사람들은 미래를 말하고 잠에서도 사람들은 미래를 기다렸다. 깨어 있을 때처럼 말이다.

사람들은 미래를 보았고 나는 한 걸음 뒤에 서서 사람들의 등을 보았다. 문득 백 행이 떠올랐다. 그것은 이미 펼쳐져버린 미래 같은 것이 아니라 다가올 미래였으므로. 우리가 바라는 어떤 것들이었으므로. 그리고 나는 백 행을 쓰기 시작했다. 잠을 자다 꿈을 꾸다 백 행을 썼다. 잠 속에서 꿈속에서 백 행을 썼다. 그러므로 그것을 기억할 수는 없을 것이다. 나의 백 행이 있는 곳에는 규대의 백 행이 있을 것이다. 쌓이고 부서지고 조각나며 이어진 시간이 있을 것이고 '싶다'라고 말하며 벌어지는 입 모양이 있을 것이다. 나는 언제나 백 행을 썼다. 인공 섬의 대관람차 안에 첫째 행을 써두었다. 원대는 아마 백 행을 백 번 썼을 거야. 누가 시킨 적도 없는데 말이지. '싶다'라고 말하며 벌어지는 입 모양. 규대는 혀를 내밀어봐 하고 말했다. 규대는 거기에 뭔가를 썼다. 아마 백 행이었을 것이다. 규대는 나의 혀에 뭔가를 쓰고 나는 규대의 이마에 뭔가를 적어둔다.

그때가 여름이었는데 규대는 땀을 흘리고 이마에 쓴 글씨는 곧 지워져버렸어. 나는 하는 수 없네, 짧게 한숨을 쉬고 나의 손바닥에 쓴다. 잠든 규대의 목에 다시 뭔가를 쓰고 왜인지 한참 동안 그걸 읽고 또 읽다가 잠이 든다. 규대는 몸을 뒤척이다 습관처럼 나를 안았는데 그 팔에 힘이 들어가 있었어. 그게 신기했다. 웃음이 나와 잠시 웃었다. 다시 규대의 목에 씌어진 것을 읽었다. 그것을 읽고 다시 바람이 불어오는데 그것은 여름의 바람이 아닌 거칠고 세찬 바람이었다. 나는 규대의 어깨를 끌어안고 다시 목에 씌어진 것을 읽는다. 바람은 규대의 목에 적힌 글자들을 지우려 하고 나는 얼른 입술로 막았다. 글자들을 먹듯이 빨았다. 나는 규대의 어깨를 꼭 끌어안고 규대는 잠잘 때 나는 숨소리를 내고 내 혀에 적힌 글자들과 규대의 목에 있던 글자들은 입안에서 움직이며 소리를 낸다. 그 소리는 바람 소리 같았어. 바람이 나뭇잎을 움직이는 소리. 그때는 여름이 아니거나 바람이 세게 부는 계절이었고 여름은 언제나 다시 찾아올 거야,라고 생각했다.

40

며칠 만에 규대를 만났다. 화장터에서였다. 나는 규대 옆으로 가 섰다. 윤희는 오지 않고 윤희의 남편만 나와 있었다. 윤희 아버지와 윤희 남편은 텅 빈 눈을 한 채로 먼 곳을 보았다. 윤희 어머니는 숨이 넘어갈 듯 통곡을 하셨다. 까만 연기가 하늘로 올라갔다. 저녁 하늘은 하얗고 연기는 까맣다. 까만 연기는 천천히 하얀 하늘을 향해 올라갔다. 화장터에서는 대여섯 개의 까만 연기 기둥이 하늘로 올라가고 있었다. 우리 바로 옆에서도 연기는 기둥이 되어 하늘로 올라가고 있었다. 옆에 있던 사람들은 누구도 통곡하지 않았다. 조용히 눈물을 닦았다. 미소를 지을 때도 있었다. 서로 눈이 마주칠 때 그 사람들은 눈물을 닦으며 미소를 지었다. 그들은 동그랗게 모여 찬송가를 불렀다. 그 사람들은 그랬다. 우리는 서 있었다. 나는 고개를 숙였고 규대는 하늘을 보았다. 나이 든 두 남자는 이미 눈이 텅 비어 있었다. 마주칠 눈이 없었다. 윤희 어머니는 땅을 치며 울고 계셨다. 윤희의 남편은 더 이상 사회에 빛이 되는 사람이 되라는 말을 남들에게 하고 다니지 않았다. 빛이 무엇인지 이제는 알 수 없었기 때문이었다. 살아 있는 사람들이 울때 연기는 하늘로 높이 올라갔다. 살아 있는 사람들이 기도를 할 때도 연기는 높이높이 하늘로 올라갔다. 무엇을 하더라도 연기는 하늘 높이 하늘로 올라갈 것이다. 연기는 새카만 색이 되어 하늘로 올라갔다. 연기는 까맣고 하늘은 하얗다. 까만 연기가 하늘로 올라가 구름과 뒤섞이면 밤이 된다.

윤희는 눈을 감고 열번째 연주를 생각했다. 갓난아기 연주였다. 연주는 포대기에 싸여 윤희의 품 안에 있었다. 윤희는 품 안에 안겨 있는 연주를 어르며 방 안을 돌아다녔다. 연주야 잠을 자야지. 오로로로로. 연주야. 연주야. 그때 품 안에 있던 연주는 갑자기 눈을 동그랗게 떴다. 깜짝 놀란 윤희는 물었다.

"연주야!"

"응!"

"너 연주 맞니?"

"응!"

"너 근데 어떻게 말을 하니?"

"몰라. 그냥 할 수 있게 되어버렸어."

"그래? 이제 좀 편해지겠네. 너 젖 좀 빨다가 배부르면 자지 않겠니?"

"안 돼!"

"왜?"

"난 목구멍이 없어서 못 빨아."

"입이 있잖아."

"입 없어."

"입도 없어?"

"응! 입 없어!"

"너는 연주가 아니지?"

"연주 맞아!"

"우리 연주는 입이 있어. 너 누구야?"

"연주는 원래 입이 없어. 목구멍도 없어."

"무슨 소리야?"

"나 원래 입도 없고 목구멍도 없어."

"우리 연주는 입도 있고 목구멍도 있다니까! 무슨 말을 하는 거야?"

"엄마는 연주를 잘못 알고 있어. 연주는 다 없어. 입도 없고 목구멍도 없어."

당황스러워진 윤희는 한참 동안 연주를 바라보았다. 연주는 까만 두 눈을 동그랗게 뜨고 윤희를 바라보았다. 둘은 한동안 서로를 빤히 바라보았다. 그때 연주가 소리쳤다.

"이겼다!"

"뭐가?"

"엄마 눈 깜빡였어. 난 안 깜빡였는데!"

"뭐? 음…… 응, 네가 눈싸움을 어떻게 아니?"

"원래 알아."

윤희는 목을 가다듬고 눈에 힘을 주고 연주에게 물었다.

"너 자꾸 연주인 척하는데 너 너 말이지, 입이 없는데 어떻게 말을 하니. 응?"

"말을 하는 입만 있어서 그래."

"뭐?"

"말을 하는 입만 있어서 그래. 젖을 빠는 입이 없다. 목구멍도 없다. 그래서 젖을 못 먹어. 그래서 낮잠을 못 자."

"그럼 너는 어떻게 음식을 먹니?"

"비밀이야."

"뭐가 비밀이야!"

"응, 알려고 들면 알 수 있지만 곧 필요 없게 될 거야."

"왜?"

"응, 나는 식도가 없어서 수술을 하는데, 수술이 실패해서 죽게 되거든."

"열번째 연주는 그렇게 죽게 되는 거니?"

"응."

"나는 몰랐는데?"

"엄마가 아는 연주는 열번째 연주가 아니야. 열번째 연주는 못 빨아. 젖을 못 빠는 연주야. 입도 없고 목구멍도 없는 연주야."

"그럼 여긴 어디야?"

"몰라?"

윤희는 대답을 못 하는 학생 같다. 곰곰이 생각했다. 모르겠네. 어디라고 해야 하지?

"몰라. 모르겠어."

"응, 그렇구나. 여기는 부에노스아이레스야. 나는 여기서는 맨날 살아 있어."

윤희는 부에노스아이레스가 어디였는지 뒤엉킨 머릿속을 헤집었다. 모르겠네. 남미인가. 더운 데 같기는 한데. 유럽인가.

"맨날 살아 있다고?"

"그렇지. 살아 있는 곳에서는 살아 있으니까. 입도 없고 목구멍도 없고 곰곰이 생각하면 왼쪽 새끼손톱도 없고 젖니도 없는 채로 간신히 살아 있어."

"맨날?"

"응, 맨날. 살아 있을 때는 맨날 살아 있고 살아 있는 곳에서는 맨날 살아 있지."

"나도 부에노스아이레스에 있니?"

"나랑 있을 땐 같이 있는 거지."

"그렇구나."

"응."

윤희는 연주를 어르며 방 안을 걸어 다녔다. 왜 잠을 자지 않지? 왜 안아줘야 잠을 자지? 연주야. 자야지. 연주야. 소파에 앉으면 연주는 보채기 시작했다. 윤희는 이미 무거워진 팔로 간신히 딸랑이를 집어 연주 얼굴에 대고 흔들었다.

"시끄러워. 이제 잘게. 그만해도 돼."

"응, 그래그래."

"창가에 서봐."

윤희는 팔이 아팠다. 힘든 몸을 이끌고 창가에 섰다.

"부에노스아이레스 시내가 보고 싶었어."

"그랬구나. 좋아?"

"응."

윤희는 연주와 함께 창가에 서서 부에노스아이레스 시내를 보았다. 멀리서 까만 기둥이 하늘로 올라가고 있었다. 아주 멀리서. 붉은 밤하늘 위로 검은 기둥이 솟았다. 부에노스아이레스는 이렇구나. 윤희는 그렇게 생각했다. 검은 기둥이 붉은 하늘과 만나 검붉은 공기를 만들었다. 그리고 밤이 왔다. 연주는 조용히 잠이 들었다. 윤희는 연주를 안은 채로 소파로 가 앉았다. 앉자마자 스르륵 잠이 들었다. 부에노스아이레스 좋네. 윤희는 잠이 들면서도 좋다고 생각했다. 부에노스아이레스 좋네. 좋구나.

41

원웡은 자신을 도와주던 간사와 만나기 시작했다. 눈썹이 짙은 예전 남자친구는 공장에서 해고를 당했다. 그는 해고를 당하고 돌아와 이별을 통보받았다. 원웡은 이제 돈을 벌어야 했다. 원대에게 받았던 돈은 이미 손에 없었다. 간사는 제대로 된 곳을 알아봐주려 여기저기 뛰어다녔다. 원웡은 그런 데가 있나 하고 생각했다. 답답한 마음 사이로 작게나마 기대가 없는 것은 아니었지만 기대라는 게 커지기가 힘들었다. 그런 데는 없으니까. 있을 리가 없었다. 그사이 원대는 흥신소에 찾아가서 원웡을 찾아달라고 의뢰했다. 원대는 다음 달 학원비를 그대로 흥신소에 바쳤다. 흥신소에서는 금방 원윙을 찾아냈다. 원대는 원윙이 사는 곳으로 갔다. 첫날에는 몰래 훔쳐보기만 했다. 둘째 날에도 훔쳐보기만 했다. 셋째 날에는 손을 낚아채 듯 잡았다. 하지만 아무 말도 못했다. 넷째 날에는 다시 만나자고 빌었다. 잘못했다고 빌었다. 마구 빌었다. 마구? 어 정말 마구 빌어댔다. 비는 행위 자체가 협박과 행패가 되었다. 원대는 빌고 또 빌며 행패를 부렸다. 눈썹이 짙은 남자와 그의 친구들은 원대를 붙잡아놓고 팼다. 패다 보니 기운이 빠졌다. 힘주고 죽어버리라고 패기에 원대가 너무 쓰레기잖아. 원대는 쓰레기 같았고 이제 원윙은 간사와 만나기 시작했고 어차피 얘나 나나 다 거지 같아졌잖아. 패다 보면 그런 생각이 들어서 기운이 빠졌다. 하지만 팼다. 패던 사람들은 원대를 백 년 동안 패고 싶다고 생각했다. 원대는 큰 잘못을 했고 그 잘못은 백 년 정도는 맞아야 하는 거라고 생각했다. 그럴 수 있을까. 되도록 오랫동안 패야지. 패고 또 팼다. 눈썹이 짙은 남자는 원대를 팼고 그의 친구들도 원대를 팼다. 패다 보면 기분이 점점 더 나빠져서 패지 않을 수 없었다.

즉 원대는 맞고 또 맞았다. 눈썹이 짙은 남자는 매일같이 원대를 팼다. 남자는 원대를 습관처럼 팼다. 남자는 원대를 패는 것을 멈출 수가 없었다. 그건 꼭 원대가 원윙을 붙잡고 섹스를 하는 것 같았다. 원대는 원윙과 섹스를 하고 나면 스스로 더럽고 더러워서 참을 수가 없었다. 그래서 또 했다. 남자도 마찬가지였다. 남자는 패고 나면 원웡이 생각났다. 패고 나면 공장이 생각났다. 나쁜 곳에서 굴러떨어져서 더 나쁜 곳에 도착했다. 그런 줄로만 알았는데 계속 구르고 있다. 남자는 그것을 생각하기 싫어, 자꾸만 원대를 팼다. 남자가 다니던 공장은 자동차 부품 공장이었다. 사기 위해 한 달 전부터 예약을 걸어둬야 하는 경차의 보닛을 생산하는 곳이었다. 작업반장은 외국인 노동자들의 화장실 가는 횟수를 적었다. 정식 직원과 업체를 통해 일시적으로 들어온 사람들은 밥을 먹는 시간이 달랐다. 닭볶음이나 갈비찜은 정식 직원들이 밥을 먹는 시간에만 나왔다. 같은 공장에서 일을 해도 정식 직원들은 12시가 되면 뒤도 안 돌아보고 식당으로 갔다. 남은 사람들은 1시가 되어야 밥을 먹을 수 있었다. 밥을 다 먹고 잔반을 버리러 가면 이미 쌓여 있는 닭 뼈나 탕수육 양념 같은 것이 보였다. 음식물 쓰레기 더미는 매 끼니를 상상하게 했다. 8시에 출근해서 9시가 넘어야 퇴근할 수 있었다. 월급은 90만 원을 간신히 넘겼다. 하루하루 우스워졌다. 이제 가루 같아져서 더 우스워질 게 없을 것 같은데도 점점 더 우스워지기만 했다. 눈에 보이지도 않을 만큼 바스라졌을 때 해고를 당했다. 손이 느려서 작업에 방해가 된다는 것이 이유였다. 그 느린 손마저 이제 원대를 패느라 하도 휘둘러대서 다시 공장에 들어가도 쓸 수 있을지 모르겠다. 남자는 원대가 개새끼 중의 개새끼라고 생각했지만 때리다 보면 웃기기도 했다. 원대는 다 맞으면 다음 차례라는 듯이 원웡을 만나러 갔다. 이제 원대는 정말 원웡을 만나고 싶어져서 만나러 가는 것인지 얼마나 쳐 맞았는지 보여주러 가는 것인지 헷갈렸다. 남자는 그게 웃겼다. 씨발, 나보다 우스운 새끼가 있다니 진짜 웃기다. 이런 생각이 들어서 웃으면서 원대를 팼다. 원대는 멍한 표정으로 맞았다. 맞고 또 맞았다.

42

백 행을 이어나가기 위해 가장 중요한 것은 살아 있어야 한다는 것이다. 살아 있어야 하고 싶은 게 있을 테니까. 살아 있어야 했다. 제대로 살아 있어야 해.

43

규대 부모님의 사업은 안정적으로 유지되었다. 번영까지는 아니었으나 큰 어려움도 없었다. 우리 엄마의 식당도 그랬다. 가게 하나를 새로 낼 정도는 아니었지만 손님이 줄지도 않았다. 규대는 규대의 부모를 돕는다. 나는 나의 엄마를 돕는다. 조금 돕고 실컷 뺏는다. 그게 특별히 괴롭지는 않았다. 규대는 그의 부모님을 제대로 도왔기 때문에 실컷 괴로웠다. 나는 가끔 규대를 가둬놓고 아무 데도 못 가게 하고 싶었다. 몇 번은 그렇게 했다. 규대는 어느 쪽이나 괴로워했다. 어느 쪽에 있어도 괴로워했다.

연주를 화장시키고 난 뒤 며칠이 지났다. 윤희의 남편은 식당으로 나를 찾아왔다. 손님이 드문 오후였다. 나는 설거지를 끝내고 규대와 이른 저녁을 먹고 있었다. 큰 냄비에 끓인 라면을 일하는 사람들 모두 모여 먹었다. 라면을 각자의 그릇에 담아 정신없이 먹고 있을 때였다. 식당 문 앞에 왼손을 든 남자가 서 있었다. 남자는 오른손으로 문을 열었다. 문이 열리고 윤희 남편이 들어왔다. 그는 왼손을 들고 고개를 숙여 인사를 했다. 식당 안의 사람들이 모두 그를 쳐다보았지만 윤희 남편은 왼손을 내리지 않았다. 나는 윤희의 남편을 데리고 밖으로 나왔다. 식당을 나와 윤희 남편과 걸었다. 오래된 다방이 보이자 그리로 들어갔다. 다방 문을 열면서 윤희 남편의 왼팔을 살짝 건드려보았다. 윤희 남편은 그제야 손을 내렸다. 왼손은 툭 하고 아래로 떨어졌다. 윤희 남편은 여전히 텅 빈 눈을 하고 있었다. 주인아주머니가 메뉴판을 주고 갔다. 나는 매실차를 시켰다. 매실차요, 라고 하자 윤희 남편은 고개를 끄덕였다. 나는 두 개를 달라고 했다. 우리는 할 말이 없었다. 매실차요. 네, 저도요. 이런 말을 할 수는 있었지만 그다음은 없었다. 윤희 남편은 나보다 두 배는 더 살았고 결혼도 했고 아이도 있었다. 그런데 그 아이가 죽었다. 내가 그보다 빠른 것이라고는 진작 기도를 관뒀다는 것뿐이었다. 기도를 관뒀고 비명을 어디에 질러대야 할지 몰라 나 자신과 시간을 낭비했다. 하나 그는 불행해져서 기도를 관뒀다. 보통 사람들은 기도를 관두고 나빠졌지만 윤희 남편은 나빠져서 기도를 관뒀다. 그는 이제 기도를 하지 않는다. 말하지 않아도 알 수 있었다. 내 주변엔 모두들 기도를 관둔 사람들뿐이었으니까. 매실차가 나왔다. 윤희 남편은 매실차를 조금씩 마셨다. 나는 너무 달아, 몇 모금 넘기다 말았다. 그는 조금씩 넘기며 한 잔을 다 마셨다. 나는 할 말이 없었다. 우리는 할 말이 없었다. 할 수 있는 말이 없었다. 아무 말도 없이 그저 앉아 있었다. 말들만이 말이 없다고 말을 하고 있었다. 매실차는 이제 없었다. 아주머니는 물을 따라주셨다. 물도 차츰 사라졌다. 할 수 있는 말이 없는 우리는 계속 말이 없는 채로 앉아 있었다. 그러다 말없이 고개를 숙여 인사를 하고 나왔다.

일주일 만에 원대를 본 그의 부모님은 새하얗게 질린 얼굴로 원대를 종합병원에 입원시켰다. 원대는 엑스레이와 내시경 검사를 했다. 우울증 테스트도 했다. 했다. 검사를 했다. 많은 검사를 했다. 검사는 귀찮고 지루했다. 단지 절차에 익숙해질 뿐. 무엇보다 원대는 음악이 듣고 싶어서 죽을 것 같았다. 병원에는 음악이 없었다. 라디오를 틀어주지도 않았다. 소리만이 있었는데 그 소리들은 죽을 때까지 병원을 떠돌아도 절대 음악이 될 수 없었다. 원대는 얼른 병원 밖으로 나가고 싶었다. 음악을 들어야 하니까. 음악을 듣지 못해서 미칠 것 같았다. 미칠 것 같은 기분이 계속되어 검사 결과는 나빠지기만 했다. 원대는 점점 더 불안해졌다. 나빠진다. 더욱 나가기 힘들어져만 간다. 그렇게 더 나빠지기만, 고약해지기만 했다. 어느 날 약을 받고 돌아오는 길에 원대는 음악 치료실을 발견했다. 정신과 병동 지하에는 미술 치료실과 함께 음악 치료실이 있었다. 검사를 받고 병실로 돌아가는 길에 원대는 몰래 그곳에 들어갔다. 음반들은 책꽂이에 정리되어 있었다. 주로 뉴에이지 음악이 책꽂이에 빽빽이 꽂혀 있었다. 맨 아래 칸에 국악과 동요도 있었다. 원대는 피아노곡이 싫다. 조지 윈스턴이 싫다. 멀쩡한 사람도 두통에 시달리게 하는 게 조지 윈스턴이다. 그곳에서 들을 만한 것은 비틀스뿐이었다. 원대는 오디오에 비틀스 베스트 음반을 넣었다. 원대는 케이스에서 시디를 꺼낼 때의 느낌, 시디가 오디오에서 치잇 하고 돌아가는 소리, 그 모든 것들이 한순간에 생생하게 기억이 났다. 쓥쓥쓥쓥쓥쓰르릅. 음음음. 렛미테이크유다운커즈아임고잉투—스트로베리필즈. 나띵즈리얼앤나띵투겟헝어바웃. 스트로베리필즈포레버. 리빙이즈이지위드아이즈클로즈, 미스언더스탠딩올유시. 잇츠게링하투비섬원벗잇올웍스아웃. 잇더즌메러머치투미. 렛미테이크유다운

커즈아임고잉투—스트로베리필즈. 나띵이즈리얼—앤나띵투 겟헝어바웃스트로베리필즈포레버. 노원아이띵크이즈인마이 트리아이민잇머스트비하이오알로우. 댓이즈유캔추노튠인 벗잇 츠 올 올라잇. 벗잇츠아이띵크잇츠낫투배드. 렛미테이크유다 운 커즈아임고잉투 스트로베리필즈. 나띵이즈리얼. 앤 나띵투 겟 헝어바웃 스트로베리필즈포레버. 올웨이즈노섬타임즈 띵크 잇츠미. 벗츄노아이노웬잇츠어드림. 아이띵크아이노아이민어 예스. 벗잇츠올롱댓이즈아이띵크아이디스어그리. 렛미테이크 유다운커즈아임고잉투스트로베리필즈. 나띵이즈리얼앤나띵투 겟헝어바웃스트로베리필즈포레버. 스트로베리필즈포레버스트 로베리필즈포레버스트로베리필즈포레버. 원대는 스트로베리필 즈포레버를 듣고 또 들었다. 누가 불러보래도 부를 수 있었다. 스트로베리필즈포레버. 스트로베리필즈포레버를 열일곱 번쯤 들었을 때 간호사가 문을 열고 들어왔다. 원대는 아직 스트로 베리필즈에 있었는데. 영원한 딸기밭에 있었는데.

"허락 없이 들어오시면 안 돼요."

렛미테이큐다운커즈아임고잉투스트로베리필즈나띵이즈리얼 앤나띵투겟헝어바웃스트로베리필즈포레버. 음악은 툭 하고 끊 겼다.

"어느 병실이세요? 문 닫고 데려다 드릴게요."

간호사는 스트로베리필즈에 누워 하늘을 보는 규대를 끌어 내려 했다. 간호사는 시디를 책꽂이에 넣고 원대가 일어나기를 기다렸다. 원대는 의외로 순순히 일어났다. 스트로베리 줄기처럼 순순하게 일어났다. 원대는 쓱쓱쓱쓱 쓰르륵 슬리퍼를 끌며 엘리베이터로 향해 갔다.

윤희의 남편은 다음 날 오후에도 식당으로 찾아왔다. 나는 규대와 함께 매실차를 파는 다방으로 갔다. 우리는 여전히 말이 없었다. 셋은 다방커피와 매실차가 차츰 사라지는 것을 쳐다보았다. 그것 말고는 달리 할 게 없어서. 문득 규대가 입을 열었다. 침묵을 참지 못하고.

"저 어릴 때 아저씨 봤어요."

우리 모두는 기도의 학교에 다녔다. 것도 다들 꽤 열성적으로 나왔던 학생들이었다. 그런데 뭘 배웠더라. 선생님은 말했었다. 죄를 알면 구원받을 수 있어요. 그 죄를 누가 가져갔는지 깨달으면 되는 것입니다.

"저도 봤어요."

그러면 죄가 사라지는 것이었다.

"기도의 학교에 다녔습니까?"

"네."

나와 규대는 동시에 대답했다.

"왜 거기는 없어졌을까요?"

"없어졌어요?"

"어느 날 찾아가니 문이 잠겨 있었어요. 한동안 갈 곳이 없었습니다."

"전 이사를 와서 못 다녔어요."

"저도요."

우리는 거기는 좋은 곳이었는데, 라고 말을 흐렸다. 규대는 아버지를 만나러 가야 한다고 일어섰다. 윤희의 남편은 여전히 멍한 눈으로 앉아 있었다. 윤희 남편은 돈이 없다. 무얼 하는지는 모르겠다. 하지만 돈이 있을 리가 없었다. 그 역시 바로 알 수 있는 것들이었다. 나는 주머니에 있는 돈으로 매실차와 다방커피의 값을 냈다. 윤희 남편은 그 자리에 계속 앉아 있었다. 인내해야 합니다. 사랑해야 합니다. 믿어야 합니다. 사랑은 언제나 오래 참고 사랑은 언제나 온유하며 사랑은 시기하지 않으며 자랑도 교만도 아니 하네. 윤희 남편은 언제나 오래 참았다. 오래 참고 있다. 윤희의 아버지가 목사로 있는 교회에 다닐 때에도 무릎을 꿇은 채로 몇 시간이고 설교 말씀을 들었다. 수면제를 먹고 잠만 자는 윤희를 오래도록 참고 있다. 앞으로 백 년이라도 더 참을 것이다. 나와 규대는 말없이 손만 들어 이제 나가겠다는 표시를 했다. 윤희의 남편은 또다시 왼손을 들어 잘 가라는 표시를 했다. 들어 올린 왼손. 문을 열고 나갈 때까지 들고 있는 왼손. 윤희의 남편은 오래 참는다. 팔이 아파도 참을 것이다. 인내하고 견뎌낼 것이다. 그게 직업인 것 같았다.

윤희는 창가에 서서 시내를 바라보았다. 찌는 듯한 태양이 도시를 비추고 있었다. 부에노스아이레스. 윤희는 한 글자씩 발음해보았다. 방에는 아무것도 없었다. 윤희는 부에노스아이레스에 대해 알고 싶지만 방에는 책도 없고 컴퓨터도 없다. 윤희는 부에노스아이레스를 몰랐다. 아무도 알려주지 않았다. 윤희는 연주가 잠에서 깨면 부에노스아이레스에 대해 물을 것이라고 생각했다.

44

윤희의 남편은 오래 참는 사람이었다. 팔이 아파도 참고 무릎이 아파도 참고 돈이 없어도 참고 불행해도 참았다. 윤희는 잠을 잘 자는 사람이었다. 수면제를 잘 먹는 사람이었다. 윤희는 늘 기절한 것처럼 쓰러져 잠을 잤다. 윤희는 아무 소리도 내지 않고 쌕쌕 잠을 잤고 윤희의 남편은 산으로 올라갔다. 산속으로 올라가던 윤희의 남편은 셔츠를 찢어 긴 줄을 만들어 나뭇가지에 걸었다. 키가 크고 튼튼한 나무였다. 윤희의 남편은 줄로 만든 동그라미에 머리를 집어넣었다. 힘을 주어 줄이 목을 꽉 조이게 했다. 셔츠로 만든 줄은 그의 목을 좀더 좁게 좀더 좁게 만들고 싶었다. 줄은 천천히 목구멍을 향해 갔다. 줄은 힘껏 힘을 주었다. 나무는 자신의 팔에 매달린 남자가 정말로 잘 참는구나 하고 생각했다. 바람도 그렇게 생각했다. 윤희의 남편은 오래 참는 사람이었다. 잘 참는 사람이었다. 목이 아파도 참고 숨이 막혀도 참고 억울해도 참고 죽을 것 같아도 참고 참고 왠지 기도를 하면 용서해주지 않을까 그러다 보면 좀 덜 참아도 되지 않을까 하는 생각도 참고 참고 또 참았다. 나무는 팔이 아팠다. 팔이 아파 더 견딜 수 없을 것 같았다. 하지만 저 남자가 잘 참고 있으니, 나도 잘 참아봐야지 하고 생각했다. 그렇게 나무도 참았다. 바람은 남자의 머리카락을 움직이며 지나갔다. 남자의 몸은 바람에 살짝살짝 흔들렸다. 바람이 몸을 이리저리 흔들어도 남자는 참았다. 바람은 전력 질주하고 싶은 마음을 참고 천천히 남자를 통과했다. 참는다. 모두가 참았다. 남자도 참고 바람도 참고 나무도 참고 벌레도 참고 풀도 참고 참고 또 참았다. 사랑은 언제나 오래 참고 사랑은 언제나 온유하며 사랑은 시기하지 않으며 자랑도 교만도 아니 하네. 사랑은 인내하는 것입니다. 참는 것입니다. 그게 사랑이었는지 아니었는지 무엇이었는지 모르겠지만 모두들 참았다. 남자는 목을 떨어뜨렸다. 얼굴이 새카매져 있었다. 원래 까만 얼굴이기는 했다. 햇빛을 참아서 까맸다. 바지는 젖어 있었고 티셔츠도 젖어 있었다. 바람은 불고 또 불었다. 바람이 몸을 흔들어도 남자는 화내지 않고 참았다. 이제 참는 것인지 참는 것이 아닌지 바람은 알 수 없었다. 사랑이 아니어도 참았고 미움이어도 참았고 참는 게 직업인 것처럼 참았다.

규대는 아버지와 함께 항구로 갔다. 천천히 차를 대고 짐칸의 문을 열어두었다. 아버지는 업자에게서 사람들을 넘겨받았다. 규대는 눈짓으로 올라타라고 말했다. 눈에 힘을 주었다. 밤이어서 보일 리 없었지만. 규대는 마지막 사람들까지 탄 것을 보고 자물쇠로 뒷문을 잠갔다. 차에 올라타 운전대를 잡았다. 짠냄새, 바다냄새, 찌든냄새가 났다. 미역냄새, 생선냄새, 온갖 조미료냄새가 났다. 차는 천천히 항구를 빠져나갔다. 규대의 아버지는 갑자기 훌쩍이셨다. 규대가 일을 점점 더 잘하게 되어서 우셨다. 왜 이딴 걸 하고 있을까, 내 아들은? 아버지는 계속 울었다. 원대는 상태가 안 좋아져 언제 퇴원할지 모른다고 하였다. 엄마는 집에서 아가씨들의 목록을 정리하고 계셨다. 형은 병원에 있고 나머지 식구는 모두 일을 했다. 일을 할 수밖에 없다. 병원비는 너무 비쌌고 규대는 밥을 먹어야 했으며 아버지도 어머니도 밥을 먹고 수박도 먹고 집세도 내며 약도 먹어야 했다. 규대는 무엇을 해야 할지 몰랐다. 이것을 안 하면 무엇을 하나, 규대도 가끔 병원에 가고 싶었다. 병원은 시원하고 깨끗하고 조용했다. 지난번에 찾아갔을 때 형은 너무 울어서 눈이 퉁퉁 부어 있었다. 형은 잘 울고 아버지도 잘 울었다. 형은 약도 먹고 상담도 받고 검사도 받지만 볼 때마다 더욱더 미쳐가는 것 같았다. 더욱더 정상이 아닌 쪽으로 걸어가고 있는 것 같았다. 형은 시디플레이어를 숨겨 오라고 했다. 규대는 자꾸 까먹었다. 아직 사지 못했다. 사기 전에는 병원에 가지 못할 것이다. 아버지를 따라 밤늦게 항구에 오다 보면 낮에는 잠이 왔다. 잠을 자고 일어나면 왜 일어났을까 싶고 더 자고만 싶었다. 더 자고 일어나 밥을 먹었다. 밥을 먹으면 일을 해야 했다. 일을 하면 밥을 먹어야 했고 밥을 먹으면 일을 해야 했다. 규대는 그래서 시디플레이어를 사지 못했다. 그래서 병원에 가지 못했다.

간사와 원윙은 한집에서 살게 되었다. 간사의 자취방에 원윙은 짐을 풀었다. 간사는 시민단체 일을 관두었다. 모든 게 다 곤란해졌기 때문이었다. 사람들 얼굴 보기가 곤란했고 먹고살기가 곤란했다. 아직 대학원생이었던 간사는 낮에는 학교에서 조교 일을 했다. 저녁에는 과외를 했고 가끔 다른 사람들의 논문을 대신 써줬다. 자기소개서를 대신 써줬고 입사 원서를 대신 써줬고 과제를 대신 해줬다. 원윙은 식당에서 일을 했다. 도무지 안 할 수가 없잖아. 괜찮은 일자리라니, 그런 게 있을 리가 없잖아. 원윙은 늘 그렇게 생각했다. 일은 힘들고 몸은 피곤했고 머리카락에서는 음식냄새가 떠나지 않았다. 하지만 안 할 수가 없잖아? 해야만 했다. 원윙은 이제 더 이상 눈썹이 짙은 남자와 그의 친구들을 만나지 않았다. 만날 수가 없었다. 눈썹이 짙은 남자는 아직도 일을 구하지 못했다. 간사와 함께 살기 전에는 가끔씩 그를 만나 김밥을 사주기도 했다. 원윙은 가끔 그를 생각했다. 어디서 무얼 먹고 살지? 아무리 생각해도 무얼 해서든 먹고살고 있을 리가 없었다. 하지만 어떻게 도와줄 수도 없었다. 가능한 게 없네. 가능한 게 없구나. 원윙은 죄지은 표정으로 주문을 받으러 갔다. 죄를 지었을 것이다. 죄를 짓지 않았다면 앞으로 짓게 될 것이다. 분명 무엇인가 잘못하고 말 것이다. 아니, 이미 분명히 잘못을 했지, 그게 기억나지 않을 뿐이야. 원윙은 잘못을 했고, 하고 있고, 하게 될 것이라고 생각했다. 늘 죄지은 표정일 수밖에 없었다. 아무리 생각해도 죄를 지은 것만 같으니까. 그래서 앞으로 누가 자신을 죽이거나 때리거나 묶거나 찌르고 말 것이라 생각했다. 욕을 듣겠지. 미움을 받겠지. 한국어를 못한다고 깔보겠지. 원윙은 하루에도 수십 번씩 그런 생각을 하며 주문을 받았다. 설거지를 했다. 청소를 했다. 분명히 지은 죄가 있었다. 그래서 죄지은 표정이 되었다. 이건 자연스러운 일이라고 생각했다. 당연해. 당연한 일이야. 죄를 지었을 거야. 어느새 그렇게 믿고 있었다.

45

윤희는 연주에게 물어볼 것들이 많았다. 모르는 게 많았으니까. 연주야. 어 그러니까 연주라고 주장하는 애야. 넌 그러니까 태어난 지 얼마 안 된 거 맞니? 어 넌 말야 부에노스아이레스도 알고 말도 잘하잖아? 난 부에노스아이레스 모르거든. 말도 잘 못해. 근데 넌 알잖아? 어 너 실은 지금 속으로 날 비웃는 거지? 그렇지? 연주는 자고 있고 윤희는 벽을 보고 질문을 연습한다. 주먹을 쥔 채 그렇지? 하고 물었다. 팔은 앞으로 나아갔다. 그렇지? 윤희는 연주와 말을 하면 매번 말문이 막혔다. 연주는 말을 너무 잘하니까 연습을 해야 했다. 윤희는 연주를 처음 보았을 때를 생각했다. 연주는 분명하게 대답을 했다. 응! 그럼! 연주 맞아! 경쾌한 목소리였다. 아 똑똑하다, 라고 감탄했다. 하지만 그게 마지막이었다. 연주는 점점 더 많은 잠을 잤고 점점 더 말라갔다. 그래도 윤희는 연주에게 물어볼 것들을 연습했다. 방은 조용했고 혼잣말이라도 해야 하지 않겠어? 할 일이 도무지 없었다. 요즘 연주는 입술이 하얗게 일어나 윤희의 애를 태웠다. 윤희는 손가락 끝에 침을 묻혀 연주의 입술을 적셨다. 하지만 금세 하얗게 일어났다. 윤희는 젖을 물렸다. 연주는 힘이 없어 제대로 빨지 못했다. 연주의 얼굴은 까맣게 변해갔다. 연주는 말이 없고 윤희는 혼잣말을 한다.

"연주야. 연주야."

연주는 끄응 하는 소리를 냈다. 할머니 소리였다. 강아지 소리였다. 고양이 소리였다. 늙은 남편 소리였다.

"연주야. 연주야."

연주는 하얗게 일어난 입술을 살짝 움직였다. 윤희는 스물한 살밖에 안 되어서 연주에게 미안했다. 온통 미안하고 죄송했다. 내가 왜 부에노스아이레스에 왔을까. 내가 안 왔다면 너는 건강하게 잘 살았을 텐데. 윤희는 연주를 안은 채로 창가에 갔다. 연주는 처음 만났을 때보다 가벼웠다. 한낮의 태양이 잎이 넓은 나무를 비추고 있었다. 나무 아래로 남자들이 걸어갔다. 여자들도 걸어갔다. 사람들은 걸어갔다. 윤희는 연주를 안고 달려나가야 하나 고민했다. 이것 봐. 이런 얼굴을 본 적이 있어? 나 좀 도와줘. 윤희는 소리 지르고 싶었다.

"연주야."

윤희는 들릴 듯 말 듯 속삭였다. 연주야. 연주의 귀에 대고 말했다. 연주야.

"응."

"연주야."

"응."

"연주야."

"응."

윤희는 연주의 얼굴에 귀를 바싹 갖다 댔다.

"연주야."

"눈부셔."

"응?"

"눈부셔."

윤희는 연주를 데리고 소파로 가 앉았다.

"괜찮아?"

"응."

"정말 괜찮아?"

"응, 나 이제 죽어. 그래서 괜찮아."

"왜 죽어? 왜?"

"응, 그냥 죽어. 나는 입이 없고 목구멍이 없거든. 젖을 못 빨잖아. 그래서 죽는 거야. 목구멍이 없으면 숨 쉬는 것도 잘 안 되거든. 그래서 이제 죽어."

윤희는 연주를 끌어안았다. 연주의 얼굴로 눈물이 떨어졌다.

"짜."

"어떻게 알아?"

"그렇다고 하더라."

"이제 다시 못 보는 거야?"

"응."

"응?"

"응."

윤희는 고개를 들어 연주를 보았다. 연주는 더 까매졌고 더 작아졌다.

"생각해봐."

"뭐를?"

"응, 내가 54시간 17분 58초를 살았거든. 긴 시간인가?"

"아니, 절대 아냐."

"짧은 시간인가?"

"응, 절대적으로 짧아. 정말 짧아."

"응, 그렇구나."

"지금은 언제야?"

"3분 전이야."

윤희는 숨이 막혀 죽을 것 같았다.

"긴 시간인가?"

"아니. 짧아! 너무 짧아!"

"응, 그럼 생각해줘."

"뭘?"

"짧다고 생각해줘."

"뭘 해줄까? 뭘 해주면 좋겠어?"

"응, 글쎄. 괜찮은데?"

"아냐. 말해. 얼른 말해."

"음, 그럼 나를 잘 싸매서 가방에 넣어줘. 그다음에 가방을 반으로 접고 또다시 반으로 접어서 쇼핑백에 넣어줘. 그리고 그 쇼핑백 입구를 접어서 잘 눌러줘. 그리고 음, 그걸 또다시 더 큰 쇼핑백에 넣어줘."

"그게 다야?"

"아니 아니. 그다음에 있지. 그 마지막 쇼핑백을 들고 버스를 타. 버스를 타고 가다가 그냥 창밖에 버려줘. 그러니까 그 버스가 다리를 지날 때 바다로 버려줘."

"뭐?"

"3분 지났다. 나 이제 죽어."

윤희는 깜짝 놀라 연주의 얼굴을 바라보았다. 손을 코에 갖다 댔다. 아무 기척이 없었다. 살아 있을 때와 다를 게 없구나. 윤희는 연주의 얼굴을 뚫어져라 바라보았다. 살아 있을 때랑 다를 게 없잖아. 하지만 죽었다고 했다. 숨을 쉬지 않는 걸 보니 정말 죽었나 보다. 끄응. 어디선가 할머니 소리가 들렸다. 윤희는 연주를 내려다보았다. 근데 연주가 낸 소리가 아닌가 보다. 연주는 죽었으니까. 윤희는 하늘색 구름이 그려진 손수건으로 연주의 얼굴을 덮었다. 포대기로 연주를 잘 쌌다. 연주가 하라는 대로 했다. 이제 윤희는 포대기를 가방에 넣은 다음에 가방을 반으로 접을 것이다. 끝까지 연주가 하라는 대로 할 것이다. 앞으로도 오래도록 그러고 싶었다. 그러면 좋았을 텐데. 윤희는 가방에 포대기를 넣었다. 그리고 반으로 접었다. 이제 쇼핑백을 찾으러 가야 할 차례였다. 윤희는 천천히 일어났다. 어지러웠다. 끄응. 어디선가 또다시 들렸다. 할머니 강아지 고양이 소리가.

46

우리는 죽을 때까지 죄지은 표정으로 살아야 해. 왜냐면 다른 생이 기다리는 것 같지가 않거든. 죄지은 표정을 하고 있으면 정말로 죄를 짓게 될 거야. 다들 그러니까. 주눅 든 표정으로 간신히 인사를 하고 이리저리 눈치를 살피며 말을 시작했지. 그럼 모두 다 나를 얕잡아 보기 시작해. 이런 위치는 절대 바뀌지 않아. 시들어빠진 표정으로 무시를 당하다 보면 어느 순간 정말로 큰 죄를 저질렀다고 믿게 된다. 그런 마음이면 늘 잘못을 저지르게 되지. 실수를 하게 되고 실수는 더 큰 실수와 자책을 낳고 우리는 결국 죄를 짓게 될 거야. 정말로 큰 죄를 져서 죄지은 표정을 당당하게 자연스럽게 지을 권리를 갖게 될 거야. 나는 그렇게 믿어. 왜냐면 정말로 다른 생이 없을 것 같아. 제대로 된 어떤 게 나를 기다릴 것 같지 않아. 머리통을 쥐어박히고 핀잔과 욕을 수십 번씩 들어야 하루가 끝나는 사람이 될 것 같아. 그렇게 죽을 것 같아.

47

어느 밤 눈썹이 짙은 남자는 원웡을 만나러 왔다. 그의 친구들과 함께였다. 간사는 도서관에 가고 없었다. 원웡은 그들을 따라갔다. 무서웠다. 떨렸어. 하지만 가지 않을 수 없었다. 남자들은 어디서 가져왔는지 검은색 자동차를 몰고 왔다. 훔쳤을 것이다. 원웡은 운전석 옆자리에 앉았다. 차는 바다를 따라 달렸다. 차 안은 조용했다. 누구도 말을 하지 않았다. 원웡은 차 안의 침착한 분위기에 마음이 서늘해졌다. 바닷가를 달리던 차는 방향을 틀어 시내로 향했다. 모두 기억이 났다. 저곳엔 원웡이 원대와 살았다. 원대는 가끔 원웡을 때렸다. 욕도 했다. 원대는 원웡을 눕혀놓고 매일같이 섹스를 했다. 그 집에 사는 동안 원웡은 생활비를 받았고 먹을 것과 입을 것도 받았다. 원대는 줄 수 있는 것들을 주려 했고 살 수 있는 것들을 사려 했고 할 수 있는 것이라면 했다. 이제 원대는 할 수 없는 것들을 하고 싶어 했고 그게 그를 괴롭혔다. 원웡도 알고 있었다. 원대는 지금 어디서 무엇을 하려나, 원웡은 잠시 생각했다. 하지만 그 이상 생각을 지속시킬 수 없었다. 괴로우니까. 죽고 싶어지니까. 다 포기하게 만드니까. 남자들은 익숙한 집 앞에서 차를 멈췄다. 원대의 집 앞이었다. 원웡은 문을 열고 나갔다. 남자들은 원웡보다 먼저 문을 열고 나가 트렁크를 열었다. 트렁크에서 간신히 뭔가를 끌어냈다. 사람이었다. 팔이 뒤로 묶인 사람이었다. 규대구나. 원웡은 알아보았다. 남자들은 규대를 끌고 집으로 들어갔다. 규대는 문 앞에서 힘을 주고 버텼다. 안간힘을 쓰며 들어가지 않으려 했다. 남자 셋은 동시에 달려들어 규대의 머리를 벽에 박았다. 흙가루가 떨어지는 소리가 들렸다. 남자들은 규대의 무릎을 발로 차고 배에 여러 번 주먹을 먹였다. 남자들은 규대를 끌고 집 안으로 들어갔다. 규대는 끌려가면서도 발을 땅에 붙이며 버텼지만 결국은 끌려갔다. 원웡은 이 자리에 있어야 할지 집 안으로 들어가야 할지 아니면 있는 힘껏 도망쳐야 할지 어찌할 바를 몰라 하얗게 질린 채로 서 있었다. 어쩌면 규대도 어찌할 바를 몰라 미적거리다 도망칠 때를 놓쳤을지도 모른다. 그렇다면 나는 있는 힘껏 뛰어가야 하나. 원웡은 잠시 간사를 떠올렸다. 마음이 약해졌다. 따뜻해지면서 기운이 났다. 이제라도 주저 없이 도망칠 수 있을 것 같아. 원웡은 뛰겠다 마음을 먹었다. 아주 짧은 시간이었지. 원웡은 결정을 하고 다리에 힘을 주었고—그와 동시에 남자 한 명이 뛰어나와 원웡을 끌고 갔다. 남자는 원웡의 팔을 붙잡고 방 안까지 멈추지 않고 걸었다. 빠른 걸음이었다. 원웡은 신발을 신은 채로 방 안에 던져졌다. 규대는 그사이 몇 대 더 맞은 얼굴이었다. 거친 숨을 내쉬고 있었다. 원웡은 벽에 머리를 기대고 앉았다. 원웡은 간사를 다시 떠올렸다. 앞으로 어떻게 될지 모르겠지만 왠지 너를 생각하면 마음이 약해져서 잘 망하고 잘 포기하고 잘 죽을 수 있을 것 같다. 이상하네. 조금 웃었다. 왜 간사를 생각하면 잘 먹고 잘 입고 잘 웃고 그래서 잘 살게 되는 게 아니라 마음이 흐물흐물 약해져 잘 죽을 수 있을 것 같을까? 원웡은 벽에 기댄 채로 신발을 벗었다. 뒤늦게 남자 한 명이 비닐 가방 하나를 들고 들어왔다. 네 명의 남자가 방 안에 있었다. 규대까지 다섯 명. 다들 어떻게 해야 할지 몰라 초조해했다. 원웡은 오랜만에 눈썹이 짙은 남자를 보았다. 이제는 고개를 숙이지도 곤란해하지도 않아. 원웡은 그를 똑바로 쳐다보았다. 눈썹이 짙은 남자는 쫓기는 표정으로 규대를 보고 있었다. 규대는 남자를 쏘아보았다. 둘은 그렇게 서로를 쳐다보고, 원윙은 그 둘을 본다. 방 안에서 남자들의 땀냄새가 났다. 방은 땀냄새와 긴장감으로 가득 차 있었다. 남자들은 기세 좋게 규대를 끌고 왔지만 정작 어떻게 시작해야 할지 몰랐다. 계속 패면 되나? 원대를 팼던 것처럼? 중국어를 쓰면서 욕을 해야 하나? 한국어로 너의 잘못을 말하겠다! 라고 말해야 하나? 아니 사실 아무 생각이 없었다. 화가 났다. 내내 너무 화가 났어. 억울하고 괴롭고 슬펐다. 그래서 너를 데리고 왔어. 그런데 이제부터 뭘 해야 하지? 모두들 어찌할 바를 몰라 하고 있는 사이 눈썹이 짙은 남자는 비닐 가방을 열어, 스패너와 식칼을 꺼냈다. 남자는 온 힘을 다해 스패너로 규대의 목을 찍었다. 규대는 비명을 지르며 앞으로 쓰러졌다. 쓰러지며 남자의 발을 잡았다. 남자는 미끄러졌다. 미끄러지며 들고 있던 스패너로 규대의 귀를 찢었다. 규대는 다시 한 번 비명을 질렀다. 서 있는 남자들은 여전히 무엇을 해야 할지 몰라 땀만 흘리고 있었다. 원대를 때리는 것은 쉬웠지. 그냥 맞고 있으니까. 그냥 맞고 있는 데다가 원대는 그냥 쓰레기고 그저 개새끼고 비굴한 새끼였잖아. 게다가 점점 더 비굴해지고 비겁해졌잖아. 우리에게 술을 마시라며 가끔은 돈도 줬지. 얘는 원대의 동생이라며? 얘가 여자애들 술집으로 넘기는 애라며? 얘가 사람들을 항구에서 데리고 오는 거라며? 진짜 일은 다 얘가 하는 거잖아? 그러니까 얘는 원대만큼 나쁘다. 더럽다. 그리고 나도 더러우니까 나는 애를 죽일 수 있어. 왜냐면 내가 더러운 건 아무것도 할 수 없어서이고 애가 더러운 건 더러운 짓을 해서 거든. 서 있는 남자들은 마음속으로 정리를 했다. 정의를 했고 확신을 가졌다. 하지만 선뜻 시작할 수는 없었다.

"진짜 죽일 거야?"

반바지를 입고 선글라스를 낀 남자가 물었다.

"닥쳐."

눈썹이 짙은 남자는 발을 들어 규대의 머리를 짓눌렀다. 바닥의 피는 점점 넓은 바다가 되었다. 지도에서 바다를 보면 그렇잖아. 가로는 길고 세로는 좀더 짧고 중간중간에 섬이 있는 그런 모양. 바닥의 피는 그런 모양으로 번졌다.

"근데 애가 원윙이랑 같이 산 개야?"

"아니야. 걔 동생이야."

회색 티셔츠를 입은 마른 남자가 대답했다. 마른 남자는 긴 팔 옷을 입고 있었다. 마른 남자는 무리 중 유일하게 아직 공장을 다니고 있었다. 팔에는 문신이 있었다. 공장에서 알면 분명 뭐라고 해댈 것이었다. 마른 남자는 여름에도 긴팔 옷을 입느라 살이 더 빠질 것만 같다. 이렇게 살이 빠지다 보면 사람이 없어질 것 같아. 스스로도 그렇게 생각했다. 그림자가 되고 바늘이 되고 깃털이 되고 성냥개비가 될 것 같다. 어지러웠다. 오늘 하루 종일 아무것도 먹지 못했거든. 그래서 무슨 생각을 해야 할지, 어떻게 결정을 내려야 할지 모르겠어. 마른 남자는 바닥에 있던 식칼을 들고 규대의 손등을 찍었다. 규대는 조금 몸을 뒤틀었다. 규대는 비틀거리며 일어났다.

"살려줘."

간신히 쥐어짜내진 소리였다.

눈썹이 짙은 남자는 마른 남자의 손에 있던 식칼을 빼앗아 규대의 배를 찔렀다. 한 번 그리고 두 번. 규대는 배를 움켜쥐고 고꾸라졌다. 원욍은 찢어지는 소리를 내며 고개를 숙였다. 마른 남자는 원욍에게 달려들어 마구 주먹을 휘둘렀다. 발로 머리를 차고 주먹으로 얼굴을 때렸다. 원욍 옆에서 벽에 얼굴을 묻고 앉아 있던 남자가 둘을 말렸다. 흰 티셔츠에 흰 바지를 입고 있는 하얀 남자였다. 남자는 방바닥의 피를 보자 얼굴이 더 하얘졌다. 하얗게 질린 얼굴을 하고 원욍을 감쌌다. 주먹으로부터 발길질로부터. 선글라스를 낀 남자는 홀로 서 있다. 그러나 선글라스 너머로 다 지켜보고 있을 것이다. 눈썹이 짙은 남자는 비닐 가방에서 벽돌을 꺼내 규대의 머리를 내리찍기 시작했다. 둔탁한 소리가 이어졌다. 규대는 끄응 하는 소리를 냈다. 할머니들이 자기 전에 내는 소리였다. 규대는 한 번씩 몸을 뒤틀었다. 할머니들이 자기 전에 몸을 뒤트는 것처럼. 남자는 벽돌을 내려놓고 다시 식칼을 집어서 배 한가운데를 찔렀다.

48

하얀 남자는 흰옷에 피가 튈까 봐 벽에 몸을 바싹 붙이고 있었다. 그는 줄곧 무릎 사이에 얼굴을 넣고 방 안에서 벌어지는 일들을 보지 않으려 필사적이었다. 보지 않으려, 듣지 않으려 얼른 악몽에서 깨어나려 애를 썼다. 하얀 옷을 입은 하얀 남자는 푸욱 하고 칼이 들어가는 소리를 들었다. 듣자마자 벽에 대고 토하기 시작했다. 저녁은 무얼 먹었나. 다 같이 모여 김밥 천국 김밥을 먹었지. 천국의 김밥을 먹고 또 먹으면 천국에 갈 수 있을까. 그런 생각을 하는 건 김밥을 너무 많이 먹었기 때문이지. 하얀 남자는 먹은 게 별로 없는데 자꾸 토했다. 흰 벽에 오렌지색의 신물이 활 모양을 그렸다. 규대는 몸을 뒤틀었다. 바닥의 붉은 바다는 점점 넓어졌다. 원윙은 귀를 막고 비명을 질렀다. 마른 남자는 옷을 벗었다. 남자의 팔에는 도마뱀이 새겨져 있다. 아무 뜻도 없었다. 더워서 짜증이 나. 마른 남자는 땀을 흘리고 흘리다 온몸의 물이 다 빠질 것 같았다. 뼈만 남은 팔에 도마뱀이 기어간다. 도마뱀은 사막 같은 데서 살 잖아. 나는 마르고 말랐으니 도마뱀을 그리는 것이 맞을 것 같아. 사막에는 전갈도 살고 선인장도 산다. 알아. 도마뱀은 아무 의미도 없지. 물고기를 그려도 나는 말랐을 것이고 땀을 흘렸을 것이고 돼지고기를 그려도 나는 뼈만 남았을 것이다. 마른 남자는 그렇게 생각했다. 내일 공장에 갈 수 있을까? 내일 공장에 가도 내일모레는 어떻게 될까? 다음 날이 있다. 그다음 날이 있다. 그리고 너무 많은 날들이 있다. 지금까지 겪은 것은 치욕과 괴로움뿐인데 왠지 그보다 더한 것들이 남아 있는 것 같다. 더 큰 고통과 더 큰 괴로움이. 남자는 벗은 옷을 규대의 머리 위로 던졌다. 하얀 남자의 티셔츠는 아직도 하얗다. 남자의 입가에서 신물이 떨어지고 있다. 남자는 점점 더 질린 얼굴로 바들바들 떨고 있었다. 눈썹이 짙은 남자는 피가 떨어지는 식칼을 들고 멍하게 벽을 보고 있었다. 선글라스를 낀 남자는 변함없이 그저 서 있기만 했다. 그는 평소 아무 말도 하지 않는 사람이었다. 모두가 그에게 말을 시키려 들었다. 목소리를 들으려고. 가끔 말을 하기 시작하면 근사했지. 낮고 울림이 있는 목소리였다. 근데 이제 와서 그런 게 다 무슨 소용이야. 다들 할 말을 잃었는걸. 잠시 아무 소리도 들리지 않았다. 방 안은 땀냄새와 피냄새 음식물 쓰레기냄새 침냄새로 가득 찼으나 모두들 이미 익숙해져 있었다. 어디선가 물이 떨어지는 소리가 들렸다. 하얗게 질린 얼굴로 바들바들 떨고 있던 하얀 남자가 바지에 오줌을 싸고 있었다. 우리는 모두 어떻게 될까. 내일 공장에 나갈 수 있을까. 내일 살아 있을 수 있을까. 내일도 천국에서 파는 김밥을 먹을 수 있을까. 먹더라도 그게 기뻐할 일일까. 마른 남자는 소리를 지르며 벽에 머리를 박았다. 박고 또 박았다.

"니가 죽이자 그랬지! 아아아아악 악 악악악 악! 난 공장 다니고 있었는데. 사람들이 나를 좋아했는데. 잘 살고 있었는데!"

하얀 남자의 다리 밑으로 오줌이 강을 그렸다. 남자의 입에선 침이 흘러나왔고 여전히 바들바들 떨고 있었다. 눈썹이 짙은 남자는 식칼을 들고 벽으로 갔다. 양말로 피가 스며들었다. 규대의 얼굴은 파래졌다. 점점 파래졌다. 파래진 얼굴로 규대는 온몸을 뒤틀며 떨고 있었다. 많은 피. 피는 양말을 적시고 이불을 적시고 바지를 적셨다. 마른 남자는 다가오는 식칼을 보고 입술까지 떨며 오지 말라고 소리를 질렀다. 눈썹이 짙은 남자는 그가 뭐라든지 신경도 쓰지 않았다. 그대로 천천히 벽으로 갔다. 벽으로 가서 식칼로 벽을 긁었다. 긴 자국. 긴 자국 하나. 길고 긴 자국. 하나, 둘, 셋. 짧은 자국, 긴 자국. 넷 다섯 여섯. 선글라스를 낀 남자는 말없이 방을 뛰쳐나갔다. 순간적으로 시원한 여름 바람이 들어왔다. 타다다닥. 뛰어가는 발소리가 들렸다. 저 사람이 저렇게 빨리 뛰었나. 바람은 계속 불어왔다. 바다냄새가 났다. 비릿한 냄새. 하지만 피냄새도 비릿했고 신물냄새도 비릿했다. 눈썹이 짙은 남자는 식칼로 벽을 긁었다. 멍한 눈으로. 치익끼익칙. 긴 자국 하나, 짧은 자국. 하나, 둘, 셋, 넷, 다섯, 여섯. 긴 자국. 길고 긴 자국 일곱, 여덟, 아홉, 열. 마른 남자는 발작적으로 가방을 뒤져 식칼 하나를 더 찾았다. 남자는 식칼로 배를 긁었다. 빨간 선이 그어졌다. 짧은 선 하나, 긴 선 하나. 하나둘셋넷. 마르고 마른 배 위로 성냥불이 그어졌다. 이렇게 그어대다 보면 어느 순간 불이 타오르지 않을까? 불이 붙으면 도마뱀도 타버리겠지. 마른 남자는 배에 선을 긋는다. 붉은 선 하나, 붉고 붉은 선. 하나 둘 셋 넷. 긴 선 짧은 선 다섯 여섯 일곱. 여덟아홉열.

49

그날 우리는 만나기로 했었다. 함께 시디플레이어를 사러 가기로 했다. 시디플레이어도 사고 음반도 사기로 했다. 음악 잡지도 사다 주면 좋아할 것 같아. 나는 엄마 식당에서 스파게티를 먹자고 했다. 그리고 백화점에 가서 시디플레이어를 사자. 규대는 이제 백화점에서는 시디플레이어를 살 수 없다고 했다. 왜? 왜 못 사는 거야? 응, 이제 시디플레이어가 안 나오거든. 그럼 어디서 사야 해? 음, 전파상에서 팔더라. 중고로 사야지. 아 그렇구나. 살 수 없구나. 응, 근데 봐둔 게 있어. 같이 사러 가자. 응, 그래그래. 그러자.

나는 몇 가지 좋은 것들을 미리 생각해뒀다. 우리는 음악을 잘 모르니까 그 중고 음반가게 아저씨에게 골라달라고 하자. 헌책방에 가면 음악 잡지들이 싸더라, 많이많이 사가지고 가자. 사자. 또 사자. 좋은 것들을 사자. 사실 누가 받게 되더라도 상관없었다. 나는 너랑 걷고 싶어. 너에게 안겨 있고 싶어.

가슴에 얼굴을 묻으면 나는, 네 냄새를 맡고 싶어. 시디플레이어는 왜 사려고 했더라. 원대가 병원에 있었지. 왜 병원에 있었더라. 온몸에 멍이 들고 눈에 초점이 없었다고 했지. 집에 먹을 게 잔뜩 쌓여 있었다고 했어. 규대네 엄마가 원대네 집에 갔을 때 방에 곰팡이 핀 빵이 쌓여 있었다고 했어. 빵을 쌓아둔 채로 원대는 멍든 팔끼리 비벼대고 있었다고 했어. 그런데 시디플레이어를 왜 사려고 했지. 원대가 사 오라고 했었지. 꼭 빵을 사 오라는 것 같다. 우유를 사 오라는 것 같다. 그렇게 시디플레이어를 사 오라고 했었지. 나는 같은 질문을 묻고 또 물었다. 자꾸 잊었기 때문이었다. 질문에 집중할 수 없었다. 온 정신과 마음이 규대를 생각하고 있었다. 규대의 가슴에 얼굴을 묻는 것, 규대의 냄새를 맡는 것, 규대의 목과 귀를 깨무는 것, 규대의 입술을 빠는 것, 규대의 눈을 보는 것, 규대의 눈이 부끄러워하며 나의 눈을 피하는 것, 규대의 머리카락을 쓰다듬는 것, 규대가 등 뒤에서 나를 안는 것. 그런 것들을 생각했다. 그러다 보면 기억나지 않았다. 왜 시디플레이어를 사려고 했더라. 원대는 왜 멍든 팔끼리 비벼대고 있었지? 원대의 팔은 왜 멍이 들었지? 규대는 왜 시디플레이어를 사야 한다고 했더라? 질문은 빙글빙글 돌고 있다. 빙글빙글 돌아가는 질문. 대답이 궁금하지 않은 질문들. 커져가는 기쁨에 자리를 내어주기 위해 가끔 질문을 던지는 거야, 질문이 빠져나가 더 큰 기대가 차오르도록. 왜 시디플레이어를 사야 한다고 했더라. 원대가 누구였더라. 병원에 있는 사람이 이름이 원대였지? 맞지? 얼마를 가져가면 되나. 다시 중고 음반가게 소파에 앉아 음악을 듣고 싶다. 규대의 손을 잡고 두 눈을 감은 채로 함께 아름다운 것들을 보고 싶다. 눈을 감고 황토색 코르덴 천의 낡은 소파를 떠올렸다. 나는 그 소파에 엉덩이를 바싹 붙여 앉는다. 덥다. 생각만 해도 더워. 등에서부터 종아리까지 두꺼운 천이 느껴진다. 음악이 흐르고 나는 규대의 손을 잡는다. 꽉 잡는다. 우리는 분명 내리쬐는 태양 아래서 이리저리 헤매다 이곳으로 들어왔겠지? 시원한 것을 마시지도 못했다. 어질어질한 상태로 들어와 쓰러지듯 소파에 앉은 것이다. 에어컨이 나오는 곳에 들어왔지만 여전히 어지럽고 멍하다. 우리는 손을 잡고 음악을 들었다. 한 곡이 끝나고 주인아저씨는 냉커피를 권하실 것이다. 차가운 얼음의 소리를 듣는다. 우리는 꿀렁꿀렁 마신다. 잘도 마신다. 시원한 커피는 멍한 몸과 머리를 통과해. 우리는 잠시 정신이 드는 듯하지만 이미 강한 햇볕 아래서 많이 걸었기 때문에 아직 멍하다. 어지러움이 아스라히 남아 있어. 그런 상태로 손을 잡고 음악을 듣는다. 해가 질 때까지. 거리가 식을 때까지.

나는 천천히 일어나 문 앞에 섰다. 차오르던 마음은 서서히 가라앉아 차분해졌다. 하지만 빙글거리며 돌아가는 질문은 여전히 빙글거리지. 숙명인 것처럼. 임무인 것처럼. 왜 시디플레이어를 사려고 한 거지? 그 말 누가 한 거야? 언제 들었더라? 언제. 언제 들었더라. 누가 한 말이랬지? 아 규대. 규대는 어딨니? 규대는 늦는 사람이야? 10분씩 늦고 가끔씩은 45분씩 늦는 사람이야? 규대는 왜 오지 않을까. 아직이겠지. 왜 아직 오지 않을까. 문에 달아놓은 종을 건드려본다. 디딩. 종은 울린다. 디딩. 디딩. 나는 문 옆에 서 있다. 문 옆에 서 있는 사람. 나는 문 옆에 서 있는 사람이야. 규대가 오면 달려들어 안길 테니까 문 옆에 서 있겠어. 숙명인 것처럼, 임무인 것처럼 말이야.

50

 선글라스를 낀 남자는 뛰었다. 쉬지 않고 뛰었다. 바다가 보이는 곳까지 뛰었다. 그리 먼 거리는 아니었지만 전속력으로 뛰기엔 힘든 거리였다. 한참을 뛰자 바다가 보였다. 바다를 따라 뛰었다. 잘 닦인 해안도로였다. 차들은 쌩하는 소리만을 남기고 지나갔다. 남자는 해안도로를 따라 둘러쳐진 은색 펜스를 넘었다. 남자는 절벽을 따라 굴렀다. 가끔 멈춰서 손으로 짚어가며 내려왔다. 바다냄새 짠냄새 갈매기냄새 미역냄새. 절벽은 끝이 없는 것 같네. 남자는 흙투성이가 되어서야 바닷물에 발을 담글 수 있었다. 남자는 바다를 향해 걸었다. 걷다가 몸을 띄웠다. 헤엄쳤다. 해가 뜨고 있어. 아침이었다. 단지 헤엄치기만 했다. 앞으로 앞으로. 바다는 잔잔했다. 사람들은 자꾸만 묻지. 왜 말을 하지 않아? 하지만 남자는 할 말이 없다. 할 말이 없어서 못하는 것이다. 선글라스를 끼는 이유는 말이 없어 보이려고. 정말 표정이 없는 사람 같아 보이지 않아?

헤엄치는 남자의 등 뒤로는 침과 피와 울음과 분노가 덕지덕지 붙어 있다. 남자는 생각했다. 이건 내 것이 아닌데. 남자의 것이 아니다. 남자는 계속해서 헤엄쳐 나갔다. 왜 서로 싸우려들고 왜 죽이려들고 왜 화를 내지? 남자는 신통치 않다는 표정으로 팔을 움직인다. 계속해서 앞으로. 친구들이 사람을 죽이려고 했던 건 무언가 보고 싶어서였지. 머릿속에 있는 것을 보고 싶은 거지. 바들바들 떠는 모습, 비는 모습, 반성하는 모습, 반성하더라도 비참하게 죽는 모습. 선글라스 남자는 왜 다들 그렇게 머뭇거리는지 이해할 수 없다. 역시, 내 것이 아니다. 선글라스 남자는 지난달에 죽인 사람을 생각했다. 같은 공장에서 일하던 높은 직급의 남자였다. 왜 죽였지? 글쎄, 말다툼을 하다가 문득 궁금해졌다. 얘는 내가 죽이려 들면 나에게 빌까? 궁금했던 찰나 그 남자의 직급과 월급과 가게가 생각났다. 그때 남자는 뒤돌아 지갑 속 돈을 확인하고 있었다. 그 사이 뒤에서 삽으로 내리쳐서 죽였다. 결국 죽이고서 지갑 속의 현금 몇 만원만 빼간 게 다였지만 그 돈으로 그럭저럭 지낼 만했다. 왜 다들 화내고 울고 때릴까. 선글라스 남자는 이해할 수가 없었다. 다들 한 곳에 집중할 필요가 있다, 떠날 필요가 있듯이. 냉정하게 판단해야 할 때가 있지, 길게 생각해봐야 좋을 게 없으니까. 남자는 조용히 살고 싶었다. 오늘 바다는 조용하네. 남자는 쉬지 않고 팔을 휘둘렀다. 앞으로 나아가기 위해. 앞으로 앞으로.

51

 우리는 아직 백 행을 쓰고 있을까. 나는 굉장히 백 행을 쓸 수 있을까. 밀쳐진 자리에서 묻고 또 묻지만 그 질문은 전적으로 나를 찌르고 꿰어서 가는 실로 허공에 매단다. 우리가 어떻게 죽었는가 하는 이야기는 이미 끝났고 백 행은 어디서나 계속되는 것이라 죽은 너는 백 행을 쓸 수 없고 살아 있지 않은 나 역시 할 수 없다. 아직 쓰다 만 그것의 마지막 행은 무엇이었을까. 너와 살고 싶다거나 혹은 혼자 있고 싶지 않다거나일 그것은.

 방은 조용해졌다. 규대는 온몸을 떨었다. 얼굴은 점점 하얗게 변해가다 결국엔 다시 파래졌다. 파랗게 질린 얼굴. 아무 말 없는 규대. 원윙은 한참 만에 고개를 들었다가 움직이지 않는 규대를 보고 다시 비명을 질렀다. 새벽이었다. 다들 비명 소리에 깜짝 놀랐을 거야, 아마. 흰옷을 입고 있는 하얀 남자는 초점 없는 눈으로 서 있었다. 이제 남자의 흰옷은 누렇게 물이 들었다. 남자는 먼 곳을 보는 눈으로 덜덜 떨고 있었다. 눈썹이 짙은 남자는 식칼로 벽에 선을 긋고 마른 남자는 배에 선을 긋는다. 쉴 새 없이 반복되는 칼자국. 선과 선. 짧은 선 긴 선 빨간 선 회색 선. 마른 남자가 배에 그은 선에는 작은 고름이 매달려 있다. 노란 고름 끈적한 진물. 남자는 선을 긋고 진물은 다시 붉은 선이 된다. 위에서 아래로 위에서 아래로 위에서 아래로 위에서 아래로 반복되는 선들. 하얀 남자가 눈 오줌은 앞으로 앞으로 나아간다. 그리고 규대의 피와 만난다. 그걸 뺀다면 방에 있는 건 온통 직선뿐일 것이다. 네모난 벽과 직선들, 사각형 이불 사각형 텔레비전 반복되는 직선들. 이웃집 사람들은 규대가 파래지고 차가워지고 조용해지고서야 두려운 얼굴을 하고 문을 두드려왔다. 사람들은 방 안을 채운 피와 오줌과 토사물의 냄새를 맡았다. 그리고 반복되는 직선들. 계속되는 직선들. 아래에서 위로 아래에서 위로 아래에서 위로 아래에서 위로 그어진 칼자국들. 사람들은 소리를 질렀어. 원윙처럼 꺄악 하고 비명을 질렀다고 했다. 직선을 그어대던 남자들은 뒤를 돌아봤다. 이미 다 포기한 표정으로. 그리고 다시 그어댔다. 배에 반복되는 상처, 벽에 반복되는 칼자국. 마른 남자의 배 위로 모기들이 들러붙었다. 모기들은 다리와 팔에도 앉았다. 남자는 간지러웠다. 간지럽고 아렸다. 남자는 들고 있던 칼로 상처들을 찔렀다. 복숭아뼈 위를, 허벅지를, 손가락을. 피가 바닥으로 떨어졌다. 모기들은 마른 남자 주위를 앵앵거리며 돌아다녔다. 저 사람에게는 더 많은 피가 있으니까. 더 많은 직선이 있는 것처럼 더 많은 피가 있으니까. 모기들은 그걸 본능적으로 알았다. 더웠다. 새벽이 되어도 왜 이렇게 더울까. 분명 나쁜 짓을 저지를 것 같다. 이런 날씨에서는 누구라도 나쁜 사람이 될 거다. 생각 없는 사람이 될 거야. 우리가 죽인 규대는 이미 나쁘지. 어어 그렇지? 또 누가 나쁘지? 너도 나빠. 나도 나빠? 응. 왜 이제야 그 말을 하는 거지? 몰라서 물어? 응, 모르겠는데? 사람을 죽였으니까 나쁘지. 그럼 그 전에는 안 나빴나? 뭐 그럭저럭. 안 나쁜 사람이 나쁜 사람을 죽이는 것도 나쁜 거야? 너는 나쁜 사람이야, 안 나쁜 사람 아냐. 뭐? 왜 자꾸 오락가락해? 야, 나 이제 다른 이야기 좀 해야겠어. 근데 얘가 원웡이랑 같이 살던 개야? 응, 걔 맞아. 얼굴이 바뀐 것 같아. 아냐, 아까 내가 말했잖아. 걔 맞아. 응, 그렇구나. 나쁜데? 어 나쁘지. 나쁘구만. 어 그래, 맞다니까.

하얀 남자는 몇 시간째 서 있기만 했다. 마네킹 같다. 두려움이 가득한 눈으로 서 있기만 했다. 소리 내지도, 움직이지도 않지. 동네 사람 몇은 비명을 한 번 지르더니 경찰에 신고를 하러 가버렸다. 사람들이 떠나자, 하얀 남자는 마네킹 같던 팔을 움직이기 시작했다. 남자는 오른손으로 왼팔을 돌리기 시작했다. 그러더니 몇 초 후, 왼팔이 덜커덩하고 빠졌다. 팔이 툭 하고 떨어졌다. 남자의 어깨와 겨드랑이 부분에는 원래 그랬던 것처럼 작은 홈이 생겼다. 팔을 집어 그 자리에 꽂으면 꼭 맞을 홈이었다. 남자는 고개를 아래로 돌려 빠진 팔을 바라보았다. 마른 남자는 모기들이 지나간 자리마다 칼자국을 남겼다. 쑥 하고 들어가는 칼과 쑥 하고 빠져버린 팔. 하얀 남자는 털썩 주저앉았다. 오른팔을 끼익거리며 움직여 왼 다리를 뽑았다. 눈썹이 짙은 남자는 모든 벽을 칼자국으로 채웠다. 벽지 뒤에서 보이지 않던 시멘트 가루들이 바닥으로 떨어졌다. 왜 다들 보이지 않았지? 살에 선을 그으면 피가 나온다. 식칼을 들고 벽에 선을 그으면 시멘트 가루가 나온다. 팔을 뽑으면 피가 나오지 않고 감춰진 홈이 나오며 사람은 죽으면 파란 얼굴이 된다. 왜 다들 감춰놓고 모른 척했지? 왼발이 빠지자, 더 큰 홈이 보였다. 오른팔, 오른발은 툭툭 치니 그대로 떨어졌다. 규대는 파래졌고 차가워졌고 조용해졌다. 원래 조용하기는 했다. 파랗지도 차갑지도 딱딱하지도 않았지만. 원웡은 이불로 하얀 남자를 덮었다. 하얀 남자는 마지막으로 목을 떨어뜨렸다. 서 있던 두 남자는 경찰이 오기까지 계속해서 방 안을 직선으로 채워나갔다. 나무로 된 옷장에도 직선을, 밥상에도 직선을, 서로의 얼굴에도 직선을, 이불에도 직선을. 왜 다들 이렇게 나쁜 짓을 하고 있지? 왜 다들 감춰놓고 이제야 드러내는 거지? 여름이 너무 길어서 그랬나. 어느새 도착한 경찰차와 구급차는 황급히 사람들을 차로 실어 날랐다. 눈썹이 짙은 남자와 마른 남자는 수갑이 채워진 채로 걸어갔다. 하얀 남자는 구급차에 실렸다. '팔에 칼을 그으면 피가 나오며 저 남자는 죽을 때 새파랬으며 나는 그 전까지 저 남자를 알지도 못했다.' 좀더 많은 것을 알아내기 위해. 경찰차와 구급차는 남자들을 실어간다. 깊게 찔러, 숨겨진 피를 보기 위해서. 그런데 찌를 수 있을까? 어쩌면 숨겨진 피는 이제 다 드러난 건지 모르겠어. 괜히 찌르고 있는 건지도 몰라. 이불에 싸인 하얀 남자는 덜컹거렸다. 팔과 다리와 머리가 흔들거렸다. 서로 붙어 있을 때에도 떨었고 떨어져도 떨고 있다. 남자들을 태운 구급차에는 빨갛고 시끄럽고 환한 불빛이 달려 있다. 불빛은 밤거리를 밝히며 지나간다. 아주 빠르게.

52

원대와 같은 병실을 쓰는 환자는 열다섯 살짜리 남자애였다. 그 애는 작은 동그라미를 무서워했다. 남자애의 쌍둥이 남동생은 심장병이었나 백혈병이었나 아니 어쩌면 들어보지도 못한 희귀병으로 신생아 때부터 병원에 드나들었다. 엄마와 매일같이 남동생을 지켜야 했던 그 애는 병실에서 시작된 기억들뿐이었다. 커다랗게 부풀어 오른 또래 아이들의 반투명한 머릿속 종양들과 친절한 의사가 현미경에 눈을 대보라고 해서 본 암세포를 그 애는 잊을 수가 없었다. 그 애의 이름은 창희였다. 원대는 하루 종일 정창희 환자 정창희 환자 하는 소리를 듣는다. 창희는 암세포 때문인지 작은 동그라미를 무서워했다. 창희의 동그라미에 대한 공포는 쌍둥이 동생이 죽은 후에 나타났다. 창희를 상담하던 의사는 남동생이 그간 창희를 억눌렀다고 단정 지었다. 창희는 남동생과 병, 그리고 죽음에 짓눌려 있었다. 그걸 적절히 해소해줘야 하는데 그렇지 못해서 동그라미에 대한 공포로 나타나는 것이다. 그게 그 사람의 소견이었다. 다만 문제라면 원대는 창희가 오기 전부터 눈에 보이는 것들에 작은 동그라미를 그려나갔다는 것이다. 원대는 하루 종일 공책에 작은 동그라미들을 그려댔다. 시디는 동그랗지, 음표는 동그랗고. 뭐 그런 건 다 핑계일지도 모르지만 원대는 쉬지 않고 동그라미들을 그리고 또 그렸다. 나빠지기 시작하는 것에는 브레이크를 걸기가 어렵다. 원대는 점점 정신병자가 되어갔고 그걸 나쁘다고 본다면 점점 나빠지기만 했다고 말할 수 있을 것이다.

창희와 원대는 난폭하지 않았다. 창희는 작은 동그라미를 보면 울기 시작하거나 기절하거나 토했다. 원대는 멍한 눈으로 하루 종일 작은 동그라미를 그렸다. 노트 한 페이지에 작은 동그라미를 3천 개 그렸다. 손목에서 팔꿈치까지를 동그라미로 채웠다. 오늘 오전의 일과는 끝. 원대는 그렇게 지냈다. 창희는 하루 종일 울고 토하다 사흘째부터는 눈을 감고 다녔다. 창희는 눈을 감고 화장실에 가다 넘어졌다. 테이블에 턱을 부딪혔다. 창희는 슬펐다. 아무리 조심해도 환자들과 휠체어들에 부딪혔다. 온몸에 멍이 들었다. 작은 동그라미 모양의 멍이었다. 창희를 상담하는 의사는 병실을 옮겨달라는 부모의 요청을 무시했다. 두려운 것을 자꾸 봐서 아무렇지 않다는 것을 알아야 합니다. 동그라미는 아무렇지 않아요. 우리의 몸에는 많은 동그라미가 있고 동그라미로 이루어진 우리들이 이 세계를 구성하고 우리로 채워진 이 세계 역시 동그랗습니다. 극복해야 해요. 견뎌내야 해요. 때마침 저희 병원에 동그라미만 그려대는 환자가 있습니다. 유순하고 다정한 환자예요. 이런 기회가 없어요. 창희의 몸은 시간이 지날수록 작은 동그라미로 채워졌다. 멍이 늘어만 갔다. 창희는 낮에도 눈을 감고 누워 있다. 동그라미를 보지 않기 위해. 원대는 멍한 눈을 하고 동그라미를 그려나갔다. 이제는 침도 흘리고 다닌다. 사람들은 대개 자신이 보는 것 이상이 되지 않는다. 원대는 매일같이 나쁜 것들을 봤다. 그렇다면 곧 나빠질 것이다. 창희의 머릿속에서는 종양과 암세포가 떠나지 않았다. 눈을 뜨면 원대의 동그라미가 있었고 눈을 감으면 눈앞으로 동그라미들이 떠나지 않았다. 창희는 장차 동그라미가 될지도 모르겠다. 환자가 되거나 동그라미가 되거나. 그런 미래가 여유 있게 창희를 기다렸다. 요즘 창희는 잠이 오지 않는다고 수면제를 타다 먹었다. 잠이 들고 싶었다. 다 잊고 싶었다. 창희는 하루하루가 지날수록 점점 더 세상이 커지는 기분이었다. 세상은 커지고 나는 작아지고 언젠간 탁구공에 깔려 죽을 것 같았다. 모두 무서워. 원대는 눈에 보이는 모든 것에 동그라미를 그려나갔다. 그 범위는 공책을 넘어 자신의 몸이 되었다. 이제 이불보에도 그려나가기 시작했다. 언젠가 벽이 될 것이다. 병원 전체가 될 것이다. 그 전에 손이 묶이거나 하루에 약을 세 번 강제로 먹어야 되겠지만. 원대는 오른손이 닿을 수 있는 곳에는 모두 작은 동그라미를 그려나갔다. 왼쪽 팔다리와 얼굴, 배와 목. 멀리서 보면 몸에 비늘이 있는 것 같았다. 원대는 난폭하지 않았고 과하게 밝지도 않았다. 조용히 작은 동그라미를 그렸을 뿐이다. 창희는 수면제를 먹고 잠을 잤다. 원대는 조용히 창희에게 다가가 동그라미를 그렸다. 창희의 손등에, 팔에, 목과 얼굴에. 수면제를 먹은 창희는 곤히 잤다. 잘 때는 동그라미를 생각하지 않을 수 있었다. 창희는 매일같이 잠이 들어 있었으면 좋겠다고 생각했다. 잠만 자고 싶었다. 창희는 원대가 동그라미를 그리거나 말거나 깨기는커녕 움직이지도 않았다. 원대를 막은 것은 간호사였다. 간호사는 재빨리 원대의 손에서 볼펜을 빼앗고 다른 간호사를 불렀다. 원대는 침대 위에 묶였다. 때마침 달려온 창희 엄마는 창희를 보고 쓰러질 뻔했다. 간신히 정신을 차린 창희 엄마는 자고 있는 창희를 업고 샤워실로 갔다. 창희 엄마는 모나미 볼펜으로 그린 동그라미들을 지우기 시작했다. 잠에서 깬 창희는 눈을 떠 벽에 붙은 전신 거울을 보고 소리를 지르기 시작했다. 창희 엄마는 울면서 샤워 타월로 창희의 허벅지를 문질렀다. 창희는 멈추지 않았다. 계속 소리를 질렀다. 간호사들은 달려와 창희에게 진정제를 놓았다. 창희는 있는 힘껏 입을 벌리고 소리를 질렀는지 입가가 찢어져 피가 나고 있었다. 점점 나빠졌다. 되돌리기는 어렵다. 입이 찢어지도록 소리를 질러도 어렵기는 마찬가지였다. 점점 나빠져가는 것이 창희의 하루, 그보다 더 나빠져가는 것이 원대의 시간들이었다.

53

 규대의 부모는 규대를 화장시켰다. 화장터는 연주를 화장한 그곳이었다. 이 도시의 화장터는 그곳뿐이니 당연히 그곳에서 했을 것이다. 나는 안 가봤으니 알 수 없지만 화장을 했다면 당연히 그곳이었을 것이다. 하루 종일 울거나 자거나 간신히 일어나 기억나지 않는 것들을 해나간다. 그렇게 버티고 있다. 규대의 장례식에 가지 않은 이유는 단지 그것을 눈으로 보고 싶지 않아서였다. 규대가 죽은 후 나는 늘 규대의 꿈을 꾸는데 꿈에서 깨면 기억나는 것이 거의 없었다. 어쩌다 드물게 하나씩 기억이 날 뿐이었다. 어제의 꿈은 자세히 기억이 났다. 처음 보는 빌라에서 규대가 몰래 살아가는 꿈이었다. 사람들은 모두 규대가 죽은 줄로 알지만 실은 살아 있었다. 꿈속에서는 누구도 새삼스러워하지 않았다. 죽기 전에는 모두 죽지 않았으니까. 규대는 그렇게 말을 했다. 같이 사는 사람들 모두 규대를 좋아했다. 동경하고 받들었다. 살아 있을 때도 사람들은 규대를 좋아했지. 그런 꿈을 꾸고 나면 규대는 실제로 세상 사람 모두를 속이고 어디선가 혼자 몰래 살고 있는 게 아닐까 하는 생각이 들었다. 규대는 어딘가 살아 있다. 연주도 어딘가 살아 있고 윤희 남편도 어딘가 살아 있어. 모두 살아서 사람들을 속이고 빌라 같은 곳에 숨어 있다. 어딘가에선 모두 살아 있어. 그런 생각이 들었다.

원대는 3개월째 입원 중이었다. 당분간 퇴원하기 힘들 것이라고 했다. 원대는 이제 독방을 쓴다. 여전히 음악 치료실에 몰래 들어가 비틀스를 듣고 작은 동그라미를 그리고 그리고 점점 나빠지는 것을 계속한다. 그 후로도 원대에게 시디플레이어를 사다 주지 못했다. 창희도 독방을 쓴다. 창희의 부모는 스웨덴으로 이민 갈 준비를 하고 있다. 창희는 어리니까 이제 좋은 것들을 보면 좋은 것이 될지도 모른다. 환자나 작은 동그라미가 되지 않을 수 있을지도 모른다. 지금은 병원 독방에서 하루 종일 잠만 자더라도 말이다.

그리고 나는 어제도 오늘도 규대의 꿈을 꾼다. 규대는 모두를 속이고서 어느 빌라에서 살고 있다. 평범한 주택가, 조용한 골목, 붉은 벽돌로 된 5층 빌라에 규대는 살고 있다. 나는 규대의 장례도, 화장도 보지 못했으니까 어쩌면 규대가 죽었다는 것은 질이 나쁜 거짓말일 수도 있다. 물론 나조차도 규대가 살아 있다는 것을 진심으로 믿지는 못하겠지만. 하지만 규대는 자꾸만 살아서 꿈에 나타났고 그러다 보면 문득 정말 살아 있는 것이 아닐까, 그런 상상을 머릿속에 담자마자 눈앞이 희미해지고 마음이라고 할 만한 모든 것들이 녹아 흐물흐물해졌다. 매일같이 그걸 반복했다. 매일같이 혹시나 어쩌면이라고 가정하고 온몸이 흐물흐물해지도록 내버려두고 눈물은 손바닥까지 떨어진다. 모두들 죽기만 했다. 왜 모두들 죽기만 하는 것인가. 가만히 앉아 있으면 죽은 사람들은 자꾸만 살아났고 살아 있는 사람들은 반쯤 죽은 것 같다. 규대는 제대로 살아본 적이 없다. 제대로 살아본 적이 없는 규대는 제대로 죽지도 못해서 자꾸만 살아났다. 나 역시 죽지 못할 것이다. 제대로 살아본 적이 없고 앞으로도 그럴 것이니까. 사람들은 눈에 보이는 것들 이상이 되기 힘들었다. 원대는 나빠질 것이고 창희는 작은 동그라미가 될 것이다. 원대는 창희를 데리고 병원 옥상에 올라가고 창희의 눈을 손수건으로 가린 채 온몸에 동그라미를 그린다. 우리는 그렇게 미래로 나아간다. 우리는 제대로 살아본 적이 없어서 살아 있을 때도 죽은 것만 같다. 그래서 죽는다. 자꾸만 죽어. 아직도 눈앞에는 규대가 반짝이고 나는 그래서 그 이상이 될 수 없을 것이다.

아직도 가끔 내가 규대의 이마에 목에 써두었던 백 행을 떠올려본다. 그것은 어떤 모양이었더라. 무엇을 하고 싶다고 했었지? 어떻게 '싶다' 하고 벌어지는 입모양이었지?

그런데 아키 아키라는 종이에 백 행을 쓴 거야? 줄이 있는 노트에? 백지에? 과자 상자나 담뱃갑에? 아니면 벽에 낙서를 한 거야? 마루에 못으로 긁은 거야? 아키 아키라의 백 행은 지난 일본의 거리 어딘가에 씌어 있고 그 거리는 회색의 바람 부는 거리일 때도 습기 찬 공기로 가득 찬 여름 한낮일 때도 있었고 내가 쓴 백 행은 규대의 이마에 혀에. 내가 쓴 모든 백 행은 그곳에 있는 걸까. 아니면 다른 어디에. 나는 매일같이 마주치는 사람들의 입술과 벌어지는 입 모양과 머리카락을 봐.

어느 날엔가 어떤 여자애가 손에 든 지갑을 떨어뜨리고 어머! 하고 입을 벌렸다. 같은 날에 또 다른 어떤 여자애는 발을 헛디뎌 길에서 넘어지며 바닥을 손으로 짚었다. 그 손 모양은 뭐라고 쓰는 것 같았어. 바닥을 짚고 있던 손바닥과 힘이 들어간 손가락의 모양이 말이야. 나는 그 여자애가 바닥에 쓴 게 혹시 내가 규대에게 쓴 백 행일까 봐 눈을 떼지 않고 지켜보았는데……

오늘도 내일도 모든 거리와 골목에는 사람들이 입을 벌리고 손으로 이마를 짚고 달려가기도 한다. 화를 내기도 하는 것처럼. 이제 그만두고 싶다. 이제 그만두고 싶다고 쓰고 싶다. 이제 그만두고 싶다고 쓰는 사람을 본다. 나는 모든 것을 본다. 그 모든 것을 본다. 어제처럼 오늘도. 내일처럼 어제도.

해설

삶의 분량에 대하여

조효원

1

"동물들 가운데 인간이 말하는 자이듯, 인간들 가운데 말하는 자는 작가이다."[1] 그러나 또한 말하는 자의 표식이 울음과 웃음, 곧 약함이라면, 가장 뚜렷한 표정으로 울고 웃는 자 역시 작가이다. 인간은 정신을 지니고 있기에 약하다. 인간은 약(弱)하기 때문에 약(藥)한다. 혹은 약(藥)하기 때문에 약(弱)해진다. 우울(증)은 인간―정신의 약함의 극단적 표현이다. 이 극단적 표현에 맞설 수 있는 것은 오직 글자, 물질과 정신을 아우르는 신비로운 글자뿐이다. 그러나 더 정확히 말하자면, 모든 글자가 그렇게 할 수 있는 것이 아니라, 오직 적합한

---

1) Max Kommerell, *Geist und Buchstabe der Dichtung*, Frankfurt a. M: Vittorio Klostermann, 1962, p. 243.

때와 장소, 곧 상황 속에서 이념을 현현시키는 글자만이 인간의 약-함(弱과 藥 모두의 의미에서)을 제압할 수 있다. 참된 의미에서의 '대화'에 육박하는 글쓰기만이 말하는 자의 존재를 건사할 수 있다(정신분석학이 제시한 최고의 방법이 다름 아닌 상담, 즉 대화라는 사실은 여기에서 연유한다).

2.

그러나 이렇게 물을 수 있다. 글자와 대화는 어떻게 연결되는가? 바로 작가를 통해서. 작가는 가장 높은 정신을 지닌 존재이기에 또한 가장 약한 인간이기도 하다. 다름 아닌 작가에게 이념을 표현하는 글자가 주어지는 것은 바로 이 때문이며, 이 사실은 세상사의 심원한 역설에 속한다. 그러므로 작가는 자신의 약-함을 견뎌내기 위해 쓴다. 그/녀의 글쓰기는 존재의 방편이며, 세계의 강요에 대한 순응이자 저항이다. 그러나 이때 작가란 통상 '문학'이라는 간판 아래 경영되는 어떤 계(界)에 속하는 이름이 아니다. 분노를 떼쓰기와 악다구니로, 위로를 '힐링'과 부탁으로, 통찰을 말장난이나 함께 갖는 느낌 따위로 환원시키는 것이 문학의 일이라면, 이것은 작가의 이념이 어떤 경우에도 걸려들어서는 안 되는 함정이다. 작가가 독자들에게 줄 수 있는 위대한 것은 오직 그들 사이에서 '대화'가

창발하게 하는 일뿐이다. 그런데 작가에게 유일한 것으로서 주어진 이 과제는, 무릇 이해란 절망을 낳을 뿐이며 그럼에도 오직 절망 속에서만 가능하다는 커다란 역설을 인지하고 견지할 때에만 수행 가능한 것이다. 대화는 언제나 절망 속에 있다. 따라서 작가의 일은 이해를 통한, 이해 안에서의 대화를 불러일으키는 것이며, 이해는 절망의 두께/더께를 끝까지 꿰뚫는 것이다. 작가는 언제나 절망 중에 있다.

3

이렇게 볼 때, 작가가 쓸 수 있고 써야 하는 글은 모든 장르를 초월하거나 폐기하는 것일 수밖에 없다. 이 글쓰기는 또한 여하한 명칭, 모든 종류의 의장(擬裝)을 일절 거절하는 것으로서 말 그대로 '벌거벗은' 글쓰기가 되어야 한다. 그러나 이것은 '나쁜' 글쓰기, 글쓰기를 좀먹는 글쓰기, 가령 낙서나 댓글 따위와는 구분되어야 한다. 그런 의미에서 가장 겸손하고 가벼운 이름을 부여하자면, 우리는 그것을 '세계의 산문'이라 부를 수 있을 것이다. 그러나 이 이름은 역설적으로 가장 높고 무거운 이름이기도 하다. 가장 약한 인간에게 주어진 운명이란 바로 이 이름에/을 이르는 것이다. 이 운명을 긍정할 수 있는 작가는 소수에 불과하며, 나아가 이 운명을 감당할 수 있는 자는 극소수에 지나지 않는다. 이 극소수의 작가는 동시대인들contemporaries에게 오해받거나 무시당할 위험에 처해 있다. 다시 말해 그들은 가장 극단적인 의미에서 '차(次/差)'시대인distemporary이다. 그러나 오직 '차'시대인만이 진짜 대화를 가능하게 할 수 있다. 따라서 '차'시대인의 근본 기분은 절망이며, 그들의 일은 항상 무로 돌아간다.

4

박솔뫼는 지금 기로에 서 있다. 어쩌면 그녀의 글쓰기 자체가 (영원한) 갈림길로 이뤄진 것일지도 모르겠다. 그녀는 동시대인과 '차'시대인 사이에, '문학'과 '세계의 산문' 사이에, 소설과 '대화' 사이에 서 있다. 얼핏 그녀의 걸음걸이는 단호해 보이지만, 그녀의 온몸의 세포는 무한한 진동을 참고 있다. 그녀의 행보는 그러니까 극중력의 상태를 견뎌내는 것이다. 다시 말해 '작가'로서 그녀의 몸은 어떤 틈을, 아니 '벌어짐'과 '갈라짐'을 겪고 있다. '백 행을 쓰고 싶다'는 언명 — 선언 혹은 비명이라 해야 할까? — 은 바로 이 고통에서 도래한 것이다. (그녀의 고통은 무한한 진보의 관점에서 보면 그녀의 삶 자체를 하나의 작품Werk으로 완성해가는 과정이지만, 거꾸로 덧없는 소멸의 시각에서 보면 오히려 '행복'의 표시로 규정될 수도 있다.) 따라서 만약 이 작품이 어떤 문학상을 타게 된다면, 그녀는 고통에서 벗어나 영광을 얻을지 몰라도 이 작품 자체에게는 오히려 극심한 모욕이 될 것이다. 왜냐하면 이 작품은 저 고통스러운 갈림길 위에서 아직 위태로운 균형을 유지하고 있기 때문이다. '문학'으로 편입된 '세계의 산문'에게 남는 것은 치욕스러운 삶밖에 없다. 망가진 '세계의 산문'은 이렇게 말할 것이다. "우리는 죽을 때까지 적지은 표정으로 살아야 해. 왜냐면 다른 생이 기다리는 것 같지가 않거든. 죄지은 표정을 하고 있으면 정말로 죄를 짓게 될 거야. 다들 그러니까"(pp. 216~17).

5

그녀의 아슬아슬한 균형 잡기는 '막'으로 상징될 수 있다. 다시 말해 『백 행을 쓰고 싶다』는 '막'이라는 한 글자로 축약될 abbreviated 수 있는 것이다. 박솔뫼의 '막'은 무엇보다 세계의 처녀막이다. 우리는 이것의 출처와 유래를 알지 못한다. 우리가 아는 것은 단지 그것이 찢어져 있다는 사실뿐이다. 그리고 이것은 책과 책 사이에 있다. "새로운 책이 시작될 수 있다는 것이 점점 더 나를 괴롭혔다. 너는 한 권의 책이 끝나고 다음 책을 만드는 것처럼 나를 사랑한다고 했지. 나는 한 권의 책이 끝나지 않기를 바라고 있어. 하지만 괴로운 것은, 한 권의 책이 끝났는지 끝나지 않았는지를 알 수 없다는 것이다"(p. 149). 이 세계의 모든 책은 각기 독립된 완결체가 아니라 갈기 갈기 찢겨 있는 것, 찢어지고 있는 것이다. 끝나지 않기를 바라는 마음과 (모든 것이) 새롭게 시작되기를 바라는 마음 사이에서. 책이란 끝낼 수도, 끝내지 않을 수도 없는 사물이다. 왜냐하면 우리는 알 수 없기 때문이다. 언제 그것이 끝나고 또 시작되는지를. 왜냐하면 "책을 덮는 것은 내가 아니니까, 책을 만드는 것도 내가 아니니까. 어느 페이지에 서 있는지 나는 영영 알 수 없을 것"(pp. 149~50)이어서 그렇다. 미래의 독자는 책을 펼칠 수도 펼치지 않을 수도 있다. 그리고 '나'의 소망과 달리 세상은 결코 "가뭄 책이 끝나고 비 책이 시작되는 것" (p. 104)이 아니다. 세계가 허락하는 시간은 그저 달리 어떻게 할 수 없는, 어쩔 수 없는 "점점 더의 시간들"(p. 132)뿐이다.

6

이와 같은 '막'의 고통 속에서 그녀는 내뱉는다. "이제 그만하고 싶다." 그러나 이 소망, 아니 체념은 역설적으로 쓰고 싶은 '백 행'에 속해 있다. 그녀는 쓰고 싶고 그만하고 싶다. '그만하고 싶음'을 쓰고 싶은 동시에 '쓰고 싶음'을 그만하고 싶은 것이다. 이렇게 등을 맞댄 극단, 해결과 접근을 완강히 거부하는 역설이 바로 그녀가 서 있는 무대의 '막'이다(박솔뫼의 글쓰기가 연극적인 분위기로 점철되어 있다는 것을 알아채는 데에는 커다란 노력이 필요치 않다). 그녀는 '백 행'의 역설을 다음과 같이 표현한다. "내가 만들 백 행의 모양"은 "정말로 황당해서 황망하고 모든 사람들에게 충격을 주는 동시에 아름답고 균형이 있어야 했다. 그럼에도 모두가 이건 백 행이구나,라고 납득할 수 있어야 했다"(p. 11). 이 진술을 그녀의 언극 무대에 대한 설명으로 고쳐 옮겨와보면 이렇다. 그녀의 '막'은 정말로 황당해서 황망하고 모든 사람들에게 충격을 주는 동시에 아름답고 균형이 있어야 하며, 그럼에도 모두가 '이건 연극이구나'라고 납득할 수 있어야 한다. 그녀의 문장은 미래완료형인 "~야 했다"로 종결되지만, 그녀의 연극은 '언제나 이미'의 현재형인 '~야 한다'로 종결될 수밖에 없다. 왜냐하면 그녀의 글쓰기, 아니 '세계의 산문'에는 엄밀한 의미에서 미래완료형의 시제만을 허용하지만, 그러한 글쓰기로 접근해가는 몸짓은 오직 (그러나 분명하게 규정할 수 없는) '지금'의 무대 위에서만 가능하기 때문이다.

7

박솔뫼의 '지금'은 '언제나 이미' (이제) '막' 시작된 지금이다. 시간부사로서의 '막'은 늘 빠듯하다. '막'은 보잘것없는 시간이며, 어쩔 수 없는 시간이다. 그래서 '막'의 절친한 친구는 '금세'다. '금세'는 '막'이 찾아간 극장에서 리어왕을 연기하는 배우다. "극장에 갔다. 극장 안은 어두웠고 사람들은 영화에 몰입하고 있었다. 리어왕이었지. 리어왕은 금세 맹세를 하고 금세 분노를 했다"(p. 37). 리어왕의 가면을 쓴 '금세'를 통해 박솔뫼의 (가면을 쓴) '막'은 깨닫는다. 우리 모두의 시간, '점점 더의 시간'은 그저 짧은 비명의 순간에 지나지 않는다는 것을. "나는 비명을 지르지 않았는데 비명을 깨달았다. [……] 비명은 그곳에 있었다. 내가 지르지 않아도 있었다"(p. 38). 그러나 "비명은 모두가 지르고 있는 것이다. 모두가 어느 순간에 이르러 기도를 하는 것처럼, 백 행을 쓰는 것처럼, 시간과 자신을 낭비하게 되거나 온갖 것에 침을 뱉게 되는 것처럼 말이다"(p. 37).

8

모두가 비명을 지르게 되는 순간은 '막' 온다. 기도와 낭비와 침뱉기의 순간이 그러하듯이. 양태부사로서의 '막'은 박솔뫼의 글쓰기를 해명하는 하나의 열쇠다. 그녀의 글쓰기는 얼핏 '막' 쓰여진 것처럼 보인다. "아기가 이렇게. 근데 막 뭐라고 했어요. 저는 막 알아듣는 것처럼 막 아 아 네네 했어요. 근데 어느 날 다들 저를 찾아요. 막 저를"〔(p. 188) 지나가면서 언급하자면, 이 문장들은 실제 박솔뫼의 어투를 상당히 닮아 있다〕. 그러나 반대로 독자가 그녀의 글쓰기를 '막' 읽는 것은 지극히 위험하다. 독자는 '막'과 '금세'의 시간을 마치 영원처럼 생각하며 주의 깊게 읽어야 한다. 왜냐하면 그녀의 '막' 쓰기는, 존재의 비밀이 무한히 중첩되어 있는 세계의 처녀막 쓰기write/use이기 때문이다. 이것은 무엇보다 작품에 등장하는 인물들Figures에게서 드러난다. 즉 그녀의 글쓰기에서 찢어져 나온 인물들은 평범의 이상과 무정형의 극한을 동시에 구현한다. 가령 음악을 듣는 일 외에는 아무것도 하지 않(으려 하)고 또 할 줄도 모르는 '원대'의 경우를 보자. 작품 화자에 따르면, 놀랍게도 "원대는 무엇이 어떻게 사라지는지를 알고 있고 누가 언제부터 무너지는지를 알고 있고 모두가 결국엔 사라진다는 것을 **그럼에도 그럼에도**가 있다는 것을 알고 있었다"(p. 47). 이 문장은 중요하다. 박솔뫼의 '막' 쓰기에는 '그럼에도'가 중첩되어 있다. 그런데 중첩된 '그럼에도'는 시간을, 글쓰기를, 나아가 작품 자체를 (애매하게) 폐기하거나 취소한다. 이 작품의 두번째 문장이 "백 행은 이미 사라졌**지만 그래도** 쓰고 싶다"(p. 9)인 이유는 바로 이 때문이다. 이 문장 역시 '그럼에도'의 중첩으로 구성된 문장이다. 작품의 제목이자 첫 문장인 "백 행을 쓰고 싶다"는 이어지는 '~지만 그래도'로 인해 어정쩡하게 멈춰 선다. 이 때문에 이어지는 두 개의 문장 역시 어긋난다. "내가 하고 싶은 일이 다름 아닌 백 행을 쓰는 일이라는 것을 알게 된 이후 모든 것은 분명해졌다. 나는 처음부터 백 행을 쓰는 일만을 원했던 것이라 믿게 되었다"(p. 9). 모든 것이 분명해진 것은 다름 아닌 '믿음' 덕분이지만, 이 믿음의 내용은 이미 사라진 무언가를 '그래도' 쓰고 싶다는 불분명한 인식에 지나지 않는다. 바로 이러한 역설 혹은 뒤틀림을 작품 속 인물인 '원대'가 구현하고 있는 것이다. 그는 음악을 듣는 것 외에는 아무것도 모르는데도 말이다. 그러나 작품을 면밀히 읽어보면, 실상은 정반대임을 알 수 있다. 다름 아닌 음악밖에 할 줄 모른다는 바로 그 사실이 원대에게 세계의 처녀막 쓰기에 숨어 있는 비밀을 깨우쳐주는 것이다. 그러므로 화자인 '내'가 "백 행을 쓰고 싶다"는 (소리 없는) 비명을 배우게 되는 출발점 역시 '원대'였다는 사실은 더없이 의미심장해진다. '원대'는 말하자면 박솔뫼의 '막' 쓰기의 엠블렘Emblem인 셈이다. 이렇게 볼 때, 정신병원에 갇힌 원대가 그리는 '작은 동그라미'들은 '시디'나 '음표'에 지나지 않는 것이 아니라 실로 박솔뫼의 정신이 구상하는 '세계의 산문'의 형상 자체일 수 있다. 확인해볼 수는 없지만, 분명 그 '작은 동그라미'들은 '막' 겹쳐져 있을 것이다.

9

　원대의 삶의 자리가 '0의 자리'인 것 역시 그래서다. '백 행을 쓰고 싶다'가 본래 아키 아키라의 시집 『하이틴 시집 걸작선』이라는(작품 내에서의) 사실은 '0의 자리'에 사는 원대가 음악에게 '사랑받을 것'을 선택받은 자라는 사실과 남김없이 겹쳐진다. "〔……〕 음악이 원대를 선택했다. 기쁨에 관한 음악은 기쁜 사람들을 선택하고 외로움의 계단을 내려가는 음악은 자신 못지않은 사람을 선택한다. 그러나 모든 음악이 저 사람을 선택했다. 그래서 감싸고 있었다"(p. 116). 모든 음악은 '원대'를, '0의 자리'를 선택했다. 바로 이 통찰이 『백 행을 쓰고 싶다』를 소설이 아닌 '세계의 산문'으로 만들어주는 잠재력이다. 음악은 아름다움의 주권자인 동시에 이 세계에서 흔적 없이 사라질 수 있는 유일한 현상, 아니 이념의 구현이기 때문이다. '원대'가 '백 행을 쓰고 싶다'는 소망을 가졌다가 아키 아키라의 「백 행을 쓰고 싶다」를 읽은 후 곧바로 그 소망을 접는 장면은 바로 음악의 존재태 자체를 형상화한 것이다. "원대는 문득 백 행을 쓰고 싶다고 생각했다. 〔……〕 원대는 서점으로 가 아키 아키라의 시집을 샀다. 그의 백 행을 읽고 나자 백 행을 쓰려고 했던 마음은 금세 사라졌다"(p. 166). 박솔뫼의 글쓰기가 '그럼에도'의 중첩으로 이뤄져 있듯이, 음악 역시 '언제나 이미' 어떤 '(그만두고) 싶음'으로 이뤄져 있다. 음악은 듣고 나면 사라진다. 아니, 음악은 사라지면서 들리고, 들리면서 사라진다. 마찬가지로 『백 행을 쓰고 싶다』는 사라지면서 읽히고, 읽히면서 사라진다. 그리고 남는 것은 오직 '열두번째 행'뿐이다. "이제 그만하고 싶다"(p. 11).

10

이런 맥락에서 우리는 박솔뫼의 '백 행'을 '百行'이 아닌 '白行'으로 읽을 수 있다('읽어야 한다'라고 쓰고 싶지만 그만둔다). '백 개의 행'이 아니라 '하얀 걸음'이라는 말이다. '하얀 걸음'은 보이지 않는 걸음, 잊혀진 걸음, 그리고 무엇보다 지워진 글(쓰기)이다. 다시 말해 박솔뫼의 '백 행'은 씌어지지 않았거나 씌어졌다가 지워진 흰 종이, 아니 어떤 흔적이다. 여기서는 '쓰고 싶음'이 '그만하고 싶음'과 중첩되어 있다. 누구도 이 책이 과연 끝날 수 있을지, 아니 심지어 시작될 수 있을지조차 알 수 없다. 그것은 흔적이되 인지되지 않(아야 하)는 흔적이기 때문이다. 따라서 이 글은 대화의 이념의 차원에 속(해야)한다. 그러나 그녀는 이 사실을, 적어도 의식의 차원에서는, 모르고 있다. 그래서 모든 것이 분명해진 뒤에도, 자신은 처음부터 백 행을 쓰는 일만을 원했던 것으로 믿게 되었음에도, 그녀는 이렇게 묻는다. "그런데 백 행은 무엇일까." 이 의문문이 물음표가 아닌 마침표로 종결된 것은 (그녀의 의식 대신) 그녀의 글쓰기가 대답을 알고 있기 때문이다. "백 행은 사라진 어떤 것, '어느 순간 홀연히'는 아니고 차차 모두가 잊게 된 어떤 것이다. 이제 챙기기가 귀찮아 얼른 내다 버리고 싶어지는 규칙 같은 것이 아니라, 백 행의 존재를 아는 사람조차 사라진 그런 일이다." 요컨대 『백 행을 쓰고 싶다』는 사라진 옛 언어, 아득했던 때의 음악, 알 수 없는 공기의 떨림인 것이다. 계속해서 그녀는 묻는다. "세상 어딘가에서 백 행을 쓰는 사람이 있을까? 있다면 어떻게 쓰고 있을까"(p. 9). 앞의 문장은 물음표로, 그리고 뒤의 것은 마침표로 끝난다. 다시 말해 전자는 대답할 수 없는 물음이고, 후자는 이미 대답을 알고 있는 것이다. 그러나 이 진술은 부정확하거나 좋게 말해도 부분적으로만 옳다. 왜냐하면 그녀는 전자의 의문문에 대해서도 대답할 수 있기 때문이다. 그녀는 알고 있다. 세상 어딘가에서 누군가 "백 행"을 쓰고 있음을. 그러나 누군가 그것을 쓰고 있어도 그렇다고 대답할 수는 없다. 왜냐하면 그것은 이미 사라진 어떤 것이기 때문이다. 아름다움의 이념인 음악이 그렇듯이, 세계의 산문인 "백 행" 역시 씌어지면서, 아니 미처 (다) 씌어지기 전에 사라진다. 음악과 "백 행"은 '막'의 시간 속에만 존재하는 것이다. '막'은 붙잡을 수 없도록 찢어진 시간이며, 들여다볼 수 없도록 겹쳐진 시간이다. '막'은 불 꺼진 무대이거나 관객 없는 연극이다. '막'은 사라졌지만 '그럼에도/그래도' 쓰고/지우고 싶은 '하얀 걸음', '하얀 글자'다. 게다가 그것의 존재를 아는 사람조차 이미 사라졌다.

11

그런데 이 작품 안에 바로 '그것의 존재를 아는 사람'이 등장한다. 아니, 등장하는 듯 사라진다. '윤희'의 딸 '연주'가 바로 이 등장=사라짐의 주인공이다. '연주'에게는 삶이 곧 죽음이다. 더 정확히 말하자면, '연주'는 죽음으로써 삶을 사는 존재의 극한 형태다. 그래서 "실제로 연주가 어떤 삶을 살게 될지는 아무도 몰랐다. 아무도 지켜볼 수 있는 사람이 없었던 것이다. 연주는 왠지 글씨를 잘 썼을 것 같고 체육도 음악도 잘했을 것 같다. 글씨를 잘 쓰니까 학교에서는 서기를 하게 될 것이고 가끔씩 부반장 같은 것을 하게 되었을지도 모른다"(pp. 184~85). 연주의 삶의 형태에 상응하는 언어 형식은 (우리의 빈곤한 언어에는 허락되지 않는) '과거-미래완료형'이다. 현실태이(었)어야 할 연주의 삶은 오히려 잠재태의 그것이(었으)며, 잠복형이(었)어야 할 연주의 죽음은 오롯이 표현형으로서만 존재했다. "연주는 그런 여자애로 자랐을 것이다. 그런 여자애가 아니었다면 어떤 여자애였을까"(p. 185). 이 두 문장 안에서 실현되지 못한 삶과 표현될 삶, 연기되지 않은 죽음과 지워진 죽음이 '막' 뒤섞이고 있다. 시제를, 시간을, 그리하여 존재를 제대로(?) 뒤엉키게 만들 줄 아는 박솔뫼의 글쓰기는 선형적으로 읽히는 것이 아니라 (무수한 음표들과 선율이) 중첩된 음악처럼 들리는(!) 글쓰기다.

12

(나도) 이제 그만하고 싶다.

그림자처럼 이 작품 뒤에, 이 책 안에 존재하는 것이 이 글의 운명이다. 기도가 신께 올라가지 못하고, 비명이 바람결에 흩어지듯이, (이) 글쓰기 역시 지워질 것이다. 이 운명을 긍정하면서 박솔뫼의 '열두번째 행'에 대한 나름의 응답을 적어둔다. '차'시대인인 박솔뫼의 글쓰기가 어떤 독자를 발견할 수 있다면, 그 독자 역시 (그 나름의 방식대로) '차'시대인일 (수밖에 없을) 것이다. 같은 시대의 공기를 호흡하는 사람은 이 세계에 없다. 그러나 지극히 당연하고 정당한 이 사실을 '수치의 나라'는 업신여긴다. '기도의 나라'가 누군가를 떠나보냄으로써 지속되는 것인 반면, '수치의 나라'는 모두를 끝없이 제자리로 돌아오게 만듦으로써 유지되기 때문이다. '수치의 나라'는 모두를 '동시대인'으로 만든다. 이에 반해 '기도의 나라'는 모두를 '차'시대인으로 만든다. 그렇기 때문에 '기도의 나라'를 오래 견디는 사람은 거의 없다. 그러나 진정한 삶—그런 게 있다면!—의 분량은 '기도의 나라'를 버티는 시간으로 측정된다. 그러나—이것이 가장 중요한 사실인데—'기도의 나라'를 버티는 방법은 놀랍게도 '기도'가 아니라 '대화'다. 요컨대 '대화'의 지속 시간이 곧 삶의 분량인 것이다. 그리고 참된 대화는 오직 음악으로만 이루어진다. 들리면서 사라지는, 사라지면서 들리는 음표들의 만남, 쓰어지면서 지워지고, 지워지면서 쓰어지는 글자들의 어울림, '그럼에도'와 '그래도'의 포옹으로. 그것은 "이미 펼쳐진 미래"를 피하지 않는 것이며, "이미 사라진 백 행"을 쓰(려 하)는 것이다. 그리고 다만 절망적으로 이렇게 읊조리는 것이다. "아직도 나에게 남아 있는 것은 존재한 적 없는 것들뿐이었다"(p. 31). 바로 이 짧은 문장이 우리의 삶의 분량이다. 그리고 이것은 분명 "54시간 17분 58초"간의 '연주'보다 훨씬 더 짧을 것이다.